新浪原创
vip.book.sina.com.cn

首届网络小说创作大赛参赛

U0560169

珊瑚梦

根夫妻的生死情书

◎忻延 著

团结出版社

新婚纪念照（1973）

　　比翼双飞 喜结连理

　　1973年春节期间，正月初六我们在老家举行了婚礼，元宵节全家进城，照了新婚纪念照和全家福。

福星高照 其乐融融

2003年春节，冬阳从北京带回"福"字画和唐装，夫妻摄于客厅。

弦断音绝情何堪，疑将棣苑当桃园
天不佑善无理喻，倾尽心油亦枉然
2008端午安葬，摄于天山陵园棣棠苑

情至极处生死许

——《珊瑚梦》序

苏叔阳

"问世间情是何物，直教生死相许？"这是金末元初的大诗人元好问在他流传千古的《雁邱词》中发出的诘问，悠悠八百多年，无数才子佳人以青春作答，无数哲人、骚客以思想升华。然而，平凡如青草的庶人、百姓的实践与思索才是最令人心动的答案。元好问大约未曾想到八百年后他的一位同乡名叫忻延的，用一生为他的提问做出了极其通俗而又精深的解答。他的大半生默默无闻，而今已年过花甲，却在爱妻病逝后的四百多个日日夜夜里，通过人世与天堂间的心灵絮语，诠释了"情为何物"，为什么能"生死相许"。读罢这本用心、用泪、用至爱真情写成的文稿，我被这位素昧平生的朋友深深地感动了，贸然答应为此书作序。

这是一位普通人写给自己与亡妻的书，是一本没有想到要出版的书。所以，没有虚构，没有做作，惟有真诚与真情，只对天与地，苦乐两心知。是一对"草根"夫妻蚌病成珠、祈盼齐年的生死"情"书，相濡以沫、美玉胜金的心路纪实。在他们由相识到相恋的整个过程中，也许从未写过一封"情书"，在他们几十年的共同生活中，也许从未向对方说过一个"爱"字，而"病"这位不速之客却几乎伴随了他们全部的婚姻生活。像影子一样追逐着生命的"病"，没有减损他们的情感，反让他们"爱"得更深，至诚地祈盼齐年尽老，他甚至愿以自己之"寿"消弭无涯之"孤"。然而老天无情，他们最终没有能够共渡"金婚"，只渡过了三十五年的"玉婚"。但"蚌经病痛凝成珠，至纯美玉远胜金"。他们凄美的日子令人心痛，却也令人在泪眼迷离中生出一种崇敬甚至哀婉的向往。他们对"爱情"有着自己独到的理解，在絮语中，他这样写道："爱情应是果，而不是因。其实人在最初交往的时候，还谈不上爱情，但却有远比爱情更高尚、更纯洁的东西。正是这种高尚与纯洁的种子才

1

萌生爱情之芽，绽放爱情之花，最终结出爱情之果。""常说'柴米夫妻'，但我要说，夫妻之间绝不止于'柴米'，也不止于爱情，至关重要的是'恩爱'。恩爱也许没有单纯的爱情那么浪漫，但却比单纯的爱情更加珍贵。夫妻之间，由爱而生情，由情而结合，同甘苦，共命运，经磨难，历坎坷，相濡以沫，始终不渝，由情而生恩，有恩则爱得更深，有恩爱才更真挚，更纯净，由爱情到亲情，由亲情到至亲。单纯的爱情像糖，她可以在短时间内'榨'出来，用嘴去咀嚼；但恩爱却像蜜，她必须长时间地'酿'，用心去品尝。"我想，有幸读到这本书的朋友，一定会从中得到启示，对"爱情"与"婚姻"有新的理解与感悟。

这是一本"草根阶层"生命轨迹的真实记录，人生历程的写生画卷。他们的人生经历在那个时代具有相当的典型性；他们的至爱真情在今天社会转型期，更显得弥足珍贵。对自己的终身大事究竟该怎样定夺？他说："或许真如柏拉图所说，我们的爱是一种灵魂的爱。真正的爱情是一种持之以恒的情感，惟有时间才是爱情的试金石，惟有超凡脱俗的爱，才能经得起时间的考验，才想生生世世做夫妻，天上人间永相伴。也许这就是人们常说的缘分吧。"一个贫农的女儿嫁给一个地主的"狗崽子"，福耶祸耶？她的回答是"我有福"。一个大学生娶了一个缝纫工，幸耶非耶？他的回答是"一针一线总关情"。他们患难与共，艰辛备尝。他一知道了她的病情，便无怨无悔，延医诊治，竭尽全力，关怀备至；她则入得门来就还债，为他舍命生育，呕心扶养。读着这些发自肺腑的心语，相信每一个人都会被深深感动，对基督教婚礼中承诺"与她（他）在神圣的婚约中共同生活，无论是疾病或健康、贫穷或富裕、美貌或失色、顺利或失意，你都愿意爱她（他）、安慰她（他）、尊敬她（他）、保护她（他），并愿意在你的一生之中对她（他）永远忠心不变"这一点有新的感悟与思考。面对唯一一次人生机遇究竟该怎样抉择？她为了他，选择了支持；他为了她，却选择了放弃。对此，他无怨无悔，她却总觉得亏欠于他。最终，父母的梦想在孩子身上实现了，这让两人都感受到了莫大的欣慰和满足。随着岁月的推移，他们的婚姻越来越牢固，他们的爱情越来越纯美。在絮语中，他用心写下这样的话："我们之间完全不设防，婚姻却固若金汤；我们之间无任何隐私，心底反信彼如己。金无足赤，玉有至纯，我们的婚姻，纯净得没有锱铢杂质，契合得没有丝毫缝隙。"婚姻乃人生大事，人人都必须面对。亲爱的读者朋友，你也许即将、正在或已然步入婚姻殿堂，对此一定有很多憧憬和感悟，当你读到这些文字时，会作何感想？

这是一位花甲老人对生活、生命、人生、死亡、爱情、亲情、孝道、伦理、婚姻、家庭、夫妻、父子等哀思苦想凝铸而成的灵魂的结晶。书中的很多看似平常的文字，却极具哲理，发人深思。这是一杯苦茶，让人觉得有些苦涩，却能养心养性。全书虽以夫妻恩爱、相濡以沫为主线，但又涵盖了家庭关系的方方面面，特别突出了对子女的教育，是一个传统家庭仁爱孝道、诗礼传家、逆流勇进、奋发向上的代际家书。相信所有读到本书的朋友，都会从中受到启发，获得教益。

真正的爱情拥抱永恒，在天在地，幽明两世，绵绵不绝；真正的爱情不是卡拉OK，它拒绝流行，拒绝泡沫，拒绝瞬息万变。

中华民族的传统美德深深扎根于普通的民众之中，不管时光怎样流逝，追慕崇高与至诚始终是我们的目标。这正是中华民族永远不会在汹汹的物欲大潮中晕眩，始终清醒地向着伟大的理想前进，为人类贡献自己的文明，将造福世界视为己任的根本原因。

是为序。

10 月 13 日
于京华窟斋

序

张颐武

这部题为《珊瑚梦》的书是一个普通中国人的心灵世界和生活历程的真切而生动的记录，也是一对恩爱夫妻的真实的感情历程的记录。

这一对夫妻在患难中生死不渝、相濡以沫，几十年相爱相知，他们虽然普通，但其实是中国的脊梁的这个国家的中坚的一部分，是我们中间的"沉默的大多数"的代表。他们的生活看起来平淡无奇，但其实普通人的生命的感受同样具有不可替代的价值。这部关于情感和生命的书其实有其最真实和最深切的感慨，也有着一种来自生活本身的厚重的力量。这部书在平铺直叙中深深地蕴藏着作者的深沉的情感，这种情感既来自"悼亡"的深切的感情，这种感情在中国的传统文化中有着深厚的积淀；也来自这对中国夫妻在艰难中尽到了自己的责任，在家庭中和社会中都坚韧地努力争取着美好的生活，相互支撑、互相扶持，共同走人生的长路的两个个体生命的故事的讲述。这位作为丈夫的作者把一生的经历倾诉给已经去世的妻子的时候，是如此地真诚和如此地投入，这是他对妻子的在她活着的时候未及做的倾诉，是对于妻子的最后的诀别，也是留给他的孩子和亲友的一份感情的真实的记录，又是对于我们这些这个家庭之外的普通读者的一次弥足珍贵的陈述。所以这部书不是一个职业的作者的作品，而是一个心中积郁了强烈的感情和无限的怀念的丈夫的独白，也是一位走过了人生的长途的长者对于他的同代人和后来者的一份生命的告白。这当然是一个人生活的"小历史"的记录，但也是对于"大历史"的补充和提示。

这部书对于逝者和这个家庭的意义无需我多言，这里自有他们的家族的纪念和生命的传承的意义。但这部书对于我们的意义却是值得思考的。这部书里有中国传统的家庭中的对于长辈和晚辈的那份责任的真切的呈现，有在艰难的生活中奋力跋涉，共同分担生活责任的表达，有在妻子将要告别人间时的不舍和终于告别后的无尽的缅怀。这些都通过这部书的率真的笔触传达给了我们。让我们看到了一对普通的中国夫妻在艰难的日子里的生活的实况，其间的诸多人生的况味被写得相当具体和生动。这就既留下了变动的大时代的一个难得被勾勒得清晰的侧面，也画出了个体生命在一种艰难的处境之中争取更加美好生活的愿望和为实现这种愿望而进行的艰苦的努力。它既让我们了解了中国的普通人的生活的真实的面貌和内心世界的丰富，也让我们领略了中国的普通人的力量和气度。这些都足以感动我们，让这部质朴无华的书给我们相当丰富的启示，也从一个侧面留下了我们所处的时代的形象。因此，这部书的价值是不可替代的。

看了这部书，我有两个感慨。一是对于中国人的"家庭"观念有了新的体认，中国的家庭从古到今都是生命的最后的依托。中国的家庭的那种生死不渝的情感和对于上一代和下一代的责任的承担都是中国文明赖以延绵的关键。正是有了以家庭和家庭的扩展的家族为中心的血缘的联系，中国人才找到了认同的基础。这种以血缘关系作为责任的根基和权利的基础的思考模式其实对于中国人在现代的剧烈的冲击之下的自我更新和寻求新的发展起了重要的作用。因此，我们可以看到即使漂洋过海，到了陌生的文化环境中，中国人还是能够凝聚起来，共同创造未来，其实正是由于有这种关系。我们过去往往看到的是这种传统的观念的局限，而往往没有看到这种关系正是现代中国人在艰难中寻求发展的一种"不变"的力量。没有这种力量，中国人就可能被历史的大潮所裹挟席卷而失掉自信力。因此，我们可以看到这种以家族为中心的力量其实正是这个国家今天发展的一个重要的前提。中文里"国家"这个说法所包含的"国"和"家"的联系其实是意味深长的。当然对于这种家庭和家族为中心的文化也需要反思和调整，但其积极的意义和价值也不能抹杀。这部书里的真挚的家庭的感情正让我们看到传统中国的价值虽然经历了巨大的冲击，但还保留着其强大的生命力。

二是我们可以看到中国人的二十世纪的生存和发展的艰难。二十世纪的前半期，中国人面临着国家的失败和屈辱，面临着作为一个公民对于国家的期望的根本无法实现的痛苦。因此中国人在争取民族国家的实现中经历了异常艰苦的努力，付出了巨大的代价和牺牲。而在二十世纪的后半期，中国人为了国家的富强和发展，为了国家的现代化的基础的确立，也将自身的消费和满足压到了最低，在极度的物质的匮乏和精神的艰难中努力奋斗，一面为国家的发展无怨无悔地努力，另一面却是为了家庭和个人的基本的生存而坚持，都付出了巨大的代价。这部书的价值就是写出了中国人在二十世纪的后半期的艰难中的努力和坚持。

这些其实都是值得今天中国在新世纪的新的发展中牢记的，在今天的"大历史"已经给了中国人报偿的时刻，我们应该记住中国人在走向今天的过程中的付出和艰辛的无数个体生命的"小历史"。正是由于有了像这部书所写的这样的"小历史"，中国的今天才会有一种新的光辉。这是中国人的光辉。

是为序。

悼爱妻

三五牵手共枕眠，
相濡以沫盼齐年。
铄骨始梦珊瑚鱼，
焚心终托啼血鹃。
蚌经病痛凝成珠，
玉至纯美碎化烟。
天不佑善无理喻，
倾尽心油亦枉然！

寄 语 天 堂

还记得吗？去年冬天，我们在一起看电视连续剧《金婚》，你对我说：

"这叫什么金婚呀，整天吵吵闹闹，你怀疑我，我怀疑你，有什么值得纪念的！"

我说：

"这是电视剧，没有矛盾冲突，怎么能吸引人呢？像我们这样，平平淡淡，不吵不闹，有什么写头！"

你接着问我：

"结婚50年叫金婚，那咱们结婚多少年了？"

我们一起算了算，刚35年。

"那结婚35年叫什么婚啊？"

"好像有什么铜婚、银婚的，这都是外国的说法，具体我也不大清楚。"

"我们的婚姻比这电视剧里写的好多了，到金婚的时候，还真该好好庆祝一下。"

"那是当然。"

谁料想，没过两月，在度过那铄骨焚心的二十八小时之后，我们的婚姻生活竟在眨眼间戛然而止。在最悲痛的日子里，我才弄清结婚35周年，叫做玉婚，或曰珊瑚婚、碧玉婚。意思是说35年的婚姻生活，就像珊瑚那样奇姿异彩，或像碧玉那样含芳吐瑞。有诗谓之曰："珊瑚翡翠九州宝，仁爱真心四海金。"

有一句不知出自哪里的话，说男人一生中有两个最重要的女人。一个是生他养他的母亲，一个是爱他疼他的伴侣；一个给了他生命，一个给了他爱情。当儿子吸吮母亲的乳汁，在襁褓之中渐渐长大，在以后人生的路上需要建立自己的爱巢时，妻子就像接力棒，把男人从母亲的手中接过来，懂他爱他疼他，这是男人一生的福分。

"三五牵手共枕眠"，我们头一年结婚，第二年我的母亲便离我而去，你便把我从母亲的手中完全接了过来。从此与我患难与共，备尝艰辛，舍命生育，呕心扶养；我一知道了你的病情，便无怨无悔，延医诊治，竭尽全力，不惜一切。你被身体和心灵的双重病痛折磨了一生，那种痛苦是无法用言语表述的。你常挂在嘴边的话是："哪如一生下来就掐死，也就不用一辈子受罪了。""活到哪天算哪天吧，还有什么可怕的。"外人、亲友甚至家人都认为你能想得开，也许只有我才深切地了解你那其实是一种无奈、无言、无边痛苦的最酸楚的表达。同样，从1976年我们婚后你第一次犯病算起，我便开始与你一起共同经历这种苦痛与酸楚。一个人的苦痛由两人承担无疑会让你的苦痛有所减轻，但随着病情的加重与进一步确诊而又无法疗治，我们的苦痛也在与日俱增，我们在希望、失望、绝望的漩涡与泥沼里反复苦苦挣扎。同时，随着岁月的推移，我们的婚姻也越来越牢固，我们的爱情也越来越纯美。我们之间完全不设防，婚姻却固若金汤；我们之间无任何隐私，心底反信彼如己。我可以问心无愧地对你说，你是我的唯一。同样，我也百分之二百的相信，我是你的唯一。金无足赤，玉有至纯，我们的婚姻，纯净得没有锱铢杂质，契合得没有丝毫缝隙。"蚌经病痛凝成珠，至纯美玉远胜金"是我对咱们三十五年婚姻生活的概括。你说，是这样吗？

"相濡以沫盼齐年"。也许是对自己的体质没有信心，吃不着葡萄说葡萄酸的缘故吧，我们都觉得过分的长寿并不好，对死亡亦无太大的恐惧。我没敢告诉你，我的生辰八字里有一个"孤"字，还有一个"寿"字。对这个"孤"字我真的很害怕，常常想，要是这生辰八字真的灵验的话，我情愿把我的"寿"与你平分，让我们齐年尽老，以此消弭这个"孤"字。你我一生向善，我的这个含泪的无奈请求老天该不会不加考虑吧。谁料竟遭到无情拒绝，转瞬之间便将无边的"孤独"加于我的身上。悲愤之中，才写下上面那两句诗："天不佑善无理喻，倾尽心油亦枉然！"

小时读《红楼梦》，初闻"还泪"之说，甚觉荒唐。自母亲突然离我而去，三年之中一本厚厚的《哭母集》成了泪的结晶，始悟曹公之说实乃至理。失母的经历告诉我，在最悲伤的日子里，是无法与至亲的人在梦中相见的，越是想梦见她，却越梦不见她。所以，这次我压根儿就没抱幻想。但我却在那一夜意外地做了一个奇怪的梦。

梦中，一位家境贫苦的孩子，一次偶然的机会，与太白金星相遇，只因与之同姓，便被收为学生。这孩子天性善良，聪明好学，金星十分喜爱，潜心教诲，一心想把他培养成才，为天庭效力。但因其出身与天庭的要求正好相反，虽经金星多次申辩，还是一直被打入另册。他又偏偏心高气傲，由于不满天庭的专制与压抑，竟在南天门上写下一首讽喻诗。这下闯了大祸，被抓去打得遍体鳞伤，罚到大海之底，沃礁石下，变作一条苦命鱼。不仅身上的伤口老好不了，而且永世不得翻身，连累金星亦被贬往下界，成为谪仙。在海底，他遇到一条好心的珊瑚鱼。她不顾自己柔弱多病，不分昼夜地用舌头舔他的伤口，终于使他的伤口渐渐愈合。又以一颗温柔善良的心，抚平他心灵的创伤。他们在海底相濡以沫，同游同憩，生活变得无比温馨。但是，天庭知道了，无情地把那条好心的珊瑚鱼掳走了，他哭得死去活来……

"铄骨始梦珊瑚鱼，焚心终托啼血鹃。"我从梦中哭醒了。望帝冤魂，化而为鸟；你我遭劫，魂化为鱼了吗？是，一定是！我就是那条被罚到海底、身心俱遭重创的苦命鱼，你就是那条好心的珊瑚鱼！

俗语云："泪是心中的油，不痛不往外流。"绛珠仙草想用她一生的泪水来还神瑛侍者的甘露浇灌之德，我则想用我一生的心油来还你的舔伤疗心之恩；雪芹为撰《红楼》甘愿泪尽而逝，我亦愿为写此书倾尽心油；曹公用"满纸荒唐言，一把辛酸泪"来抒发"都云作者痴，谁解其中味"的人生况味，我则想用人世与天堂间之心灵絮语来诠释"蚌经病痛凝成珠，至纯美玉远胜金"的心灵感悟，倾诉"玉至纯美碎化烟，倾尽心油亦枉然"的无尽哀思。

这便是我最初想到要写这本书的由来和动机。

目　　录

(一)

玉碎竟在眨眼间……

冬季多风的北京难得今天风和日丽，天空显得分外晴朗；令我们十分向往的供热特佳的小区家里，更是温暖如春。这一切，对你身体的康复该有多好啊！

清早起来，你的面容与前几日相比没什么异样，精神也挺好。我想，总是昨晚腹泻了几次，消除了积食，开了胃，下一步该补了。二冬今天不上班，在家休息，于是，早饭后我便让他给你买回大山楂丸来，我总觉得还是老牌子的中药好。你还说我，就是不相信人家广告上的，想买"江中牌健胃消食片"。我说，我也不是不相信，你想买就让二冬再去买吧。一会儿，二冬便又买回两盒健胃消食片来。你立即按照说明服了三片。

从始至终，我们都把"胃"当作治疗的重点。岂料，这完全是病魔采用的障眼法，你的心肺却在我们不知不觉中发生着可怕的变化……

今天你好像老觉着口渴，一上午喝了好几杯水。而喝水后，好像浮肿得更厉害了。我又不由得担心起来，想起在家乡时医生告诉说，浮肿时应该少喝水。但我总是不忍心：明明觉着口渴，怎能不让喝水呢？

大冬因为昨晚公司加班，没有回家，快中午时打电话来询问你的情况。我告诉二冬，给他哥讲，看来你的浮肿有加重的趋势，得准备去医院认真看看了。大冬问想去哪家医院，我说无非就是最有名的那几家，具体去哪儿，待他下班回来再商量吧。

中午，我特意为你熬了绿豆稀饭，你喝了一碗。饭后，我们一起午睡了。

大约三点左右，你起来了一次，我问：

"还腹泻吗？"

1

你说：

"今天不腹泻了，刚才尿了一点，不多。"

我说：

"只要尿开就好了。"

你说：

"可老就尿一点点。"

我说：

"怎么吃上利尿药就不见效呢，明天去医院吧。"

我们又躺下了。

你也许睡着了，也许没有。但我压根儿就没了睡意。

大约快四点的时候，突然听得你发出低低的哼哼声，我凑过身一看，觉得不对劲儿，赶紧叫二冬。

二冬一听，立刻跑了过来，这时你已开始抽搐。

我还以为你会像往常那样，抽搐一会儿后就慢慢停息，等醒了以后，像什么事儿也没发生过一样，大瞪着眼问我："怎么了？"

不料，这次，你却在几下剧烈抽搐后，脸色一下子变得铁青，不动了。

我急着叫："美美！美美！"

二冬急着叫："妈！妈！"

但你却不再答理我们了……

二冬立即给120急救中心和大冬打电话，我则马上给你输上氧。我和二冬目不转睛地看着你，你却双目紧闭……

120急救车很快到了，医生们采取了紧急抢救措施后，我们在担架上铺了一床被子，小心地把你抬上去，上面又盖了一床被子。二冬陪着医生们一起下了楼。待我锁好门下去时，急救车已经开走了……

我赶紧给二冬打电话，他说去了最近的大学附属医院。我立即跑到门口准备打的过去，这才想起匆忙中竟没有带钱。门卫拿出一百元钱塞到我手里，我连声谢谢都没说，便匆匆打的去了……

（二）

铄骨焚心的二十八小时

　　我跑进医院急救室，喘成一团。

　　大冬在我之前已经赶到了。孩子们告诉我，正在紧急抢救，心跳和呼吸均已恢复，让我不要着急，先坐下歇一歇。我哪顾上歇呀，立即跑到你的病床前。你脸上戴着高压氧罩，一只手上插着输液管，两眼紧闭，脸色铁青，头不住地左右摇摆，面部虽无丝毫表情，但我看得出你极度痛苦。我坐到你跟前，握住你的另一只手，目不转睛地看着你，心如刀绞。

　　还没等坐稳，工作人员便把我和两个孩子叫到了隔壁的医务室，坐到办公桌边的椅子上。桌子上放着一张"病情危重通知书"，让家属签字。我一看，上面写着："我们会尽全力积极地给予抢救，但虽经积极抢救仍然可能无法挽救其生命……"

　　我一下子傻了：

　　心跳和呼吸不是都恢复了嘛，怎么还是"病危"呀？

　　医生说，心跳和呼吸虽然恢复了，但那主要是高压氧的作用，病人仍处在极度危险中。

　　我无话可说，但我怎能在那上面签字呀！我无法接受这样的事实！我又回到你的身边。只有握住你的手，心里才觉好受一点。

　　这时，又送进两位危重病人，医生穿梭往来，家属左右照顾，急救室内一下子变得逼仄而混乱。我和两个孩子都觉得这样的环境太不利于治疗了。但医院的重症监护室都有病人，而其它病房紧急抢救的设备还不如急救室，医院也想解决，但实在没办法。

　　这下不行，那只有转院了。大冬立即一方面联系 120 急救中心，请他们来急救车接，一方面联系中日医院急救室。120 急救中心的车很快来了，但中日医院却说急救室的病床全占满了，根本无法接诊。我们立即想到了 1992 年帮我们联系给你做手术的我的高中同学，马上给他打电话。但他的手机接不通，估计一定是换了手机。这可怎么办呢？我们又通过其他朋友，好不容易才了解到他的新手机号码。电话打通了，可是他人在三亚，说安贞医院心内科的主任和他很熟，但他没有那人的电话，让我们以他的名义去找。而要找，我们只知道一个名字，今晚肯定没辙，只有等到明天了。而且那么长的距离，你的病情又极度危重，唯恐在路上发生不测。左思右想，只好暂时放弃转院的想法。

急救室的医生给你拍了胸片，诊断为有肺部感染，又加输了几种液。插上尿管，让我们在尿袋满了倒掉前记下数量。

我和两个孩子分坐在你病床的两边和床尾。由于病床那头是撑高了的，你的身体过一会儿就会滑下来，为了让你能舒服一点，我们过一会儿便把你往上扶一扶。一两个小时后，你便有了 500 毫升的尿，我在被子里揣着你的脚，似乎柔软了许多，我的心里渐渐升起了希望。

我们目不转睛地看着墙上的仪表，时时关注着你的血压、呼吸、心跳等数据的变化。时而不知何种原因屏幕上的数据突然没了，我们的心便一下子顶到嗓子眼儿，赶紧叫医生。医生来调整一下，一会儿又有了，我们则稍稍放心一点。

但第一次倒了 500 毫升尿以后，尿就积的慢了，很长时间过去了，还只有100 毫升，我时不时揣揣你的脚，觉得也没多大变化，我的心又被揪紧了。赶紧又揣揣你的脚：嗯，好像还是比先前绵活了些，我总在想：会好的，会好的……

夜已经很深了。

孩子们说：

"爸，你趴下休息会儿吧。"

"噢。"

我埋头趴在你的床尾，把眼睛闭上了。但我看不到墙上仪表上的数字，心里放心不下，还是一会儿就睁开眼睛抬起头看看，看到那上面的数字正常，我才再趴下，闭上眼睛。一位护士看出了我的疲惫样子，关心地说：

"那面输液室现在没人了，你老去那面歇会儿吧，这里有你两个儿子就行了。"

孩子们也劝我过去歇会儿。

我过去了。那是一间白天专门供门诊病人输液的屋子，周围摆着一圈沙发椅，里面已经有两位老者在歇着了。我看了看墙上的表，已是凌晨三点二十多。我在一把椅子上半躺下，闭上眼睛。我真的太累了，但却没一点睡意，脑子里全是你的影子。躺着身上是比较舒服一点，但心里却更放心不下，只躺了十几分钟便又回到你的身边。

天终于亮了。你似乎比晚上强了一点，头不大左右摇摆了，有时还会睁一下眼睛，尽管目光呆滞而异样，但我们心里还是升起一丝希望。

八点多，医生们陆续上班了。急救室主任很重视，不仅昨晚几次亲自来过问，今天又早早亲自来诊治。我们向他讲了你的情况，他看了以后却不像我们那样乐观，说那其实是瞳孔放大，看不出丝毫意识恢复的迹象。

我们更着急了，怕白天急救室人会更多，送来的病人情况也会更复杂，既担心嘈杂，又担心交叉感染，便和他商量能否转入本院心内科病房。他说，一则心内科病房也是人满为患，很难进去，二则心内科病房对治疗心脏病是有优势，但从急救的角度看则不如急救室。不过还是答应我们，说他可以出面和心内科的人协调商量一下。

快中午了。孩子们说过去二十多个小时了，咱们总得到外面吃点儿吧，大冬想先带我出去，回来后二冬再出去。我说你们去吧，我一点也吃不下。他们说主要是怕我顶不住，他们倒好说，如果我不想到外面吃，那就回家休息一下，顺便吃点儿。我说行吧，那我先回去休息，顺便也把家收拾一下，回来后你们再出去吃点儿。

于是，我打的回家了。家里因为昨天走的急，乱成一团，我赶紧大致收拾了一下。刚躺下，大冬来电话了。说经过协调，已和医院心内科说好，转到心内科的重症病房里，但又怕转病房过程中发生不测；但不转，在急诊室里也不是办法，随时都会有危险，问我该怎么办。我说，到这时候，我还能有什么主意，主要听人家医生的吧。最后大家觉得总还是转过去可能会好一点。我说，那就转吧，我马上就到。于是，我立即下楼，又打的赶到医院。

当我赶到时，急诊室已做好了转病房的准备，我看到在转的过程中只用一个输氧袋对你供氧时，心一下子揪紧了，想到早上医生有一会儿将你的供氧方式由高压供氧转为一般管道供氧，很快就觉得不行，才又换了过来。这输氧袋与管道供氧显然又差了一截儿，怎么行呢？可又有什么办法呢？那位急诊室今天负责给你治疗的年轻医生也一直提醒说怕路上出问题。但谁也想不出更好的办法。我真是百身莫赎啊！为什么当时就没想到把咱自家家里的供氧器弄去呢？我就这样，心里忐忑不安地傻傻地跟在后面推着你快速地往心内科病房

5

奔。而你则真的在未到病房前便停止了心跳和呼吸……

一进病房，心内科的医生们便开始了紧张的抢救。但他们明确告诉我们，完全抢救过来的希望很渺茫，最后很可能是人财两空，征求我们的意见，是继续，还是放弃。我脑际像被重锤猛击了一下，只说了句："人没了，还要钱干什么？"便浑身颤抖地连站也站不住了……

孩子们赶忙把我扶到病房外的一张长椅上，告诉医生要不惜一切代价尽力抢救。

过了一会儿，我稍稍镇定了些，想进去看你。但医生说正在抢救，家属只能在外面坐着等。但我们哪能坐得住呢？无奈只得心神不宁地在外面徘徊。

又过了一会儿，告诉说，心跳是恢复了，但呼吸还是没有，准备用呼吸机。一架呼吸机从外面推了进去……

我已经昏昏沉沉，迷迷糊糊，不知过了多长时间，是一小时，一天，还是一月，一年，甚或已经过了一生，才仿佛听得医生说，我们可以进去了……

你的病床被用帘子与其他病人隔开了。医生全撤走了，但机器还在工作着；仪表显示，你的心脏还在跳动，呼吸还在继续，但医生告诉我们：你的生命已渐行渐远，离那面越来越近了……

我坐在正对着你的一把椅子上，呆呆地看着你，心如刀绞，任泪水疯狂地涌流：我这究竟是在不惜一切地抢救你，还是在不顾一切地摧残你，在你生命的最后时刻我怎么忍心让你遭受这种罪?！我反过脸对孩子们喃喃着："将来爸要是得了急病，你们可千万不要往医院送……"

"该准备入殓的衣裳了……"我哽咽着说。

"爸，那我和你一起回去吧。"大冬眼里噙着泪。

"你们去吧，这里我陪着妈……"二冬已经泣不成声。

父子俩走出医院。

啊，外面开始下雪了，天灰蒙蒙的，愁云惨雾，北风刮得正紧……

"爸，这是今冬的第一场雪，看，下得多大啊……"孩子的心显然被漫天的飞雪刺痛了。

我泪眼模糊，蹒跚前行，雪花钻进衣领，冰凉冰凉，寒风刺骨，连心都在颤栗：

"这是老天设银幛素幔为你送行，还是持冰刀霜剑掳你而去……"

我们匆匆打的回到家，把来时带的衣服全部拿了出来：

这是去年我们来时大冬给你买的一套高档的秋装，你一直没舍得穿，这次来时又带来了，本来准备过年穿的……

这套是你自己亲手做的……

这是去年新买的一件高档羊毛衫……

这是……

我们含着泪，挑出你最心爱的、最好的衣裳，匆匆打包好，赶到医院，回到你的身边……

父子三人围拢在你的身旁，每分每秒都在看着你，和你一起渡过……

晚8点10分，仪表停止了显示，表明你的心脏停止了跳动，你的呼吸没有了，你永远地离开了我们……

这一刻，我们顾不得啜泣，强忍着悲痛，为你梳妆，为你穿戴……我们要尽心尽力送你上路，我们要让你体体面面离开这个你生活了54年的熟悉世界，走进另一个你从未到过的陌生世界……你说，我们该有多牵挂你呀……

夜幕下，大地一片白色。通往太平间的路曲曲折折，鞋底踩到雪地上，发出咯吱咯吱的声响，像踩在我们的心窝上，我们的心碎了，心油干了……

（三）

天哪！莫非这也"遗传"？

你就这样匆匆走了，永远地走了。没有一天卧床不起，没有一夜让人服侍，没有一丝哀伤，没有一句嘱咐……

但却把无边的悲痛，无涯的愧疚，无尽的哀伤，无穷的思念留给了我和孩子……

这一夜你让我们可怎么过?!

夜已经很深了，整个小区一片寂静。

"爸，你太累了，先睡吧，一切……让我们弟兄俩安排吧。"

"你们也早点睡……"

"噢……"

父子仁都躺下了，不再出声，生怕戳痛亲人的心。但谁都知道，这一夜没一个能睡得着……

中年丧偶乃人生三大不幸之一。我虽已届老年，但刚过花甲，而你则尚在中年。如果说中年丧妻，孩子幼小，对人的打击如同天塌的话，那么，我现在的感觉便如同地陷一般。孩子们虽已届而立，但尚未成家，你的离去，对我，对他们，必是终生遗憾。我虽已过花甲，但在老年队伍中只能算是孩童。人世已近尾，天堂尚遥远。天塌尚有女娲可补，地陷从无神祉援手。我觉得，自己好像堕入一个无底的黑洞，任暴雨狂潮无情地冲刷摔打，不断地陷下去，再陷下去……

我的父亲瞬间失去我母亲时，父亲年仅58岁，母亲年仅62岁；今天，我瞬间失去你，你年仅54岁，我年仅63岁。我失去我母亲时，年仅30岁，刚结婚一年；今天，我们的两个孩子失去母亲，大冬年仅31岁，二冬年仅29

岁，均尚未成婚。34 年前，母亲瞬间离开我时，我们正与母亲一起过完春节，刚刚离家四天；今天，你瞬间离开我时，我们正准备与孩子们一起过春节，刚刚来京四天……我们父子两代的命运为何如此相似？天哪！莫非这也"遗传"？真真痛煞人也！如果这上面不存在"遗传"，那请问老天爷，你怎样向我解释？

不敢说"彻底"，但应该说，我是一个唯物主义者，所以，此前我对民间的种种迷信说法大多不以为然，并未放在心上。尽管我进庙必会焚香跪拜，对祖宗的祭祀从不敢淡忘，但那更多的是一种善心的表达和对祖宗恩德的缅怀。也许正因为这种"不彻底"，或者更确切地说是因为老天捉弄了我，今天，我不得不重新思考：冥冥之中真有"命运"这一说吗？

今年我与你同时"逢九"。"逢九年"有一种不祥的预兆，所以很多人在这一年小心翼翼，大年不敢出门，亲友有丧事不敢去吊唁，一年不敢出远门，有的甚至整年把自己关在家中，整天胆战心惊，过得十分辛苦。由于我正好比你大九岁，所以婚后我们都是同年"逢九"。每次"逢九"，我们都要按当地习俗，置办红背心等大红贴身内衣，在除夕夜压在被底，大年初一穿在身上。至于其它禁忌则大多不去讲究，想着只要一心向善，老天会保佑的。至亲挚友家有急难，正需你救助抚慰，你却唯恐自己沾上晦气，连去也不去一下，这种事怎么能说得出口，做得出来？而且，我们的几次"逢九"，过得都十分顺利，从未发生过意外。所以，今年这次"逢九"也未特别在意。回想起来，这一年内，我参加了亲友的三次葬礼，三次出远门。老天爷，难道这些就能构成你对我惩罚的理由吗？

老天也许会说，他是事先警示过我的，是我没当回事。记不太清楚了，好像是九月间的一天上午，你二妹来电话说，昨晚梦见她大姐飞走了，起来有些心神不定，来电话问问她大姐身体可好。我说，你大姐身体挺好，你不用惦记。放下电话，心下还怪怨她因为个梦还专门来电话，弄得人心里很不是滋味。但也并未太在意，很快也就释然了。现在想来，那也许真是冥冥之中的不祥预兆哇！

好像是 10 月间的一天，你早上起来做饭，突然发现我们用了二十多年的铜锅漏水，我赶紧倒掉水，翻起锅底一看，原来下面裂开一条小缝儿。这个铜锅当年是我们用"国库券"换的，用它熬的小米稀饭和煲的汤都分外好喝，二十多年来一直用着它从未间断，怎么一下子就不能用了呢？我们在全城找了个遍，也没找到一个修铜锅的工匠，没办法，只好忍痛割爱，把它放了起来。当时倒也没觉得有什么异样，锅用得久了自然会坏的。但现在想来，莫非这也是一种不祥的预兆？

11月下旬，药店搞促销，我们就快去北京了，得拿医疗卡买下几个月服的药，你说咱们去看看，早点买好吧。于是，那天快中午天气比较暖和的时候我们相伴去了。出了大门，你说，冬天天冷，咱们多日没出去了，今天到体育场转转吧，从那面绕到街心公园，再到药店买药，最后从长征路转回家吧。我说行。从北面出去，从南面回来，转这么一圈是我们往常出去蹓弯散步时经常走的一条路。我陪着你悠闲地走着。刚进了体育场没走几步，你便觉得身上有点软，我说，是不是觉得不舒服，要不，折回去吧。你说，不要紧，也许是走得有些快，歇一歇就好了。果然，歇了一会儿，你就精神了。我们便更加放慢速度，慢慢悠悠地走过体育场，走上七一路，转到街心公园，到了药店，把卡里的钱尽数买了药，绕到长征路上，依旧慢慢悠悠地往回走。

快到六中门口的时候，你突然打了一个趔趄，腿站立不住，顺势往下瘫软。我就在你跟前，未等你软瘫在地下便用力地往起扶。你的意识模糊了，身体也完全软瘫了。我好不容易把你扶到学校围墙花栏边的水泥平台上，轻声地呼唤着你。这时，一对中年人正走了过来，看见你的样子，关切地对我说："用不用打120急救？"我看你已开始有些苏醒，便说："不用，一会儿就会好的。"

休息了一会儿，你的身体开始恢复，能扶着站起来了。我想赶紧让你回去吸氧，便说，咱们慢慢回去吧。你嘴里喃喃着要往东面走，我说家在西面。我知道这时你的神志还未完全清醒，便扶着你往西面走，你也就顺从地跟我慢慢地往家里挪。

好不容易才回到了家。我赶紧让你吸上氧。慢慢地你的神志完全恢复，对我说："刚才我是不是又晕了？"我说："是啊，家在西边你却偏要往东边走。""是吗？我怎么一点也不记得了。""现在好了，没事了。""噢，我想起来了，我是不是从药店出来就……""不要想了，好好躺着吸氧吧。"

你的这次晕厥，和以前相比没有什么不同，所以在当时我并未太在意。但这是你最后的一次晕厥，现在想来，莫非也是老天的预兆，是老天给我的一个警示吗？

"老天爷，究竟是为什么？为什么？为什么？……"我梦魇般地大叫着从梦中惊醒了——或许我压根儿就没有睡着……

（四）

我们这次来北京是要看奥运的

雪停了，但天依旧阴沉沉的，一片愁云惨雾。

一大早，孩子们便从我们夏天在小区照的相中选出一幅你在松树前照的相（你最喜欢这张像了）来，准备放大作为遗像。

大冬的发小早早开车过来了。他和孩子们一起把我们刚从你的家乡买来的两床羊绒被——由于心烦意乱，昨天我们竟忘记给你带上被子，晚上你一定冻坏了吧——拿到太平间为你铺上盖上；然后上街印制遗像，置买鲜花、香烛等，回来在会客室为你设起了灵堂。

香烟袅袅，烛光点点，啜泣声声，珠泪涟涟。我们望着你，你望着我们，但人世与天堂已把我们永远隔开，比银河还要宽，比天涯海角还要远，牛郎织女尚可一年会面一次，可我们却……

我们这次来北京是要一起看奥运的。2008 年北京要举办奥运会，这是千载难逢的盛事，人家北京没有亲友的都要来租房看，我们两个孩子都在北京，怎么能不来看看呢？所以，夏天回去的时候，就说好春节前过来，过了年就一直住到八月份开完奥运会后再回去。

还记得大冬 2001 年到北京工作后第一次给我们打电话时的情景吗？当时北京刚刚获得 2008 年奥运会举办权，奥运成了人们老挂在嘴边的热门话题。我不由得对着话筒说了一句：

"你在北京有了工作，到 2008 年，我和你妈就可以去北京看奥运了。"

"那当然！"大冬的语气里充满自豪。

"没想到真能到北京看上奥运，我真是有福啊！"你的兴奋之情溢于言表。

自那以后，这七八年来，"到北京看奥运"成为我们无时不在谈论的话题。今夏，我们专门去看了正在建设中的鸟巢、水立方；今天，2008 年终于来了，我们已然来到北京，奥运的脚步越来越近，我们多年的心愿就要实现了。但你却在瞬间……真真痛煞人耶！

新年前，我们决定元月十二号动身来北京，第二天早上到，正好是星期日，孩子们休息，好去车站接。过了新年，4 号晚上大冬来电话，说他第二天要去深圳出差，大概要走一个礼拜，一定在我们到北京前赶回去，好到车站去接。我们说，万一你到时出差回不来，有二冬一个人去就行。反正要在一起住八个多月，一家人团团圆圆在一起的日子多着呢。

可谁能想到，刚到三天，你便……想到这些，怎能不让人肝肠寸断！

（五）

新年前后那几天

夜幕降临了。

极度悲伤和疲累的我们得向亲友们报告你离去的噩耗了。

我们想到，你年迈的老母亲如何能承受得了你离她而去的巨大打击呢？因此，大冬拨通了他舅舅的电话后，首先问他在哪儿，听他说在"外面"时，才敢说话。可孩子未开口却已泣不成声……

你弟弟也考虑到怕老母亲承受不了这白发人送黑发人的巨大打击，不敢让老人知道，甥舅便商定此事只通知到最亲近的你家姊妹和我妹妹，其他亲友连同你的单位都暂不通知，以防噩耗传进老人的耳朵，能瞒到啥时算啥时吧……这怎能不让人悲上加悲、痛中添痛呢……

给他舅舅打完，便给他姑姑打……

"刚过了新年，我6号看你妈时，还……"他姑姑在电话那面哽咽起来。

我在旁边听着，不禁悲从中来，思绪不由得回到新年前后那几天……

新年前，记不清是二十几号了，只记得那天早上下了小雪。早饭后，你说可能是胃里积食了，肚子有些胀得难受，要我去买些"开胸顺气丸"回来。你以前老是这样，肚子一觉得胀，就要吃这种药，认为很管用。我却觉得这药开得厉害，人家明确说明"身体虚弱者慎用"，劝你不要服用。但你还是坚持，说外面在下雪，就不用去远的药店了，就在门口隔壁的小药店买点吧。于是，我便踏雪出去，一元钱买了两小袋。你当天分两次服了下去，但却没见一点动静。你说："肯定是假药。"又在放药的盒子里找了又找，终于找出一袋以前吃剩的，服了下去。这下挺灵的，第二天你便说："开始跑肚了。"我说："开了就好了。"真的，一两天后就没事儿了，只是还不大想吃饭。咱们都说：

"很快就会好的。"

我们定了新年后元月 12 日星期六晚上动身去北京，因为卧铺票不好买，我早就和我的一个亲戚说好，届时托他女婿给买。于是，30 日晚上我给他打了电话。买票的事说定了，剩下的就只是我们自己准备带的东西了。

新年那天，我们包了饺子，你虽比不上以前的饭量，但觉得挺香，你一个我一个地吃着，咱俩好像吃的差不多。

新年后的第三天，早上起来，我发现你的脸有些浮肿，特别是眼睛周围，肿得相当厉害。慌得问：

"昨晚怎么了？"

你说：

"没觉得怎么。"

"吃利尿药了吗？"

"吃了，和以前一样，吃了一片。"

我拿过"说明书"仔细看了看，说：

"噢，这是 10 毫升的，一般要吃 2 至 5 片，你吃上 3 片吧。"

你说：

"这药副作用大，我总是尽量少吃，以前只是隔日吃，这两年已经每天 1 片了。"

"可你浮肿得这么厉害，吃少了怎么行呢，等消肿了，再减下来不就行了。"

你听了我的话，从那天开始改成服 3 片。

你的浮肿早是压在我心头的一块巨石。浮肿是心力衰竭的明显征兆，民间就有"男怕穿靴，女怕戴帽"的说法。我顾不得做饭，便取出上次大冬给你从北京买回的"生晒参"来，用钢丝锯锯成薄片让你眠着服用。这种服法来源于中央电视台生活频道的一次养生讲座，说乾隆之所以长寿就是一直坚持眠服这种人参片，而要眠服则以"生晒参"为最佳。自看了那次讲座后，我就开始为你弄这种人参片了。"生晒参"又干又硬，刀砍不动，还四处飞溅，我经多次试验才发现了用钢丝锯锯的办法。由于经常眠服这种人参片，很容易上火，所以时间长了又不得不停用一段。早饭后，我又专门去药店，特意为你买回两盒"人参蜂王浆"来。这些都是大补的，对你的病肯定有好处。

果然见效，第二天就好多了，脸上的浮肿基本消除，眼睛处也不那么明显了，但身上的浮肿并没有完全消除。而且胃肠又开始不舒服了，有时腹泻，有时又肠干，不想吃饭，弄得身体越来越虚弱了。

6 号那天，因我们要去北京过年，我妹妹专程来看望。她事先打来电话，我们也就早做了准备。因你病着，我便早早在前一天就剁下馅子。妹妹来了后，我和她包饺子，你在床上躺着，三个人一起聊家常。到中午时我外甥也来了，大家在一起吃了午饭，你那天吃得不算多，但也不算太少，因为我也吃得不多，所以觉得你胃肠不舒服，吃那么多也正常。你虽病着，但还是帮忙整理给他们带的东西。待他们走时，还想送到楼外，经我和妹妹劝阻，你才只送出门外，依依不舍地与他们告别。

7号上午，你的侄女参加完公务员考试，专程来看你。几天前，你还为上次回家乡时借了四妹100元钱而未能及时还上而专门打了电话，侄女一来，你便让我取出钱来给她。你对侄儿侄女们的前途极为关怀，问这问那，嘱咐他们好好学习。她还有事要去省城，坐了一会儿便离开了。

这天，你的利尿药吃完了，侄女走后，我便上药店去买。这是处方药，我还是相信国营药店的，便到国营大药店买了两盒回来。这是25毫升的，一般服1－2片。你服了两片，但到傍晚时还没有多少效果。你说："这又是假药，你看它这包装，瓶盖上只糊了一张纸。"我觉得那药不像是假的，但怎么吃了两片竟没有一点效果呢？心里有点紧张，便不顾天色已晚，又慌不迭地跑到药店买回你先前服的那种，你又服了3片。平时我们看电视一般要到十点多才睡，这晚你九点多钟就觉得有些困了，我说：

"你多日没好好吃饭，身体太虚弱了，我们早些睡吧……"

（六）

那天我真的慌了

接下来的两天，孩子们忍着巨大的悲痛，忙得不可开交：

大冬忙着到殡仪馆联系洽谈丧礼事宜，很晚才回来……

二冬则忍着巨大的悲痛，默默地承当起所有极重要又极琐碎的事务，在家里忙着准备丧礼所用的一切，精心地照料着我。把一切该做的事都随时详尽地记在一个小本子上，甚至于连我几点吃药、吃什么药都在上面记得一清二楚，准时提醒我："爸，该吃药了……"

而我却完完全全闲了下来。除了为你上香外，好像再无其它事可做。我知道孩子们最担心的是怕我经受不住这巨大的打击而病倒，也许我唯一可做的就是什么也不要多想，吃好喝好睡好，按时服药，不要或少要他们为我操心。可我却偏偏连这一点也做不到，老在回想着你最后的日子……

那天上午，我高中时的一位同学来家，他是我一中多年的同事，我与他爱人又是一个村的，他二儿子又与我家大二冬同在北京工件，多层关系叠加，我们相交很深。退休后两人都闲下来了，他便不管有事没事，每过半月二十天，就来与我闲聊，神侃上半天。这次我们准备去北京过年，他当然要在我们走之前来一次了。

我告诉他，你病了；因是熟人，你也就无须出来与他打招呼，仍继续在里间床上躺着。

聊到下午一点多，他才离开。他一走，你便急急地跑到卫生间吐了起来。你告诉我：

"实在不好意思打扰你们，当着人家的面吐，可我真的快要憋不住了。"

你吐了以后，似乎觉得好了一点。我说：

"你躺着吧，我做饭。"

可还没等我把饭做熟，就听得你在里间又吐了起来。我慌忙跑了过去，你已吐了一地，说：

"实在憋不住了，连卫生间也跑不过去。"

我说：

"没什么，扫了就没事了。"一边安慰，一边拿过扫帚和簸箕清理。

我扫完后，继续做饭，你又吃了一片药躺下了。饭熟了，我叫你一起吃，你说不想吃，让我一个人吃。我只好一个人吃了。可我端起碗没吃几口，便又听得你在里间吐开了。我慌得放下碗跑了过去，见你又早吐了一地。

这下我慌了：

"怎么吐得这么厉害？"

你说：

"是不是空心吃药的缘故哇？"

我虽没敢对你明说，但心下在想：是不是心脏病恶化，引起浮肿，形成腹水导致的呀？一边动手清扫一边说：

"赶紧找医生看看吧。"

我立即想到退休后自己开诊所的高中同学。以前凡是你有病，我们总是先找他，他对你的病情比较了解，我们又是同学，总比较信得过，也方便。我立即给他家里打电话，结果无人接。这才想起，前不久他曾告我说，现在自己不开诊所了，被聘到一所学校的医疗室坐诊，二十四小时顶班，忙得老不着家。

放下电话，我又立即给同村的朋友打电话，询问他在市医院心内科上班的女儿的电话。问到后，便立即给他女儿打电话。这时已快下午五点了。她说，她正在心内科病房上班，那就现在来吧。

我们便立即打的去了。她问了病情后，用听诊器听了听，说："今天快下班了，什么检查也不能做了，我给你开了单子，明天一早去门诊上检查吧。"她问我几年没再全面检查了，我说自04年去北京检查后再没全面检查过。她说那就再全面检查一下吧。我说："行。"于是，她开出了超声心动、B超、血液化验等各项检查的单子。我们拿着单子匆匆打的回家了。

这一晚，我一夜无眠。第二天一早起来洗脸，发现左眼视网膜严重出血，把整个左眼都染得通红，甚至发黑，白眼球一点也看不见了。我的这个病从何时发生，现在已记不太清楚了，仿佛就是伴随着你的晕厥现象的发生而发生的。这两年保养得还算不错，今年还一次也没有发生过。但这次出血是所有发病中最严重的。为什么会这样呢？我的心里掠过一丝不安。

但这时候，哪能顾得上我呢？因为检查前不能喝水吃饭，洗漱完毕，八点半多一点，我们便匆匆打的来到市医院。

医院里病人很多，楼道里到处挤满了人。我们先来到化验室。我赶紧去找一位初中同学的女儿，她就在化验室上班。她很热情，一听我说，便亲自给你抽血化验，一会儿便做完了。告诉我说："一个小时后来取，你先做其它检查去吧。"

我向她道了谢，我们便一起来到 B 超室，先把表递到里面去，然后在外间等。我又到了超声心动室，也先把表递进去，排上队，便又回来陪你。

大约一个钟头后，B 超检查结果出来了，我看了看结论，上面说未发现异常，且没有腹水；我又到化验室取了结果，她也告诉我，没什么大问题。这让我大大放心了。

最后是超声心动仪的检查。我把此前两次在北京大医院检查的情况告诉了医师。医师检查得很仔细。掏良心说，我们为检查室医生认真负责的精神深深感动。检查的中间停了一段时间电，所以光对你一个人的检查就用了一个多小时，其间还专门与接诊医生通了电话，共同研究病情。甚至还指着显示屏让我看："我们不敢说大医院检查诊断的导管未闭不对，但我们确实看不到双向的分流……"让我的心里觉得暖暖的。

全部检查结束，已到下班时间。我们便打的回家。回到家后，我立即给接诊医生打电话，告诉她上午检查的情况，约好下午三点我去心内科病房找她，你就无须去了。

下午两点多，我便提前去了心内科。等了一会儿，她来了。我把检查结果交给她。她仔细地看了以后，没有多讲，只是说钠离子含量有点低，那是因为不怎么吃饭，食盐摄入少的缘故。这时候应该多吃点盐，同时身上浮肿时，应该少喝水。我说，原来是这样，以前真的不太清楚，只知道该少吃盐，多喝水，以后要改过来了。她一边说着一边开药方，开出的输液药物中有属于青霉素系列的派拉西林和一支消肿的"速尿"，还有三支"胃复安"和几瓶葡萄糖、生理盐水等。还开了一盒治浮肿的药，叫安体舒通，口服的，一天吃一片。开好后说："先输三天液吧，主要还是治胃的。"我问这些药街上药店好买吧，她说好买，就到外面药店买吧。我便拿着药方匆匆去了药店。

谁知，我跑遍了七一路、长征路、新建路的各个大药房，却没有一家能全配齐的。不得已，只好东家一味、西家一味地往全配。等药方上开的药全部配齐，天色已暗了下来。我匆匆跑回家，告诉你药已配全，让你先准备，我出去找输液的门诊部。家属院隔壁的门诊部不输液，咱这条街北面的门诊部又说天晚不输了。再远的，我想一来咱去不方便，二来可能也不给输了。没办法。只好等到第二天了。

　　第二天一早，我们又早早地去了街北面的门诊部，结果医生看了药方后，说不敢给输。没办法，我又只好打电话和医院的接诊医生联系，能不能在医院输。她说，那就只好到医院的治疗室去输了。

　　我们立即打的去了医院治疗室。那里的治疗条件真是大大出乎我们的预料：一间只有十几平米的房子里只转墙摆着一张单人床和十几把坐椅，便是它的全部设备，而输液的人已经几乎全占满了。老天，这就是一个地级市最大最好的医院的治疗室啊！可是就这，我们也因医生开的不是正式处方要求重开而不能给输。我只好先安顿你在那张已有一个小孩在母亲怀里输液的单人床上挤着半躺下，便立即亲自去找医生，请她重开一个正式的。而她那里又没有正式的空白处方。只好由她打电话请在门诊上值班的一位医生代开，让我去找。我去了，因看病的人很多，又等了好长时间，才总算把正式的处方拿到手。

　　这时已快中午12点了，你才总算挂上了吊瓶。我陪了你一个多小时，看到输液正常，便说："那你在这儿输吧，我给你灌氧去。""你回去吃点儿东西再去。"你吩咐着，我一步一回头地离开了。

　　可我哪顾上吃东西呀！我急急地从医院跑回家，连坐也没顾得坐一下，便带上供氧器，骑着自行车向开发区医用治氧厂飞奔而去。

　　两个小时后，我灌上氧回到了家。一看表，已三点多。往日，我每次灌氧回来，你都早早为我准备好茶水、水果、吃食，我都要甜甜地吃上一顿，再美美地睡一觉。可是这次，我哪顾得上吃，又哪能吃得下呢？赶紧给你带了几块蛋糕、几个橘子、一保温杯水，匆匆装进一个塑料袋，提着一路小跑到了医院。

　　还好，你输液一切正常。你对我说，我不在期间，由护士陪着，小便了一次。这是输液起了作用了嘛，我的疲累一下子消减了许多。我给你剥了几个橘子，我们一起吃，把一保温杯水也一起喝光了。

　　输液直到晚上七点多才结束。回去后，你的精神稍微好了一点，自输液后，也再没呕吐。我做了汤面，你喝了一碗，脱了衣服，躺下了。

　　因为昨天电话上约好，托亲戚买的车票今天在家里等人家的消息，可我们今天一天不在家，所以我便给他打电话，询问买票的情况。他说给我打了一天电话，家里没人接，要我明天一早务必在七点半前到车站找他。

　　谁料，在黎明前四、五点钟的时候，我却突然从睡梦中醒来，觉得胸腹部堵得特别难受，连下床都来不及，便爬到床边吐了起来。你也被惊醒，我们起来一看：啊呀，吐得竟完全是黑的！

吐了以后，肚子又剧烈地疼痛起来，我赶紧跑到卫生间。"欻拉——"简直是在往外倒一缸脏水。

人的身体竟是这般脆弱，经不起一点折腾。就只这一吐一泻，我竟软得连从卫生间回到房间的力气都似乎没有了。

回到房间躺了一会儿后，觉得稍好了一些。我看了看表，已到七点。又赶紧起床，匆匆洗了把脸，便出了家门，骑上自行车往火车站奔去。区区几千米的路程，平常再骑的慢也用不了十分钟，此时我却像骑车上一个漫长的陡坡，累得气喘吁吁，等赶到时已快八点。

从车站买票回来，已是九点多。我们便又匆匆打的赶往医院。待你输上液后，我才一边陪你，一边休息，慢慢缓过些气来。不无庆幸地对你说："你昨天还劝我太累了，氧要不明天去灌吧，哎哟，亏得昨天灌回氧来，要是今天，我可怎么也没法给你去灌氧了。"

后两天的输液相对比较顺利，我在陪你一段时间后，便回家整理准备去北京的行李。第三天，我们为了多挤出些时间回家准备，特别是晚上要坐火车，你需要多躺下休息，觉得只输生理盐水也没多大意义，最后一瓶便没输，中午十二点多就回家了。

（七）

到了北京的家就会一切都好

三天的输液结束，我们按原定计划动身了。

早上 8 点 05 分，火车徐徐地停了下来。我们在车窗里便看到大冬和二冬了。

你的精神很好，但体力却很虚弱。从下车到出站口，我们一直陪着你，中间走走停停，孩子们看着分外心疼，眼圈都湿润了。

北京冬日的早晨真冷，由于人多，一下子坐不上出租车，等了好大一会儿。我怕你感冒，几次帮你披紧外衣和帽子。

终于到家了，一股暖流涌了过来，我的身心大大放松：你主要是胃不舒服，原因不就是老家的暖气不热嘛？这里的家温暖如春，你的病自然就会好了。

第二天是星期一，孩子们都上班去了。我去菜市场买了菜和小米，昨晚你开始有点咳嗽，我又到药店买了一瓶"川贝枇杷膏"。

傍晚时，你觉得胃不舒服，想像家里那样，拿用过的葡萄糖瓶灌上热水暖肚。但我找遍了所有柜子，也没找着一个葡萄糖瓶，便给二冬打电话，让他下班后到商店买上一个电暖宝。不多时，二冬便买回来了。你立即用上了它，觉得挺好。

晚上，在一起看电视，你身上觉得有点冷，我和孩子都说："一准是感冒了。"当即量了一下体温：38℃。大冬赶紧拿出药来，你服了一片"新康泰克"。你与一般的心脏病人不同，很少感冒，偶有感冒，吃上一两次药便好了。

真的，睡了一夜，第二天便不怎了，只是还稍有点咳嗽。二冬说他今天不上班，休息两天。你说，"川贝枇杷膏"是中药，见效慢，二冬便立马又给你买回一盒"咳特灵"来。

下午四点多钟，有人敲门，二冬开了门，原来是大冬为我们来专门买了大屏幕液晶电视，商店派人送过来了。交接验收完，来人走后，二冬开始调试，一会儿便能看了。六点多钟，大冬回来了，告诉说是有朋友认识商店的人，以批发价买的，人家对外零售价要一万多，咱们7000元便买下了。一家人都很高兴，从这晚开始可以快快乐乐地看大屏幕电视了。

可是，这晚你又莫名其妙地腹泻起来，一晚上泻了好多次。我有些不安起来，可又总是往好处想，猜想是来了这里家里暖和，以前的积食消化了的缘故。积食消除了，不就想吃饭了吗？

但后来的事实证明，我想的完全错了。我们一直只当是"胃"的病症，一点也没意识到你的心肺在不知不觉中发生着可怕的变化。正是由于这种盲目的乐观和麻痹，没有在第一时间把你送进医院。也许就因为此，把你弄丢了。这怎能不让我懊悔终生呢？

(八)

这一刻，我真想从窗口跳下去……

今天，大寒。早八点，起灵——要从医院太平间移灵于殡仪馆。

孩子们天不亮就起来，匆匆去了。我又焉能睡得住呢？也早早起了床，为你上了香，在起居室独守着你的灵位。

向窗外望去，天灰蒙蒙的，分不清是晨雾，还是阴霾，宛如一张灰色的大幕向煞白的大地罩了下来，仿佛整个天地都布置成一个硕大的灵堂。

不一会儿，大雪便纷纷扬扬地下了起来。我看了看表，已到八点。是的，起灵的时刻到了，这是老天在为你送行。遥望东方，漫天飞雪，愁云惨雾；俯首窗外，大地一片银装素裹。我止不住嚎啕大哭起来，顿觉头晕目眩，你的遗像在我眼前飘了起来，幻化成一对翻飞的大雁，我情不自禁地把你抱在怀中，真想从窗口跳下去……

我想起了故乡著名的古代诗人遗山先生那首流传千古的《雁邱词》。当年，诗人去并州赴试，途中遇到一个捕雁的人告诉他一件奇事：今早设网捕雁，捕得一只，另一只脱网而逃。但那只脱网之雁并不飞走，而是在上空盘旋一阵后竟投地而死。诗人被大雁的生死至情深深地震撼了，他花钱买下这两只雁，并把它们葬在汾河岸边，垒上石头作为记号，名之曰"雁邱"，并将自己的震撼与感动，化为有力的诘问：

"问世间情是何物，直教生死相许？"

你我又何尝不是一对"天南地北"、"老翅几回寒暑"的"双飞客"呢？我们真的是和那对大雁一样相依为命、相濡以沫，经历了无数"欢乐趣，离别苦"的一对"痴儿女"啊！而今又同样"网罗惊破双栖梦"，在这个漫天飞雪的早晨你让我"渺万里层云，千山暮雪，只影向谁去"？你我早已生死相许，我真是该随你而去呀！

电话铃响了，恍恍惚惚中我拿起了听筒——是孩子们打来的：

"爸……"

"……"

"起灵、安灵，一切顺利。"

"……"

"告别仪式的事也都说好了……爸，你怎么了？"孩子们一直听不到我的声音，总是心有点慌了。

"爸不怎……"

"那好，我们一会儿就回去。"

"……"

我放下听筒，颓然地躺倒在沙发上：

我要是真的随你去了，那孩子们回来会如何？他们情何以堪?！你刚刚离我而去，你还未与亲友们最后告别，你还远未入土为安，你的灵魂还在四处游荡，这时……我真的该随你而去吗？……孩子们还未成家，我们的责任还远未尽完，你的离去已让他们终生为憾，我成了他们心中唯一的依靠和寄托，此时此刻……我真的可以随你而去、一死了之吗？问世间情是何物，直教生死相许！但这"生死相许"还真不是"一死了之"那么简单……

情至极处，具有起死回生的力量，《牡丹亭》中的丽娘可以因情而死，亦可因情而生，但"招魂楚些何嗟及"，逝者不能复生，却是人世间无法改变的铁则。遗山先生可以写下留传千古的《雁邱词》，"留待骚人，狂歌痛饮，来访雁邱处"，"雁邱"至今亦可供人游览凭吊，但一切的善行与感动都无法让那对大雁复活。汤显祖说："情之所至，生可以死，死可以复生，生不可以死，死不可以生者，皆非情之至也。"我对你的"情"真的还未"至"乎?！

自你在一眨眼之间离开了我，我就时时刻刻在问自己同一个问题：

"是我没有照顾好你吗？是我没有好好珍惜你吗？"

这几日，在无法入眠的茫茫长夜，我多少次披衣下床，一个人在起居室看着你的遗像默默地徘徊，喃喃自语：

"美美，是我把你弄丢的，是我把你弄丢的……"

我真的太累了，也偶有入眠的时候，但又总是从梦中哭醒，孩子们抱着我，我抱着孩子们，泣不成声：

"全怨我，全怨我……"

（九）

百身莫赎之一

此前，你的弟妹们曾不止一次地开玩笑说："我大姐是重点保护的大熊猫。"孩子们每次来电话，临了也总要加上一句："照顾好我妈。"我比他们更了解你的病情，知道你就像那吹成泡泡的玻璃咯嘣儿，一不小心就会碎，多少年来，真是捧在手里怕掉了，抱在怀里怕压了。扪心自问，对你的照顾也可算得上是无微不至。

从1976年比较明确地知道你的病情后，在我的记忆中就极少哪怕一两句拌嘴惹你生气的记录，不管我心里有多么大的委屈，一想到你的病，一切就都烟消云散了。1992年到北京中日友好医院住院，对你的病情进一步确诊后，为了有利你的病，从那年起，在当时连京城大医院的医生中也只有极少数人听说过"氧立得"这种吸氧器的情况下，你便开始用上了它。第一个用的旧了，又给你买了第二个。2000年之后，更是买了便携式吸氧器。当时，家乡全城的医院都在用制氧厂的工业用氧，我却生怕对你的身体不利，坐火车，挤汽车，往返于家乡与省城之间，专程为你去灌省城制氧厂的医疗用氧，一直到2006年家乡有了医用制氧厂。2006年大冬在北京买了房我们第一次去后，为方便你吸氧，又在北京专门买了一个更大更先进的吸氧器。近几年，由于你经常无规律地晕厥、抽搐，我的睡眠变得很轻，夜晚你的一点点轻微的响动，我都会立刻惊醒。白天更几乎是寸步不离，一刻不分，即使上厕所，超过十分钟，我也必会立马去看。

我常常想，你自2000年开始就有晕厥现象出现，我却在此后的几年中，为生计所迫，仍然外出打工，如果这期间你有什么不测，我将罪在不赦。于是，在两个孩子都工作以后的2004年秋终于痛下决心彻底打包回家。

我又常想，你多次晕厥、抽搐，我若打120急救，你却在一、两分钟后便安然无恙，一切如常；但若不打，万一发生意外，我亦将百身莫赎。我真是进退维谷、左右为难呀！我真害怕有一天，我们几近一生竭尽全力、苦心经营的幸福会让我在一眨眼之间给弄丢了啊！

谁料想，它竟然真的瞅准我防范之疏漏突袭而至，让我始料未及，百身莫赎。

为什么不在 10 月前天气暖和的时候就进京呢？就是提前一个月进京，今天的悲剧不是也完全可以避免吗？孩子们每次电话上都说，如果家里冷，就早点来吧；你小妹妹来家，发现屋里很冷，也劝我们早点去。可这些，为什么就打不动我们的心呢？为什么？为什么？

因为此前我们并没有把生活的重心放在北京。我反反复复地追问自己：两个孩子已在北京工作好几年，为什么我们还不把生活重心放到北京呢？你完全可以责备我：不是说早就想一家子到北京了吗？为什么却迟迟没有实际行动呢？

从客观上讲，随着房价的快速上涨，实现在京城拥有我们单另住房的梦想越来越难。大冬才刚买了房，二冬的房尚无着落，咱们在北京买房的事短期内根本无法提上日程。特别是兄弟俩都还没结婚成家，咱们怎么能现在就丢下家乡的家，把生活的重心放到北京呢？

但从主观上讲，关键是我没有把你的身体状况和居住地的环境气候温度等紧密地联系起来，或者说虽也想到了，但没能想得那么深，那么透，没有意识到这些对你的生命竟会如此重要。你时常对我说，从你的家乡调到我的家乡，就像换了个人一样，我也早感受到这一点。同样，我们也知道北京的地理、气候、环境等都比我们家乡好。那年过春节大冬去了三亚，说起三亚的气候环境如何如何好，我们还半开玩笑地说，那咱俩在三亚买套房子住吧。反过来，每当我们在电视上看到攀登珠峰的画面时，你总会说，要去了那里，你可能连一天也撑不了。可惜的是，对这些，我们只是说说而已。如果此前，我能像今天这样把你的生命和气候环境如此紧密地联系起来，二者几乎画上等号，那其它一切所谓的"条件"还在话下吗？北京的"条件"明显比家乡好，有这一条就足够了，我们还等什么呢？暂时不能把生活重心放到北京，难道就不能每年去北京过冬吗？父母兄弟挤在一起有什么不可以，我们刚调到一起时不是祖孙三代都挤在一起吗？可那时我千方百计想调回我的家乡，首要的考虑是照料年迈的父亲，并不是你的身体，你调回去后，就像换了个人一样，只是客观效果，并不是我们的主观动机。

更让我觉得百身莫赎、愧疚终生的是，已经有了那样的经验，却未能把它推而广之。如果我们早早把生活的重心放到北京,一年只在最热的暑天回家乡住两三个月,那你岂不是又会像换了个人一样,在北京健健康康的生活几十年!

我和你共同生活几十年,为治你的病多次进出大医院,感同身受地经历了你无数次病发时的痛苦,应该说,在这个世界上,对你病情的严重程度没有人比我更了解,没有人比我更懂得你发病时该如何处治,但现在,我仍然深感对你病情的危重程度和身体的脆弱状况还是缺乏深刻的认识和了解。每当看到你箭杆般干瘪枯瘦一如八九十岁老奶奶的手脚,我总是倍感心痛,但总想着这只是先天性心脏病的一个表征,并未把它当作是生命极度脆弱的表现,不敢、不愿去想那些也许眨眼之间就会发生的可怕的事,结果到悲剧真的降临时慌作一团,不知所措。是我的无知和麻木,把你弄丢了,我真是百身莫赎,真真痛煞人也!

我们之所以从去年起决定进京过年,完全是出于孩子们过年买票难,连续几年都是大年初一才到家,屁股还没坐稳就得急着去买返程的车票,而又往往无法如愿。这种年前回不来、年后走不了的情势,才让我们去年想到自己进京过年。今年与去年完全一样,暖气同样的不热,家里同样的冷,时间同样的安排,去年一切顺利,今年怎么会发生问题呢?所以压根儿就没往别处想。还由于我们大半生吃苦惯了,饿能受得,渴也能受得,热了能忍,冷了也能忍,所以便根本没把它当回事。更何况去年在京过年,发现北京的冬天家里特别热,但外面特别冷,而且风多风大,极易感冒。再说,米面粮油、水果蔬菜等一应生活用品都是按此时间置办的,早早走了,这些东西岂不全浪费了。

总之,什么都想到了,偏偏就是没想到冬至前后是最易发病的时节,家里太冷你的身体会吃不消的,一旦发病,后果将不堪设想。等到新年前后你开始染病,才后悔莫及,意识到此后不能再在家乡过冬,得把生活重心放在北京,每年只在最热的六七月间在老家住两三个月。没想到这时大错已经铸成,一切竟无法挽回,真真痛煞人也!

美美,是我没牵紧你的手,是我把你推到那面去的呀,我真是百身难赎!

（十）

百身莫赎之二

　　如果说，上面的大错让我百身难赎，那么，下面的大错就该是万死莫赎了。既然在老家已经染病，为什么不一到北京就赶紧住院呢？如果一到北京就让你住进最好的医院，那时你尚未突发抽搐等急症，一定会渐渐痊愈，兴许今天已经病愈出院，我们一家正欢欢乐乐准备过春节呢。每想及此，怎能不令人痛心疾首，痛不欲生！我真真是万死莫赎啊！

　　前面已经讲到，那天，我真的慌了。我视网膜出血的病已经一年多未犯了，可当晚，左眼视网膜大出血，是发现这种病以来最重的一次，整个眼睛都被染红甚至发黑了。我之所以心慌，主要是弄不清你的病究竟只是一般的胃病，还是肺心病恶化的征兆。如果只是一般的胃病，仅仅由于家冷所致，到北京后必会很快好起来，自然无须大惊小怪；但若是肺心病恶化的征兆，则必须迅即住院救治，否则后果将不堪设想。父亲刚办好入院手续还未住进医院便离我而去的惨痛情景不时在我眼前闪现，人不能犯同样的错误啊！

　　老实说，我之所以急着找熟人，上医院，并不是想让他们再一次确诊你究竟得的是哪种具体的心脏病，而是想让他们诊断此时你的病情究竟发展到何种程度。病症确诊了，却告诉你无法救治，比弄不清病症让人更痛苦。全国顶尖的大医院我们都正经八百地看过了，有一定风险的心导管检查我都签字做了，我们还需要再折腾来折腾去的检查诊断吗？说心里话，上医院给我带来的心痛比你的病本身给我带来的心痛还要大。美美，这样的心痛我们不是多次经历过，也多次相互倾诉而又相互安慰过吗？

　　以前，我读鲁迅，觉得先生对中医的看法太过偏激，但自我为了你的病多次奔走于医院之后，我对先生的心情完全理解了。只不过先生针对的是古老中医的故弄玄虚，而我针对的则是现代医学的冷若冰霜。现代医学无疑是建立在科学基础之上的，在科技迅猛发展的今天无论是诊断还是治疗都有了长足的进步，较之中医表现出明显的优势。但随着技术的进步，分工越来越细，医生离病人却越来越远。不用说望闻问切，就连与病人也少有接触，不作任何的自我诊断，一切全靠仪器，甚至连病人和家属的陈述都不想多听。特别是随着社会的异变，对财富的追求越来越热衷，而对生命的关爱却似乎越来越淡漠。

下了最大的决心，第一次到大医院就诊，准备做手术，经朋友介绍，掏良心说，开始时医生很重视，但一旦经医疗仪器检查确诊不能做手术后，一刹那间我们便成了多余的人，这个病人的生命便与他们毫不相干。让我深深感受到一种心灵的震颤与悲凉：进入这个赫赫有名的心外科病房的所谓"病人"，或许只是像进入工厂受检的一个物件，合格的便留下来进行加工，以收取加工费，不合格的便立即淘汰，扔到一旁，如此而已。这难道不让已陷于绝境的我们的心更冷到冰点以下吗？我们那次进京得到的有关以后该怎样疗治、保养等等的一切有价值的、后来证明确有成效的方法无一是从医生嘴里获得，全部来自朋友或病友的关切或同病相怜。

也许医生见过太多的死亡，看惯了生离死别，心灵已经麻木。但这就能成为对生命漠视的理由吗？一个对生命漠视的人会是一个优秀的医生吗？我们第二次进大医院，是因为听说有一种"介入治疗"的微创新技术，又一次唤起希望，费了九牛二虎之力才挂上了一个专家号。我与孩子拿出了以前所有的病历材料和我专门撰写的病情说明（为此我们准备了很长时间），想让她对你的病情有个全面的了解，咨询可否进行"介入治疗"或安装"心脏起搏器"。但她稍稍翻阅浏览了一下，便以一种异样的眼神看定我们："这人还……"——话虽未完全说出口，但那意思十分明显：这个病人早该不在人世了。既然如此，那不成了医疗史上的奇迹吗？即使站在纯医学的角度，作为专家级的医生，难道不应该给予更多的关注吗？可是接下来的一切却让我们的心又一次冷到了冰点以下。她不仅对病人不屑一顾，对我们的叙述很不耐烦，对我们想咨询的问题连听都不想听，而且几乎像是在打发一个乞讨者，草草开了一张检查单，推说她一天要看多少多少病人，一两分钟便把我们赶出了门。

由于对你的病情我们全家都已悉底尽明，心痛地明白即使是当今中国最好的医院亦无有效的治疗办法，上医院，特别是上大医院留下的心灵阴影太过沉重，所以，全家人虽然时时刻刻，无论远在天边，还是近在咫尺，从生活起居到一行一动都在为你操心，但对上医院，特别是上大医院却似乎存在心理障碍，不到万不得已不作此想。也许这就是我没有一到北京就把你送进医院的深层原因。

（十一）

百身莫赎之三

　　这次在家乡上医院，掏良心说，我们为超声心动仪检查室医生认真负责的精神深深感动，让我的心里觉得暖暖的。经过整整一个上午的各项检查，得出的结果是：超声心动的检查除以前已检出的肺动脉高压等病症外，未发现其它新的病症，对导管未闭的诊断还似有否定；B超检查未发现任何问题，没有腹水；血液化验亦未发现大的问题，只是由于多日不想吃饭，盐吃的少，Na离子含量有点低，但不是大问题，补点盐水就可解决。检查表明，看来主要还只是胃的问题。这一结果让我的心不再那么慌乱，我心底的紧张度大大降低，既然只是胃的问题，那主要是因居室冷而致，到了北京自会好的。

　　谁料想，后来的事实表明，上面的检查结果却与你的实际病情大相径庭，其治疗重点完全是本末倒置：你的病症主要是在原有心肺疾患的基础上，加上了肺部感染和充血性心力衰竭，导致主要脏器严重缺氧，体内静脉系统淤血和动脉系统供血不足及显著水肿，而不是一般胃病引起的不想吃饭，食欲不振、恶心、呕吐、腹痛、腹胀等亦只是心力衰竭的临床症状，治好了肺部感染和充血性心力衰竭，消除了淤血和浮肿，胃自然会好。但在家乡医院却一点未做有关肺部的检查，超声心动仪检查中所谓的"看不到双向的分流"也许正是病情恶化、心功能减退、心排血量下降、而肺动脉压却更加升高所致。

　　孩子们怕我会完全崩溃，总是劝我不要再想这些，我也明知一切已无法挽回，再想只能徒增悲伤，但我还是忍不住要仔细回想家乡医院诊治的全过程。三天输液，开了那么多的药，但大都是治胃病的，其中治浮肿的仅有两种，一种是安体舒通，口服的，开了一瓶，其后你一直吃着，但却未看到一点疗效；另一种是速尿，只开了一支，只在第一天输液开始时注射，很有效果，你在一两个小时内就尿了两次，那天晚上吃饭也比前日多了一些，甚至比我吃得还多（因我那日凌晨又吐又拉，当晚一点也不想吃饭）。但第二天就停了这种药，而后两天的输液也就没有什么效果。我真不明白为什么这种药最有效，却偏偏只用一支呢？如果坚持三天天天用，结果会如何呢？而同时其它的利尿药吃了那么多，又为什么一点也不见效呢？我在 Google 中输入"利尿药"三个字，结果让我查到了下面的内容：

"利尿药可以分为三大类：（1）强效利尿药：常用的有速尿、利尿酸，利尿作用强大而迅速。（2）中效利尿药：最常用的是双氢克尿塞，利尿作用比速尿、利尿酸弱一些。（3）弱效利尿药：常用的有氨苯蝶啶和安体舒通。"

"对充血性心力衰竭患者，由于肠管水肿，对药物吸收不良，因此，应静脉给药。"

对医学我当然是门外汉，不清楚上面的内容是否正确与科学，但它却与你的治疗过程及效果十分吻合。你多少年来一直服用双氢克尿塞，我已明确告诉医生这次服了这种药却疗效甚微，那医生为什么却开一瓶比它还弱效的安体舒通、又只开一支比它强效的速尿呢？医生想没想到你口服利尿药效果甚微的原因是由于肠管水肿对药物吸收不良应静脉给药呢？如果我的这些问题有科学道理，且当时能得到较好的解决，那后果将完全是另一种样子。如果我当时就能从网上获知疗效不好是由于口服的原因，在你浮肿刚开始的时候就请医生进行静脉注射，说不定你的浮肿早就消散了。即使疗效不好，也必然会大大增加我的紧张感，那我到了北京还能不赶紧上大医院就诊吗？唉，现在想这些还有什么用?！真真痛煞人也！

如果说，以前大医院曾带给我的心灵创伤是我未能一到北京就把你送进大医院的深层原因的话，那么，家乡医院检查结果和治疗过程的误导则是我未能一到北京就把你送进大医院的直接原因。

我的母亲突然患病，邻居亲友费了九牛二虎之力才送进医院，但没过几小时便在医院撒手人寰；我的父亲患病没几天，我匆忙办好住院手续，但前脚送进医院，后脚便进了太平间；你突然发病，二冬连一分钟也没耽搁便拨打了 120 急救中心，几分钟后便送进医院，但 28 小时后你便与世长辞。是我真的命运多舛，还是医院分明是鬼门关？

我的爷爷、姥姥都是急病而逝，父亲是肺心病，母亲是脑溢血，我去年检查出患有高血压，你为此心下万分不安，要我到医院再好好查一次。我则安慰你说，我只是比正常值稍高，并无明显的头晕头痛症状，没事的，要查的话，等到了北京你看病的时候我顺便检查一下吧。现在我懂得为什么会有那么多的人怕进医院的缘由了。你的突然离去让我痛感生命的极度脆弱，我已经意识到生死对我也许同样只是眨眼间的事，开始有意识地向孩子们谈一些身后之事。我真想告诉他们，万一我突发急病，就让我在家里平静地逝去，我真的怕进医院了。

（十二）

百身莫赎之四

事后，我也曾多次设想过当初如果一到北京就把你送进大医院的种种可能性。事实上，我在家里就做好了去北京后上大医院为你诊病的准备，带齐了以前所有的病历资料，一到北京就和孩子们商量该到哪家大医院。但一旦确定，要找上关系，挂上专家号，恐亦不是一两日内所能办到的。等这些事办妥，看了专家门诊，恐怕也很难一下子就住进医院，接受治疗，等待我们的肯定首先是没完没了的各项检查。对医学我当然是一窍不通，但据此前的经验（写作"教训"可能更准确），现在我已坚定的认为：即使是当今最先进的诊断仪器，在你未突发急症之前也无法检查出你的病情已恶化到生命的边缘；而一旦突发急症，则连傻子也明白其严重性。在这种情况下，医院人满为患，住院几若登天，医生明知你的病他们治不了，会让你立即住院，采取得力的治疗措施吗？

但这些并未能丝毫减轻我对你百身莫赎的愧疚。医院不是专为咱家开的，医生不是咱的私人医生，咱要看病得去求人，咱想住院得找关系，是我自己不上紧，那除了我，还能怨得了谁！

这次你姊妹们专程来京，与你最后告别，谈起你父亲病逝时的情况。讲到你父亲临终那日，你们还认为老人的病在渐好，你还正准备回去呢。有一句劝告世人的话说，要从最坏处着想，向最好处努力。但人们在至亲亲人患病时，却总是不想往坏处想，不要说是"最坏"，就连"不太好"这种想法也是在不自觉中尽量排除，这让人们自我麻痹。加之这种时候又往往身心疲惫，神经变得迟钝麻木，等到悲剧降临后方追悔莫及。

不是吗？那天，我曾慌过，但经医院检查没发现心脏病情加重认为主要还是胃肠不适后，便一心想你只要到了北京就会一切都好。我只那个晚上又吐又泻了一次，便几天全身瘫软得一点劲儿也没有，你多日又吐又泻，身体怎么能一下子就恢复呢？会好起来的，肯定会好起来的。那日咱们到北京，孩子们看到你的样子，心疼得想哭，但他们也一样，一点不往坏的方面想，拿出专为你珍藏的多种营养药，只想着他妈吃了，就会很快好起来的。也许死神为了劫你而去，已经给我与孩子们灌了蒙汗药！

但我明白，这只是人在至亲亲人突然逝去之际痛责自己为何会举动失措的一种无奈解释，也是人为什么在遭受重大打击之后会越来越相信命运的原因。但这种简单地把一切都归于天命的想法，实际上是自欺欺人，它同样无法减轻我对你百身莫赎的愧疚。

这里，我想说的是，你被身体和心灵的双重病痛折磨了一生，那种痛苦是无法用言语表述的，你常挂在嘴边的话是："哪如一生下来就掐死，也就不用一辈子受罪了。""活到哪天算哪天吧，还有什么可怕的。"外人、亲友，甚至家人，都认为你能想得开，也许只有我才深切地了解你那其实是一种无奈、无言、无边痛苦的最酸楚的表达。同样，从1976年我们婚后你第一次犯病算起，我便开始与你一起共同经历这种苦痛与酸楚。一个人的苦痛由两人承当无疑会让你的苦痛有所减轻，但随着病情的加重与进一步确诊而又无法疗治，我们的苦痛也在与日俱增，我们在希望、失望、绝望的漩涡与泥沼里反复苦苦挣扎。这三十多年来，我们真是活得太累了。

长期的心灵疲累，让我们身心交瘁，神经自然会变得迟钝麻木，我对你的病已习以为常，你对自己的病则更是坦然自若，心底的紧张度、心尖的灵敏度必然明显降低。别人一见你眼角浮肿，就怕得不行，可这种浮肿伴随你我长达三十多年，我们已见怪不怪；前不久，你在街上晕倒，路过的人忙着要打120急救，我却不慌不忙地说："没事儿，过一会儿就好了。"前几天原先想在家乡的小门诊部输液，医生一看是心脏病人，怕得死活不敢输，我还深怪人家胆小怕事。去了医院治疗室，里面的人一见便觉得你的脸好吓人，但我看着却觉得没什么不正常。如此等等，可见我的神经已经迟钝麻木到何等程度，这为你的不治埋下可怕的祸根。

但我们从未放弃过努力，从未失去对美好未来的憧憬和期盼。我们不放过任何一点有关你这种病的治疗信息，一听到有"介入"疗法便一家子忙个不停；我们对中央台的"健康之路"情有独钟，生活起居都力求按专家的讲解去身体力行。随着时光的流逝，当我们牵手度过了十年、二十年、三十年之后，我们迈过一道道沟坎，闯过一道道难关，我们的担心一次次化险为夷，我们的期望一个个圆满实现，我们的爱情日久弥深，我们的生活渐入佳境，似乎阴霾已经过去，前面好像一片光明。而我们几近一生的经验证明，这种光明的照临，主要不是取决于医院医生的诊治，而是取决于我们自己的精心保养。

"你的病医院治不了，只有靠我们自己精心保养"——这成了我们一家无奈坚守的信条。直到那天早上，你已快走到生命的边缘，我却还在乐观地想你昨晚跑了一夜的肚，积食消了，胃就会很快好起来，胃好了，浮肿自然就消了，浮肿消了，身体自然好了。二冬给你买来各种营养药，中午我们专为你熬了绿豆粥……

也许正是我的这种连自己也弄不明白为什么会这样既迟钝麻木又心惊胆战还盲目乐观的奇怪心态，把你弄丢了。我真真是万死莫赎呀！

（十三）

你与我和孩子真是有缘

当然，这次我也有告慰于你之处，其中最重要的无疑是我们按原定日期到了北京。虽然短暂，但不管如何，你还是和孩子们一起住了几天，母子们在一起其乐融融，你深觉欣慰，他们也略尽了一点孝心。特别是自你发病，他们就寸步不离、分分秒秒守在你的跟前，尽了所能尽到的最大努力，陪你走完人生的最后一程。

回想起来，我真的有些后怕。要是你在家乡突发急病，后果将会如何？且不说那里的条件远比不上北京，也许未等送进医院你已……必会让我与孩子们终生遗憾；且不说我那几日早已身心疲惫，若你突然离我而去，我会如何；光是孩子们远在千里之外，待接到电话匆匆赶回来时，他们的妈妈却已离他们而去，叫天天不应，叫地地无声，情何以堪？我们父子三人能不小死一遭吗？你在西去的路上能不魂牵梦萦吗？

一年虽有三百六十五天之多，但我们赴京的这个日子实际是早就定好了的。去年是星期五，今年怕大冬星期六加班顾不上接，定在星期六，但具体日子却是相同的。怎么会如此巧合呢？就是事先约定，事情千变万化，一旦耽搁几天不就错过了吗？你能否告诉我，这是你的选择呢，还是命运的安排？要有缘，天涯海角总相见。说来也真是奇了，二冬自上大学后，长年在外，整日在家的时候很少。但你两次突发急病，他却都在跟前；大冬自参加工作，在过西安、北京两个城市，换过四处住房，但你却每处都去过，最后的日子也在他新购的房中渡过。你与孩子们真是有缘啊！

同时可以告慰于你的是，多少年来，特别是近几年，我几乎是寸步不离地守着你，唯恐你在我不在你身边的时候发生意外，可以说你的每一次晕厥和犯病我都在你跟前，这次也不例外。也许这是老天早就安排好的，当我们结合的那一刻便注定了今日的结局。但我可以告诉你，对此我无怨无悔。我们痛恨老天的无情无理，共同为改变这一命运进行了长期的抗争，虽然最后还是没能拗过老天，但我们毕竟相濡以沫、同甘共苦，牵手渡过了 35 年的温馨岁月。也许正是由于老天这一无情无理的安排，让我们的爱情经受了最严峻的考验，我们之间的感情反而日久弥深，由爱情而亲情，由亲情而至亲。我们真是有缘啊！

我与孩子离不开你，你也离不开我与孩子，如今你人虽去了，但愿你的灵魂仍能常在我们身边……

（十四）

我没能与你最后告别

今天，"一七"，是亲人们与你最后告别的日子。

告别仪式安排在上午十点，美容师一早就要给你美容、修饰，殡仪馆工作人员要布置告别厅，摆放花篮、花圈等。大冬、二冬和你弟弟一大早就动身去了殡仪馆。

长夜难眠的我，还哪能躺得住？自然也早早起来了。

八点左右，大冬的发小陆续来了，他们就要开车带你的姊妹们一起去了。

这是与你最后告别的时刻，我怎么能不最后再见你一面呢？我心底里一直想去，但孩子和亲友们都怕我过度悲伤身体撑不住，坚持不让我去。有一种说法，认为老伴儿去了会被带走，所以按礼俗我是不该去的。我知道这是迷信，但此时的我却宁愿相信它是真的，如果你真能把我带走，那我们岂不是在一起了吗？但理智又告诉我，在这面我们还有好多事未做，如今你已去了，我必须把我们在这面该做的事做完后才能离开。我不能光想着自己，还得为孩子们活着。如果我真的跟着你走了，那他们将情何以堪！他们已经够悲伤了，我不能让他们再为我过分担心。不得已，我只好听他们的。

他们怕我孤独寂寞，专门留下一个人来陪我。今天是一个重要日子，我就是再悲伤也得硬撑着啊！

但我还是时时牵挂着你那里的一切，几次给孩子打电话，询问有关事项，脑子里想象着那哭声恸天，呼天抢地的惨烈一幕……

告别仪式快结束了。我们留在家的两人提前去了朝阳公园西门外的一家高档的酒店家，孩子们前天已定好在这家酒家的"越王堂"待客。

越王堂古朴雅静，窗外不远便是朝阳公园。我望着结冰的湖面，风中飒飒作响的柳枝，脑际不由得浮现起今夏我们在那里畅游的情景：

那天薄阴，孩子们上班走后，太阳渐渐从云中钻出，天光渐晴。"看来不会下雨，天又不冷不热，我们到朝阳公园转转吧。""我也这么想。"我们向来都是那么默契，什么事都能想到一块儿。于是，便带上大冬的数码相机，相伴出发，乘公交车一会儿便到了公园门前。在门前相互拍照后，进门先沿湖边转悠，然后逛游乐区、景观区，一直到太阳西斜时才相伴回家。那是多么快乐、多么值得回味的一天啊！

还记得在碧波荡漾的湖畔，姹紫嫣红的鲜花丛中，"世纪喷泉广场"的喷泉池旁，我给你拍照的情景吗？你当时笑得是那样的甜，高兴得简直像个孩子！

还记得在"层林浩渺"的葱绿塔松前，在"欧陆风韵"的花园石栏上，你给我拍照的情景吗？你说在这些地方照相，我显得分外有精神；我像个听话的孩子，任由你摆布。我们在一起，是多么得温馨和愉悦啊！

还记得在跳伞观览塔和蹦极塔旁的楼台上，我们一起登高远眺的情景吗？从那上面可以看到不远处我们在北京的家，我们谈论着孩子美好的未来，谈论着我们幸福的晚年，我们期盼着，我们祝愿着……

谁料，转眼间，你竟离我而去。物是人非事事休，欲语泪先流。人何处？连天衰草，望断归来路……

我在这面的愧疚与自责只能等到了那面再亲口对你诉说；我在这面亏欠你的只能等到了那面再加倍报答。愿你在天堂等我，愿我们来生再做夫妻，做一对健健康康、恩恩爱爱、和和美美、白头偕老、齐年尽老的好夫妻！愿我们灵魂相伴到永远！！！

席后，我语重心长地对在座的亲友们说：

"幸福的得来，需要我们付出无穷的辛劳和汗水，用几近一生的心血去浇灌、培养，但幸福的失去却是眨眼间的事，因此，我衷心地叮嘱诸位，对现在的幸福一定要百倍珍惜……"

这一夜，我整夜无眠……

（十五）

倾尽心油心亦甘

我虽未能最后去送你，但我想你一定感受到了——孩子们为你做的最后安排几近完美。大冬的朋友们帮了很大的忙，让我感到莫大的欣慰。我们的二冬则默默地承当起所有极重要又极琐碎的事务，一切都办得那么井井有条。我们原先都觉得二冬的性格比较偏，我一直认为二冬更像我，性格内向而心高自尊，大冬说是他妈改变了二冬的性格，但此前我们似乎并未深刻地体味到二冬性格中至孝至爱至真至细的一面。在这段让人肝肠寸断的日子里，他忍着巨大的悲痛，默默地把一切该做的事都随时详尽地记在一个本子上，甚至于连我几点吃药、吃什么药都在上面记得一清二楚，准时提醒我："爸，该吃药了。"看着我们的二冬时常用手捂着怕我看到她泪眼模糊的脸，在这样的时刻，他没有心爱的人能替我们陪着他，给他以抚慰，我真的好心痛。这一切，她姨姨们也都看在眼里，你小妹妹对我说："你真有福，二冬就像个闺女。"是的，只有我知道，这是你为了我舍命赐予我的。我们没有女儿，但如今我已深深地感受到我们的二冬女儿般的孝心了。他已经向公司请了假，把一年的全部年假合在一起，年底前就不去上班了，整天几乎是寸步不离地陪着我。你知道了这一切，该感到欣慰和放心了吧。

长歌当哭是必须在痛定之后的，这是常情。但你很了解我，我不大爱多说，却有着强烈的一遭遇苦痛就想动笔的积习；我也很了解你，你不大爱看书，但对我写的书却情有独钟。这次遭遇人生的最大不幸，在你刚刚离开我的这几个辗转难眠的长夜里，特别是你给我托了那个苦命珊瑚鱼的梦以后，我便萌发了要为你——不仅为你，也为我，我心底巨大悲痛的火苗如果找不到喷发口，我也许真的会被烧成灰烬——写一本书的强烈愿望。经过几个不眠之夜的苦思冥想，便用泪水的长河勾画出了她的大致轮廓。

今天，当你的弟妹们启程返乡，偌大的家里只剩下我们父子三人的时候，我打开了电脑，用颤抖的手打下了下面的大字标题：

美玉胜金
—— 人世与天堂间之心灵絮语

打出了"谨以此书献予爱妻美美"、"寄语天堂"等书前题词，紧接着又一口气新建了从00到35的"悼妻专页"文档，把刻在我心底35年的甜蜜记忆和着苦咸的泪水——列出：

第一次见面

一波三折

订婚

繁忙而欢乐的暑假

心的融合

……

你我人世与天堂间的心灵热线就这样正式开通了。

你知道，我原本准备这次在京的几个月里要写完那本熔铸了我一生苦难、坎坷、悲愤、思索与感悟等心路历程的书的，它只剩八、九章了，我想在我们返乡时能让孩子们给打印成册带回去。但你的突然离去，让我完全改变了原先的想法。在现在的心境下，我已经无法继续写那本书，我的心无时无刻不在你身上。

在此之前，我从未想过要为你或者说为我们写一本书，因为我们太普通、太平凡了，普通得简直毫无写点，平凡得简直不值一提。但你突然离去在我心底引起的巨大震颤却让我意识到我们之间那种纯得不能再纯的真情是多么的弥足珍贵。我的书从来不是为别人写的，完全是为自己写的，上面的那本是这样，现在的这本更是这样。也许这就叫做敝帚自珍吧，我们自己珍爱，完全与别人无关。所以，我才决定倾自己毕生心血务求在有生之年完成。我已经嘱咐孩子们，在我百年之后，一定把这两本书包好放进我们的墓穴里。

你一定能想的到，这本书我不是在用手写，用笔写，用鼠标键盘写，而是在用心写，用泪写，用至爱真情写。因此，它不可能用常规的时间和常规的方法：你离开我的这段时间里，我几十年养成的生活规律完全打乱了。以前无论春夏秋冬我午后都会睡上一觉，但现在我白天根本无法入睡，也不敢入睡，不然晚上更无法入睡了；以前晚上我是睡了一觉又一觉，但现在只能勉强睡上一

41

觉，刚睡下很长时间睡不着，而一旦醒来，就再也无法入睡了，躺着比起来更难熬。我只好凌晨甚至午夜便起床坐到电脑旁与你絮语。我完全无法按章节的顺序写，只能按心灵的痛点写。此时此刻，哪里在痛我就写哪里；这里心痛的无法写了，我就转移到别的地方；实在心痛的无法继续了，我就大哭一场……

在最悲痛的日子里，我在那首《悼爱妻》的诗中曾悲愤地写道："天不佑善无理喻，倾尽心油亦枉然。"今天，我又在与你的第一次心灵絮语中，深情地对你说："雪芹为撰《红楼》甘愿泪尽而逝，我亦愿为写此书倾尽心油……"我明知"倾尽心油亦枉然"，但还是"倾尽心油心亦甘"，美美，你能体会到我的这种无以言状的心境吗？

（十六）

妙龄初识

美美，还记得咱俩第一次见面的情景吗？

那是 1972 年初夏，其时，我虚岁 28，你虚岁 19。那天，天刚擦黑，我如约来到李大姐家。你也一样，不一会儿，便推门进来了。

电灯下，我们腼腆地看着对方的脸。你的脸圆圆的，胖胖的，白里透红，算不上漂亮，但给人一种朴实健壮的感觉。嘴唇不像一般年轻姑娘那样艳红，但头发乌黑发亮，扎着两条齐肩的短辫，眼睛不是很迷人，但给人一种亲切感，显示出青春少女少有的秀美和端庄。当两人的目光相遇时，便都害羞地移开了，以至于我现在都想不起你那天穿的衣服的具体颜色和式样了。但印象中你的衣着十分整洁、合身，显示出妙龄少女难得的成熟和干练。

我在你眼里的样子一定比你在我眼里的样子差得多。与你相比，我当时已是名符其实的大龄青年，多经风霜的我，头上已有白发，精瘦的脸上已是皱纹斑斑。由于家贫，衣着从不讲究，几乎没有一件像样的新衣裳。在你眼里，我一定不像个高中教师，倒像个道地的村佬儿。你后来告诉我，早在咱俩这一次见面以前，就曾在街上见过我。一天中午下班后，你和服装厂的工友相伴回家，走到大操场时，见街对面的墙根边围着一圈人，便好奇地挤了过去。原来是看一个瘦高个儿戴眼镜的年轻人在墙面上书写宣传标语。那标语上的字长宽足有一米多，但他却连尺子都不用，只用彩色粉笔三两下就写出一个空心字来，一点也无须修改。他写好后，由跟着他的学生把空心字涂上红漆，看着既匀称又美观，围观的人都啧啧称赞。你惊讶地想，衣服都是一个规格，但裁剪的时候既要用尺子左量右量，又要用彩笔在布料上画来画去，改来改去，最后还往往不合身，这么大的字，个个都不一样，他怎么能一下子就写得那么好呢？你还以为这人是县里专门从大地方请来写标语的书法家。可随行的工友告

我与学生一起劳动的照片

诉你，这人就是咱县中学的语文老师，字写得特棒，上课时他在黑板上写字，学生们都在下面自觉地照着临摹，久而久之他教出的学生写的字都有点像他了。你当时听了觉得这人太神了，没想到后来这个人竟成了你的爱人。

那天，我们似乎没有谈几句话，由于李大姐家只有一个房间，我们甚至没能单独在一起聊聊。顶多半个小时，会面便结束了。以至于现在很难回忆起来，当时我们具体谈了些什么，大约只是随口问问各自的工作和家庭的基本情况而已。

这次见面的缘起其实很偶然。在我大学毕业分配到你的家乡县中学任教的第三个年头，冬去春来，屋里停止生火炉了。办公室几年没粉刷了，烟熏火燎了几个月的房间黑得简直不成样子，因此校领导决定请县手工业服务社的工人来全部粉刷一遍。来我房间（办公室兼宿舍）粉刷的是一位三十多岁的女同志，粉刷过程中我们很自然地聊了起来。原来她和我同姓，又是同乡，是随丈夫从部队转业来到这里的。这样，关系便一下子拉近了，话也多了。这时，隔壁的一对教师夫妇也参与进来，听说我们是老乡，便指着我说"李老师为人挺不错的，还没对象，你们既然是老乡，就给他介绍一个吧。"李大姐（此后我便一直以"大姐"相称，你则一直按你在手工业联社的辈分叫"姨姨"）很爽快地答应了。

大姐真是有心人，十几天后的一个傍晚，一下了班便专门来找我，向我谈说了你的情况；当然此前也向你谈说了我的情况。咱俩的第一次见面就这样由大姐促成了。

（十七）

一波三折

第一次见面后，我的心里一直惴惴。

我是父母的独子，其时大学毕业参加工作已有三年。第一年因在部队农场锻炼，接受工农兵再教育，压根儿就没想过婚姻的事。这两年来这儿工作后，家里倒是不时有人上门提亲，但却不是我不同意，便是人家看不上我，反正总是成不了；而这里由于来的时间短，除中学的教职工外，其它单位认识的人很少，所以还没有人正儿八经地给我介绍过对象。我的婚姻大事迟迟未能解决，这自然成了父母心头一块最大的心病，也成了我心中对父母的一种深深的歉疚。

你是我在这儿经人介绍决定见面的第一位姑娘，也是唯一的一位姑娘，最终定情的姑娘。掏良心说，你给我的印象不错。但现在要我说究竟是你的哪一点让我动情，我究竟爱你的什么？我还真说不上来。是你的相貌？是你的年龄？是你的工作？这些仿佛都是，但又仿佛都不是。也许这就是人们常说的缘分吧。

或许真如柏拉图所说，我们的爱是一种灵魂的爱。人们生前和死后都在最真实的观念世界，在那里，每个人都是男女合体的完整的人，只是到了现今生活的这个世界才分裂为二。所以人们总觉得若有所失，企图找回自己的"另一半"，人与人之间才会有恋情。在观念世界里，你（妳）的原本的"另一半"就是你（妳）最完美的对象。他（她）就在世界的某个角落，也正在寻找着妳（你）。在这世上有、且仅有一个人，对你（妳）而言，她（他）是完美的，而且仅对你（妳）而言是完美的。也就是说，任何一个人，都有其完美的对象，而且只有一个。真正的爱情是一种持之以恒的情感，惟有时间才是爱情的试金石，惟有超凡脱俗的爱，才能经得起时间的考验，才会无论前生今

城关大东街、古城门

生与来生，三生皆有缘，才想生生世世做夫妻，天上人间永相伴。

当然，当时我没有想这么多。但我在急切地祈盼着你的回音确是真的。

你没有让我久等。几天后，李大姐就兴冲冲地来告诉我：

"美美她没意见，你呢？"

"我也没意见。"

"没意见就是同意，那约个时间你去见见她的父母吧。"

"大姐，你安排吧，什么时候都行。"

几天后，李大姐陪我去了。你家住在靠近南门的城关大东街。显然家里做了认真准备，院子洒扫庭除，西房三间，中堂摆放齐整，正室明亮而整洁。父母热情的接待我们，寒暄让坐。大些的孩子都有意支出去了，只有一个尚在襁褓中的小女孩端坐在炕中央，煞是可爱，眨着眼看着我，我也逗着她，坐在了炕沿边。你则忙着沏茶倒水，完了便立在躺柜边，静静地听着大人们之间的谈话，很少插嘴。

父母对我及家庭的情况问得很仔细，好像能想到的方方面面都问到了，我则一一如实回答，不敢稍有隐瞒。大约坐了一个多小时，大姐便带我离开了。父母送我们到家门口，你则送到大门外，目送我们远去后，才返回回去。

走到岔路口，大姐对我说：

"有了回话，我立马找你去，你就静待佳音吧。"

这次等的时间比较长。大约过去二十几天后，大姐才来找我。我看她进门时无精打采的样子，心里便扑腾起来。果然，一坐下来，她就对我说：

"李老师，人家老李很看重'根基'呀！"

"我的家庭出身是不太好。"我最担心的事终于来了，尽管早有思想准备，但还是觉得十分沮丧。

"对你的年龄比美美大，大人们倒不太在乎，她妈说，她爹就比她大好多呢。"大姐显然是在安慰我。

"噢，对了，老李说的'根基'还有一层意思，你应该不会是……"

"还有一层意思？那指什么？"我一时大惑不解。

"就是看是不是'臭骨子'。咱们家乡有这种病的人极少，所以不大问这个，但这儿有这种病的人家不少，这病遗传，所以这儿的人特在乎这个。"

"噢，是指这个呀！我们家当然不是了，这我可以保证。照这么说，那她家也不会是了。"

"肯定不是，她家要是，怎么还会……"

"对，对。那你完全可以告诉她家……"我似乎又看到了一线希望。

"可是老李认识你们领导，已经打听了，知道你的家庭出身不好。人家可是贫农，还是革命残废军人呢。"

"这是公开的，我也不隐瞒，只是上次见面时他父母好像没问，所以我也就没说。"

"人家倒也没怪怨你，也不认为出身不好的人就坏。可你也知道，社会上叫你们知识分子是'臭老九'，虽说臭吧，但它像臭豆腐，闻着臭，吃着香；但要是'黑五类'那可就大不一样了，不但自己抬不起头，连子孙后代都没出展了。"

"是这个理儿。"我真的无言以对。

"美美倒不太在乎，只是老李人家怕……"

"那就算了，劳你费心了。"我还有什么话好说呢。

"有合适的，我再给你介绍一个吧。"

这事至此就算结束，虽也烦闷了几天，但很快也就释然：谁叫咱投胎到地主家呢，就认命吧。这时，学校已临近放假，过几天我就准备回家——这个学期婚姻问题看来又无法解决，回家只有再听父母的唠叨了。

学校虽已放假，但县里决定假期教师集中学习半个月，所以我还得留在学校，暂时不能回家。

一天下午，大姐又笑嘻嘻地来找我了。我还以为她是来为我又另外介绍的，心里又是感激又是抱歉，开口就说：

"您对我的事可真上心，实在麻烦你了，上次累您白跑了好几趟。"

"怎么能是白跑呢，事情又有了转机，你可得抓紧啊！"

"转机？莫非……"

"我们都不知道，其实人家美美心里特愿意，只是在父母跟前不好说，这一段回到家里老是愁眉不展。慢慢老李也就看出来了，专门找到我，问我这事可该怎办。"

"那你怎么说？"

"我当然向着你了。我说，如今讲究婚姻自由，人家闺女真要是铁了心，你能拦住吗？就是你拦住了，另找了别人，将来要是过得不好，不是落一辈子的话把吗？家庭出身这事儿，说大也大，说不大也不大，大学生里出身不好的多了，莫非人家都不找对象了吗？闺女都不嫌，你还嫌什么？国家不是说了，主要看本人表现吗？"

"她大人听了后怎么说？"

"老李听了我的话，思忖了半晌，叫我来再探探你的口气。"

"我还能说什么，难得美美不嫌弃我的家庭出身，人家大人提什么条件我都答应。"

"有你这句话，我就放心了。你不知道，这地方的人，特别嫌咱们那儿的人小气。"

"还不是穷的缘故么，不过，穷是穷咱自个儿，咱们那儿的人还是很讲究人情礼往的。"

"是的，我看这事有门儿。"

"那就劳大姐再跑一趟了。"

过了几天，大姐来告诉我，说你家大人已基本同意，问我是否征求过父母意见，如果大人同意的话，就来这儿一起把婚事定下来。我说我的事，只要我同意，大人不会有意见，要决定的话，有我一个人在就行了。

但你家父母还是坚持说决定婚姻大事应该有家长参加。这又让我为难了。父母远在家乡，为此大老远的跑了来，又费力，又劳神，又花钱，真有这个必要吗？后来，还是大姐出了个主意，说可不可以请你们学校的领导来代表，我说当然可以，只要人家父母同意就行。

结果，你家父母表示同意，咱俩的事这才有了下一步的发展。

（十八）

订　婚

那是一个星期六的晚上，月色如银，星光灿烂。校革委会张副主任和李大姐同我一起去你家。

张副主任是 50 年代分配到这儿的大学生，为人热情，乐于助人，我们私交颇深，我像尊重长辈一样尊重他，我和你的事，在学校第一个告诉的就是他。路上，我心里总是有点惴惴，对他说：

"你就是我的家长，人家提什么，你都应承下来。"

他笑着说：

"这方面我比你有经验，心里有数，你就放心吧。"他的话让我心里踏实多了。

大人们对这次商谈很重视。家里干净整洁，炕上铺盖垛得整整齐齐，炕桌摆在中央，壶里已经泡好了茶，壶嘴冒着热气。我们一进门，你爸妈便热情地迎过来，邀张主任和李大姐上炕。你妈拉着大姐的手一同上了炕，张主任说他不习惯盘腿，便和你爸一起顺势坐在炕沿边。我坐在墙角的椅子上，你则坐在柜边凳子上。

寒暄过后，便进入了正题。张主任直截了当地说：

"李老师的父母不在身边，我就算他的家长，你们把闺女养大不容易，想要些什么，尽管说，不必客气。"

你爸则回话说：

"我一分钱也不要，他们成了，我连一根烟也不会抽的。"

我听了，一愣：

"怎么？这是气话，还是……"

你则若有所思，低下了头。

张主任和李大姐可能也有些觉得意外，都说：

"他们成了，以后应该好好孝敬你们二老，怎么能连一根烟也不抽呢。"

"那敢情好。"你妈说。

既然如此，那这项主要的议题就算说定了。接下来关于何时结婚等事项便好说了。你爸说这是他办的第一个婚宴，得准备一番，我说我家也是如此，于是便初步说定到春节时举行婚礼，具体事宜待我放假回家和父母商量后再确定。

商谈进行得如此顺利，简直出乎我的意料。出来后，张主任对我说：

"来的时候你还怕人家狮子大开口，看来老李为人挺开通的，这门亲事你算找好了。"

大姐也高兴地说：

"这下你可以把心放进肚子里了。"

我说：

"全靠你们哪，真不知该怎样谢你们。"

第二天，我便约你一起上街置办订婚衣物。

我高兴地对你说：

"你家父母什么也不要，那我的负担就大大减轻了。昨晚你没说自己想要些什么，在大人们面前我也没好意思问，今天，你齐管告诉我吧，我保证满口答应。这里有的，我们现在就买下，这里没有的，我们学校的老师家在北京、上海的有好几个，我可以让他们捎。"

你却略显不快地说：

"大人们对你们说是什么也不要，但对我讲了，结婚以后，我头三年的工资依旧给他们。这三年，我得靠你养活了，还能张口要什么呢？"

"噢？是这样啊！"我有些愕然，但很快便转口安慰你说，"父母把咱们养大不容易，你家姊妹多，你爸养活这一大家子也够难的，你头几年的工资给父母也在情在理，我们结婚后俭省点就是了。不过，总该置办些新衣服吧。"

"当然总得买一些了，可是商店现成的衣服挺贵的，咱们买上衣料，我自己做，毛衣也买上毛线我自己打吧。"

"那行，一般布就从这里买，另外我从外地给你捎一块的确良做衫子吧。"

"也好。"

"我见你还没戴手表，我现在戴的是一年前托人从上海买的，这回我托人给你从北京买一块吧。"

"手表挺贵的，你们当老师的上课离不了，我们倒也不当紧。"

"一辈子结婚一次，还是应该买一块，也有个纪念。"

"那由你吧。"

我们边商量着边转商店，除自己的外，还专门给你爸、你妈和众弟妹们一一精心挑选了适合的东西。到小晌午时该买的都已买齐，两人才高高兴兴地提着大包小包回到你家。

咱们回去时，你爸还没下班，你妈好像也不在家。等了一会儿，大人们才回来。进门便说：

"你们今天置买东西，事先也不给大人说一声，家里一点准备也没有。"

你我一时都不知该如何回答。大人们倒也没再说什么，你妈便开始做饭，好像是吃的河涝。这便算是我们的订婚饭了。

（十九）

繁忙而欢乐的暑假

教师假期学习结束，我愉快地回家了。

一进门，我便把咱俩订婚的事告诉父母，并拿出你的照片让大人们看。父母一听说你有工作，又看到照片上的你丰满健康，很是喜欢。便和我立即商量起如何举办婚礼的事来。

同时，父母告诉我，一个邻村的亲戚也正在给妹妹介绍对象。男方是小学教师，家庭出身也不好。我母亲和二姑已经去他家看过，只有狭窄的两间房，父母已年迈，失去劳动能力，弟兄两个，兄弟还小，所以家里也不富裕。不过，本人总算是有个工作，家里院子虽小，却是独门独院。考虑到咱家成分也不好，还算门当户对，妹妹自己又没有工作，要找比这好的也难。所以尚在犹豫不决之中，想等我回来听听我的意见。

我从侧面了解了一下，觉得他师范毕业，有文化，是正式教师，又性格温和，为人老实，认为不错。父母和妹妹也都同意我的意见，这门亲事就定下来了。

我和妹妹的婚姻大事一下子同时定了下来，真可谓双喜临门，一家子高兴得连睡梦中也在笑。

下面该商量如何举办婚礼的事了。我的婚礼已和你父母初步商定在过年时办，妹妹的婚礼男方家也同样想在过年时办，这下，难题出来了：

按当地的风俗，一年不能办两个婚宴，而兄妹两人同时举办婚礼，更是有违常俗，即使两对陌生的新人在同一天举办婚礼，若相互打照面，也是不吉利的，何况兄妹？年前办一个，年后办一个吧，礼俗上倒是说得通，但按当时家里的经济情况，父母年纪已大，身体又不好，劳累一年，连口粮都领不回来，我毕业参加工作才两三年，积攒的钱光修房换窗（盖新房则压根儿就没敢想）便花完了，就是办一场婚礼，也得借债，要是不出一月办两场婚礼，那真是想借也没处借。这可该怎么办呢？

我受了多年的唯物主义教育，自然不大相信那一套，便提出既然我们兄妹同时订婚，那同时举办婚礼则顺理成章，而且根据自家的实际情况，也只有这样做能行得通，总不能为了儿女的婚事把父母逼上绝路吧。父母则说这有违乡俗，怕对儿女不好，一旦有事将后悔一辈子，同时也怕亲戚朋友们说三道四，为省钱两场婚礼合在一起办，收人家两份礼，却只举办一场婚宴。真是左右为难，一时难下决断。

为此，父母又和我一起专门去征求我二姑夫和大表姐夫的意见。这两人都是民国时期的中学毕业生，有文化，有主见，父母遇有难于决断的事多去找他们商量，我对两位长辈也十分尊重。结果，他们都一致赞成我的意见。

这样，关于如何举办兄妹两人婚礼的事，便初步定了下来。待开学后，再和你及你家父母商量，作最后决定。

繁忙的准备工作开始了。因为我们家没有正房，父母亲现在住的两间正房原是专为奶奶住，租别人家的，早已破烂不堪，奶奶过世后考虑到我将来成家后房子不够住，也就没有退租。但人家的房子咱不能整修，无法做新房，所以我们的洞房只能设在自家的南房。我分配工作后，家庭经济状况有所好转，经过整修，换了门窗，看去倒也还像个样子。但因我迟迟未能成婚，室内便没进行布置。因此，新房的室内布置自然成了准备工作的重要内容。

我是有文化的人，尽管受当时政治、经济等各方面条件所限，无法完全按自己所愿进行布置，但还是想增加一点儒雅气息。我专门进城转遍了所有书画店，精心选下一幅"红梅傲雪迎春"的大幅国画，准备挂在迎门的墙上。试挂后，觉得有点单调，应该配上两个条幅。但哪能买到合适的条幅呢？没办法，只好自己亲自动手做了。于是便选了两首当时最流行、自己又比较喜欢的诗词，用笔一一写成篆字，再让妹妹用红光纸剪出来，粘成两个条幅，配挂在画的两边。

虽然整整一个假期我为准备咱俩的婚礼忙得不可开交，但人逢喜事精神爽，为自己的终身大事奔忙，再苦再累感觉也是甜的。

可今天呢？

（二十）

真的好想你

今天，农历腊月二十三，小年，它告诉人们该准备过年的一切了。但我们家今年不会有过年的气氛了。

今天，"二七"，它提醒，你离开我已经十四天了。自我不在外面打工后，我们从未离开过这么长时间。真的好想你，真的不能没有你……

我一早起来，便把香炉中的香梗一支一支地用牙签挑了出来，好为你上香。我也不知道为什么要做的那么仔细和认真，竟不知不觉过了半个钟头。二冬给黄白菊花浇了水，摆上供品，为你上了香。

香烟袅袅，思绪绵绵，我们又在一起了。

我打开了我们珍藏的影集，你那张妙龄少女的脸又呈现在我的眼前……

还记得我们在分别一个假期后第一次见面的情景吗？回到学校的当天下午，我便迫不及待地想去找你。但我不想直接去你工作的车间，在众目睽睽之下与你会面，只好估计你快下班时，跑到你回家必经的路口去等。不料偏偏遇上你加班，让我苦等了一个多小时。你知道我当时是怎么想的吗？说来好笑，也许是爱好文学的缘故吧，我那时竟想起《诗经·静女》中那个在城隅等他心爱的姑娘却"爱而不见，搔首踟蹰"的男子赴约会时的那种欢愉、幸福的心境和焦灼万分的情态，觉得是那样妙不可言，真够得上是一种享受！

想了好多话要和你说，但由于你和工友们结伴而行，我一下子变得十分腼腆，只问了一句：

"你今晚有空吗？"

你似乎比我还要腼腆，答话简单得不能再简单：

"有。"

"那你晚上过来吧。"

"行。"

苦等了一个多小时的会面就这样不到一分钟便结束了。

晚上八点多，你如约来到我的宿舍。这下我们可以好好聊了。

我们虽已订婚，但整整一个假期，我只给你去了一封信，而且信里只有几句话，还是写给你全家的。现在想来，未免太少，真是太没有情调，太缺乏激情了。记得那晚我一开口便问你：

"我假期写给你的信收到了?"

"收到了。"

"你爸妈看了?"

"看了。"

"说什么了吗?"

"我爸说，你怎么那么不细心，把'全家欢乐'写成'合家欢乐'了。"

"噢? 那就应该是……"我笑了笑，没有继续说下去。

"我问过人，知道……"你含笑作答。

我们第一次达成心灵的默契。

关于婚礼的安排，我心下一直惴惴，怕你有别的想法，以致产生误会，我把假期中家里准备婚礼的详细情况一五一十地全告诉了你，征求你的意见。没想到你连踌躇也没打，便表示完全理解：

"不用多说了，怎么着都行。"

我深深感受到你温顺随和的贤妻良母型的善良品性：

"我绝不会让你受委屈的。"我的话脱口而出，连自己也弄不清是对你的感激还是承诺。

我把托人从北京买的的确良和手表递给你。你先把布翻开，觉得很好，挺喜欢，便忙着用尺子左量右量——你从十六岁开始学缝纫，一辈子对裁制衣服有着特别的兴趣，由此也养成你认真细致、一丝不苟的性格——我说：

"那不着急，以后的时间多的是，还愁做不住吗? 还是快看看手表吧，天津出的，东风牌，高老师告我说，走的特别准，一天只差几秒，比我戴的这个上海出的强多了，我这一天要差二十几秒呢。"

你听了我的话，放下布，把手表戴上了。看得出，你非常喜欢，高兴地笑了；我也笑了，我们笑得是那么开心。

这是我在婚前送给你的唯一一件值得纪念的礼物，你一直戴着它，珍藏至

订婚后我送给你的天津产东风牌手表

今。现在回想起来，唯一的缺憾是我当时竟没有想到该亲手给你戴上，你说，我该有多傻呀！

订婚的事渐渐传开，我们之间交往日频。这时，只有在这时，我们的热恋才算真正开始。

你工作的缝纫社离我在的中学不远，拐两个弯儿即到，来去还是比较方便。但那时没有电话，如果不想直接去单位找，要预约却比较麻烦。

我一直沿用第一次的办法，估计你快下班时，跑到你回家必经的路口去等。而你想约我则更麻烦，只能写一张小纸条，请你缝纫社的工友（你称她们"姨姨"）同时是我班学生的家长带回家，由她交给孩子，孩子再到学校转交于我。惹得她们经常开玩笑地对你说："我们家孩子都成了你俩的通讯员了。"你能否告诉我，当时，你听着她们的玩笑话是一种什么样的心情呢？

在学校，我的办公室兼宿舍只我一人；在缝纫社，有一段时间你晚上给社里看门，偌大的院子里也只住你一人。我们可以单独在一起的时间是很多的。但在结婚前长达半年多的时间里，我们却仍一直保持着纯洁的童男处女之身。不用说真正的男女之事，就连接吻拥抱等肢体接触也少之又少。

还记得那次吗？晚上九点多了，你才来到我的宿舍。说下午加了两个小时的班，八点多才回家吃饭，晚上还得去社里看门，反正也歇不成了，学校离缝纫社比家里近，所以一放下饭碗就直接来这儿了，坐一会儿就走。我正在灯下批改学生的作文，见你来了，十分高兴，忙不迭地给你倒水。你坐到我的旁边，看着我批改，神情竟是那么专注。我一边继续批改，一边和你聊着。

那天，你一定太累了，聊着聊着上下眼皮竟打起架来。我看着你的眼睛，说：

"你加班太累了，上床躺一会儿吧。"

你点点头，脱了鞋，上床和衣躺下，很快便睡着了。我看着你发黄的脸庞和疲惫的身躯，心疼了，再也无心批改，放下笔，竟呆呆地看了你很长时间，但却没想到该亲吻你一下。

你醒了，一睁开眼，见我坐在你的旁边看着你，笑了笑，说：

"怎么一下就睡着了，不早了吧，你也不叫我。"

我看了看表：

"啊呀，真的，都快十一点了。"

"我该走了。"你忙着下床。

"太晚了，我送你去吧。"

我和你相伴出了门。街上静悄悄的，一个人也没有，但我记得，咱俩一路竟没有相拥相抱一下。你说，咱们该有多傻呀！

但这完全不等于说，我们之间的关系还是若即若离。相反，随着交往日多，我们的心已经离得很近很近，甚至可以说，已经融为一体了。

（二十一）

心的融合

真的好想你，真的不能没有你。这几年在家里，特别是冬春之交，还未黎明，有时我便早早醒了，看着你还甜甜地睡着躺在我身边，我也心里甜甜的，躺在暖暖的被窝里太阳已经照进屋子了还不想起。那时你总会说：

"年轻时当老师天天早起，那么勤谨，如今却变得越来越懒了。"

我笑着回敬一句：

"你不也一样吗？"

所以，在冬春之交，我们常常起得很迟。可是，这一段，却完全变了。太感疲累的我虽仍旧会早早醒来，但身上却更感疲惫，而又无法再躺在被窝里。因为一醒来，我就会想到你不在我身边了，再要躺着，我会控制不住自己哭出声来影响孩子们的情绪和休息的。只有悄悄起来，默默地打开电脑与你絮语。

那个夜晚你一定印象特别深刻吧？节令已是深秋，白昼开始变短，那天又阴云密布，所以我印象中那个傍晚你早早便来到了我的宿舍，不一会儿，便下开了雨。细雨渐渐沥沥下个不停，老天留人，我们第一次在一起呆了那么长时间。你第一次向我敞开心扉，谈起了自己的身世，说到心酸处，两人都哭了。

原来，你不是现在的妈亲生的，你的亲妈在你一出生时便去世了。你的生父没法养活你，便抱到外县想送人。而你现在的妈却不知为何生了几个孩子都养不大夭折了，有人便劝她抱养一个，说如果有一个绊住，以后再养的就可以养大了。于是，你现在的妈就把你抱回去了。你在你现在的爸妈养育下，渐渐长大了；你妈以后又生了几个姊妹，也都一个个养大了。当然，这一切，你那时候是一抹不知的，你只觉得一大家子生活在一起，要多快活有多快活。

但在你刚刚懂事的时候，你妈便有意无意地把你的事讲开了，有时还当着你的面给旁人讲，这孩子刚抱回来的时候，瘦得像枯树枝似的，多难养活呀，我和她爹真不知费了多少心血，如此等等。

"我原来不是爹妈亲生的！"这一晴天霹雳在你幼小心灵上造成的打击无疑是巨大的。

你要上学了，你的名字是哪两个字呀？"买买"！原来我是"买"来的呀！就算是"买"来的，又怎么能拿这个当名字呢？你说啥也不要这名字，平生第一次自己做主，取名"美美"。

你刻苦用功，记性很好，学习成绩不错，但小学三年级的时候，生了一场大病，辍学了。尽管以后身体并无大碍，却从此再与上学无缘。一个十二、三岁的孩子，看弟妹、做家务、打猪草成了生活的全部。这些在那个特定的年代由于你及你的父母不晓得上学的极端重要性，倒还可以忍受；但你妈经常当着你的面在旁人跟前说起谁家抱养的孩子长大后连招呼也不打，撅起屁股就走了，谁家抱养的孩子成人后忘恩负义不赡养老人，好像是在专门给你敲警钟，那种心灵的刺痛却随着你年龄的增长而变得愈来愈难以承受，压得你简直快喘不过气来了。

不久，一场连成人都难以承受的艰难抉择与考验便落到你一个未脱童稚的十几岁女孩儿的身上。一天中午，你从外面打猪草回来，发现家里来了一位陌生的老人。起先你并未在意，但很快便从来人与父母的交谈中听出此人正是你的生身父亲，来的唯一目的便是想认你。而你的父母则把这个决定权交给了你。

三位老人六只眼睛看定你，你愕然了，泪水一下子溢满眼眶；与此同时，警钟也在脑际轰鸣。认，还是不认？在那种连大人也难于抉择的两难处境中，你竟然一下子就做出了决断：不认，绝不能认，不然，将一辈子背上忘恩负义的骂名。你背过脸去，再未看那位老人——你的生身父亲———一眼。最后，老人无可奈何地挥泪而去，你的父母如释重负，而你则跑到外面大哭了一场。

这场抉择留给你终生无法治愈的心痛。当你母亲生下四妹时，因父母一心想要儿子，却一连三个生的都是女儿，便想把四妹送人。人家已经抱上要走了，你却哭得死活不让，最后父母无法，才把四妹留了下来。

这时，我才理解了我和张主任一起去你家订婚的那晚，当你爸说到"他们成了，我连一根烟也不会抽"的时候，你为什么会若有所思，低下了头。那次我们一起置买订婚衣物时，你说"这三年，我得靠你养活了，还能张口要什么"时心中的那种惆怅和无奈。安慰你说：

"别想那么多了，你父母也不容易，他们是亲你才怕你离开他们的，我们结婚后好好孝敬二老就是了。我知道了你的身世，一定会加倍地对你好，我不会多说，但日久见人心，以后的日子长着呢。"

你既然向我敞开了心扉，我自然该投桃报李，也向你敞开心扉。那晚，我同样第一次给你详细讲述了我的身世。

与你相比，我是幸福的。我一出生，便被全家视为宝贝。我的母亲十九岁结婚，但直到三十三岁才开怀生我，对儿子的亲自比一般母亲更胜；我的爷爷盼孙子盼了几十年，却在已经得知儿媳怀孕而又在孙子出生的前三个月溘然辞世，但已为我取了一个极富深意的名字：仁旺。其寓意有二，一是与"人旺"谐音，盼望以后人丁兴旺；二是劝导后辈要将仁义的家风发扬光大。

但与你相比，我又是不幸的。你只经受了生活的磨难，并未体验过政治磨难的滋味，我却经受了生活与政治的双重磨难。我出生时，家境已从小康堕入困顿，稍长时更坠入贫穷，但却莫名其妙地担当了一个"地主"的富名。当然，在我小时，并未想到它以后会像孙悟空的"紧箍咒"一样箍得我脑髓频炸，心痛欲裂，让我一直戴着脚镣跳舞，以致毁了一生的前程。

在我很小的时候，父母就给我讲了爷爷的传奇故事，那晚我把这个故事连同我的家史一并讲给你听：

塞外的古战场上，北风怒吼，冰天雪地，旷野无人。一辆骡子拉的轿子车在雪地上咯吱咯吱地行进着。锦缎轿帘早已放下，轿子车内坐着四个人，都穿着羊皮大氅，把狐皮领子竖起来紧紧裹着脖子。两只手紧紧地套在衣袖里，不时伸到木炭火盆上烤一烤，又赶紧缩进去。四个人的腿交叉着靠在火盆边，把那穿着羊毛毡靴的脚尽量往火盆边靠，不时发出一股羊毛被烤焦的腥味。车夫在轿外也实在挺不住了，把老羊皮袄一裹，挤进了车里，任骡子自个儿向前走。车上的人都蜷缩着身子，屏住呼吸，不出声，好像出气说话都会把热量放走似的。只是时不时车夫吆喝一下牲口："驾！驾！"骡子就走得快一些。车上的人过一两袋烟工夫向车后面喊两声：

"珠子！珠子！"

"哦，我在。"原来车后面还有一个身材瘦小、穿着单薄的孩子，一路小跑着，跟定骡车……

这个被人叫做"珠子"的就是爷爷。那时曾祖父房无一间，地无一垄，当在雇农之列。他养活不了三个儿子，就在一个严寒的冬天，临近大年之际，托一位远房族人把十四岁的大儿子带到塞外去做工。爷爷跟着那辆骡车一路小跑，一个多月，行程几千里，才到了传说是唐僧取经时收孙悟空为徒的那座两界山边的一个小镇，被介绍到一家皮货铺里做杂工。干的是最脏最累的硝羊皮的活计。每天天不亮就起床，一直干到黑夜二三更天才收工。三年学徒期间只管饭，不挣钱。

转眼到了除夕之夜。店铺的门楼上一对大红灯笼高高挂起，大门两边的红油漆柱子上贴上了长长的金字春联，福字小灯笼像两条火龙似的从大门一直排到正厅。正厅上红烛高照，香烟缭绕，五绺长须的财神老爷容光焕发，"招财进宝"的塔楼上堆满了金银元宝，供桌上摆满了各种祭品：烤熟的整猪、整羊，整笼大的花糕、枣山，各种叫不来名堂的山珍海味……一切都已准备就绪，掌柜在进行最后的巡查，单等这"一夜连双岁，五更分二年"的午夜子时一到，便举行迎神大典。

这时候，从一个墙角的阴暗处却隐约传来小伙计的抽泣声。掌柜一愣，赶紧近前盘问：

"过年是大喜的日子，谁敢在这时候哭泣？"

爷爷慌忙跪下，止住抽噎，说：

"看到咱们这里红红火火过大年，想到我家里爹娘兄弟们穷得还不知道怎么挨过这年关呢，一时心酸，忍不住哭起来，求掌柜宽恕。"

掌柜明白了原委，同情地说：

"快起来，快起来，看你小小年纪，倒挺孝顺的。"回头吩咐跟班的说，"过年后从我名下提出两吊钱来，给全海（这是掌柜给爷爷起的'字'）家里寄去。"爷爷慌忙叩头谢恩。

不久，家里收到了寄的钱，欢喜不尽，又都纳闷：孩子刚出去一两个月，哪来的钱？

从那以后，掌柜很看重爷爷，有些出外跑腿的事常差爷爷去办。爷爷也更加勤勉，尽心竭力去办，很得掌柜器重。三年学徒期满，就当上了外柜，负责去各处置办皮货。五年头上就顶上了一厘的"生意"（如同现在的"股份"），家境开始宽裕起来。本村一家人家主动要把女儿许配给爷爷，家里父母做主就定亲了。

爷爷28岁那年，掌柜年老多病，向财主推荐让爷爷接替他。爷爷接手后，呕心沥血地日夜操劳，又进一步扩大经营，新开了几处分店，生意更加兴隆。几年后家中二老相继去世，爷爷就将女人接去，把一应家务杂事推开，一心想大展宏图……

没想到，两年后，一场瘟疫横扫了整个小镇。病魔肆虐，哀鸿遍野，城门白天也紧闭着，里外隔绝，禁止通行，店铺都关门停业。皮货店乱成一锅粥，号哭声撕心裂肺，死去的人需要入殓发丧，却无人手；重病患者的呻吟夹着发高烧时的胡话，简直把人的脑子都要炸裂了。爷爷拖着带病的身子顾了店里，顾不了家里，女人和刚出世不久的孩子无人照料，相继离他而去。爷爷死里逃生，但已成孤身一人，呆呆地望着破败的店铺，连眼泪也没有了。多年相交的一些朋友，也都死的死，亡的亡，留下的也都似乎改变了模样，几乎认不得了。更可气的是有人竟乘机敲诈勒索，甚至趁火打劫，落井下石。爷爷心灰意冷，想到还是田园生活，恬静闲适，便变卖了全部家产回到家乡。

爷爷虽然多年在外，但经常给家里寄钱，又想方设法周济村上的人，所以在村里声望极好。邻村一家有钱的人家情愿让三女儿续弦。爷爷觉得自己已三十好几，人家却只十八九，委屈了她。可她却说只要爷爷不嫌弃，再怎也情愿。成亲后，得丈人家资助，买下一个大户人家废弃的院落。爷爷奶奶没明没夜地苦干，几年以后，不仅把宅院整修得面貌一新，而且还清了全部外债，还置买了二十多亩地，自耕自种，日子过得有滋有味，和和美美。

到父亲十几岁时，家里已有土地八十多亩，自家人耕种不过来，只好雇工耕种。可到春种秋收之时，爷爷总说"春忙秋忙，绣女下床"，还是要带着奶奶、姑姑和父亲去帮着干活。雇工们多会儿收工，他们也多会儿收工。

那时，父亲已在上小学，想一直读书出人头地。爷爷说，咱们是穷人家，不图什么出人头地，还是早些学点本事为好。便以他十四岁出外谋生为例，将十五岁高小还没毕业的儿子打发到塞外的一个边远小城去"住地方"（就是在商店当"小伙计"，正式的名称叫"店员"，属于工人阶级）。父亲便听了爷爷

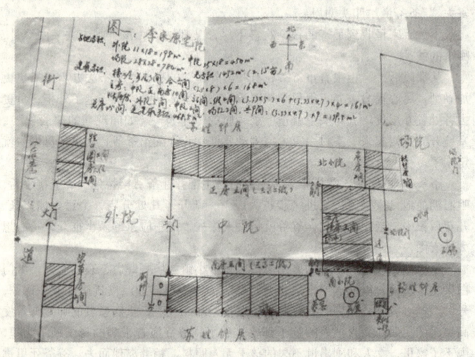

父亲绘制的老宅图

的话，决心在那里长期干下去，干出一番事业来，实现爷爷未了的心愿。但那时已是兵荒马乱，交战双方在那个小城展开拉锯战，他们的店铺成了败方出气的对象，屡屡被抢。又被胜方诬为"敌方内探"，店铺被查封，货物全部充公，财主和掌柜都被抓进牢房。父亲也险些被抓，连铺盖行李都撂到店里，空身一人逃难回家。

战火不断蔓延，都喊着在为百姓而战，百姓却被搅得无一刻安宁。连年遭灾，反而税赋日增，家里渐渐入不敷出，只好忍痛卖地。地越少生活自然越困难。到我出生时，家境已大不如前，只有二、三十亩地了，早已辞退了雇工，自家耕种。爷爷临终前嘱咐奶奶和父母亲说：

"我没给你们留下什么产业，不过比我爹总强，自家有房有地，你们只要勤劳一些，节俭一些，应该还是衣食无忧的。"

然而，一场"革命"开始了。良田千顷的地主理应把土地分给地无一垄的农民。可只有二十多亩地、低于全村人均亩数的人家，怎么也是地主呢？这土地又是怎么个"改革"法呢？多少年过后，土改时的农会主席对我父亲说：

"你也太书呆子气了，那时我就提醒过你，人家都给工作队送袁大头，你却说你家没那东西，就是有也不敢干那种事，结果不是给别人垫背了吗？"

父亲无可奈何地说：

"我是书呆子气，可谁能料到会这样呀！宅院是俺爹挣下的，分就分了，可那与俺娃有什么关系？为什么要害俺娃一辈子呀！"

老农会主席长叹一声：

"俺们也想不到会是这样啊！分了地，分了房，可不该害人家子孙后代呀！俺们也是一辈子心不安哪！"

泪是心中的油，不痛不往外流。说到伤心处，我哭了，你也哭了。你说，文化大革命中，你看见东街大队的那些造反派们把"四类分子"打得鼻青眼肿，吓得心惊肉跳，一下子扑到你爹的怀里。你爹告诉你，地主里也是好人多，你们村全县有名的财主家对人可好了，而东街上那些打人的人都是大队的刺头，好人都不敢招惹他们，吩咐你到外头可什么话也不敢随便说。这是我第一次听一个贫农的女儿这样对我说，我的心里顿觉暖融融的。

而你下面的话则更是那个时代只有在绝对的知己之间才会说的：

"不是说三十年河东三十年河西嘛，世事总不会老这样，你总会有出头之日的。"

话语和着泪水，拉近了你我的距离；恋人加上知己，我们的心就这样融为一体……

（二十二）

春节成婚

　　春节将到，学校放假，我们该准备回家结婚的事了。

　　学校特别照顾，从食堂给我特批了二斤胡油，五斤白面。我又托学生家长从粮站特批了十斤白面，托学生从村里买了三斤胡油。这是家里最缺的东西，有这五斤胡油、十五斤白面，只婚宴及婚礼前后用，应该够了。

　　婚礼对你来说是人生最大的事，我该为你再准备些什么呢？而你自己该准备的那就更多了。但越临近过年你的工作越忙，不仅上班时间根本无法抽出身来办自己的事，而且还天天加班，有时甚至到晚上十点以后。而你又一下也舍不得请假，因为一旦请假工资就没有了。

　　其它我还可以代你办，但领结婚证总得两人一起去吧。结果，直到回家的前一天下午六点，咱俩才匆匆忙忙地跑到市民委员会，可具体管结婚登记的人早下班了。好在那人是我教过的一位学生的家长，我便跑到人家家里去找。听说我第二天一早就要回老家，是来急着办结婚证的，十分热情，立即同我一起专门到办公室办理。

　　他拿出两份盖有"县革命委员会"大印的大红"结婚证"让我们在印好的位置填写姓名、性别、年龄。由于当时一般人只记得阴历生日，户口本上的"出生日期"一栏只能按阴历填，但国家在户口管理上计算实足年龄时却一律按阳历算。那天是 1973 年 1 月 21 日，你的生日是 1 月 10 日，年龄应填 19；我的生日是 3 月 13 日，年龄则应填为 27。我们填写好后，他又郑重地盖上了"县城关市民革命委员会"的大红印章。

　　这一切办妥后，他把两份"结婚证"分别递到你我手中，并向我们表示祝贺。可我们却因为来时匆忙，身上竟没带一些喜糖，我又不抽烟，身上连盒香烟也没有，只能连声地说："对不起，实在对不起，连颗糖也没……"真是尴尬极了。

我俩的结婚证

不过，这最重要的一件事办得如此顺利，心里还是十分高兴。出了市民委员会大门，在路灯下，我们把大红的结婚证张开，双手捧着，边走边看，在大街上第一次肩并肩，手拉手，靠得那么近……

第二天一早，我便到了你家。你的弟妹们高兴得又蹦又跳，你父母给我们做了当时最好的饭油糕粉汤。吃了饭，你弟妹们高兴地放起了喜炮，我们在噼噼啪啪的鞭炮声中启程了。

下午五点多钟，我们下了火车，但到我家还有三十多里的路程。家里已经提前把自行车捎到城里一位远房亲戚家。下车后，我赶紧到亲戚家骑上自行车，便带着你上路了。车轮蹬得飞快，我们迎着冬日斜阳的光辉，像一对比翼鸟并翅向家里飞去。

但冬季日短，当我们走下公路，踏上回家的土路时，太阳已经落山。土路本就坑坑洼洼，加上积雪还未溶化，天光渐暗，我们又带着不少东西，我带着你骑车行进越来越困难，几次都几乎摔倒。

"不远了吧？"你在我身后说。

"就三五里了，再坚持会儿就到。"

"那我下来，咱们推着车子走吧。"

"也行。"我下了车，"那我推着你走。"

"我还用你推着走？你蹬了一路，够累的了。"

"我不累。"

"还说不累呢，看你头上都出汗了。"

"我是怕你累着。"

"我又不是纸糊的。"

"好，那就由你吧。"

我推着车，两个人边走边聊，不觉已到家了。

父母早做好饭等着了。见我们到家，高兴得不得了，赶忙让你上炕。一会儿，饭便端上来了。一家人吃了饭，聊了一会儿，父母亲说：

"你们坐了一天车，够累得了，早点歇着吧。"

你第一次进了属于自己的家。一眼便看到迎门墙上中间是一幅"红梅傲雪迎春"的大幅国画，两边配着两个篆字条幅，便笑着说：

"我见过的新房都是一幅领袖像，两条红对联，你就是和别人不一样，别出心裁！"

"那你喜欢吗？"

"喜欢，喜欢！那条幅上的字我不认得，但这幅红梅画我特喜欢。"

"你不是叫美美吗？梅花最美，梅和美又谐音，我这是专门为你买的，那两边的条幅更是我亲手制作，也是颂扬梅花的。"

绘着花鸟画的黑油漆描金炕柜

"你真是有心人。"

"快上炕歇着吧。"

"咦？你家还有这些东西呀？"你的眼睛扫过全炕，看着铺的是高级蓝花栽绒毯子，靠墙是一个绘着花鸟画的黑油漆炕柜，惊诧地说。

"这都是我爷爷置下的，也算是传家宝了。我考上大学的时候，父母本来准备卖了这两件东西供我，二姑夫主动提出每月给我五元钱，这才没卖。"

"那你可得记着二姑夫的大恩，好好报答啊！"

"那是当然了。"

"今天坐车累了，早点睡吧。"

"睡吧。"

我们第一次躺在了一起。

第二天，你便为准备婚礼忙开了。

你我婚礼上穿的衣服都还没有完全准备停当，你说：

"能借台缝纫机吗？"

我去问母亲，母亲说：

"隔壁邻居家有，我去借吧。"

母亲说着，出去了。一会儿，便和隔壁婶子一起把缝纫机抬来了。婶子一见你，就夸奖说：

"啊呀，会在缝纫机上做衣服哪，真不简单！"

我赶忙解释说：

"她在服装厂工作。"

"噢，是缝纫工人哪，好，好！正月要有空，教教俺家闺女吧，结婚要下个缝纫机，不会用，成摆设了。"

"行，行。婶子，过年要是有什么缝的，拿过来吧。"你热情地说。

"那敢情好，你先缝你的吧，反正俺们也不会用，这缝纫机就一直放你家吧。"

"多谢婶子。"

这下可有你的用武之地了。不仅你我婚礼上的衣服，妹妹婚礼上的衣服，而且全家需要缝制的衣服，甚至连街坊邻居的衣服都拿来让你做了，一时间，你的声名便传遍整个巷子。

正月初六，我们和妹妹的婚礼同时举行。为此，我专门拟了一副对联，贴在喜棚上：

　　　　双喜临门
　　　　天外飞来比翼鸟
　　　　邻乡盛开并蒂莲

鉴于当时的政治经济情况，我们的婚礼，未置鼓乐，请的人也不是很多，但亲朋好友都来祝贺，院子里挤满看热闹的街坊邻居，气氛还是隆重而热烈的。

新婚之夜——只有到新婚之夜——我们才真正同床共枕，第一次尽享鱼水之欢，把自己的一切完完全全交给了对方。也许我们真是太傻冒太笨拙了，以致在新婚被褥上留下永久的印记。临了你还带点害羞地说：

"这要让你妈看见，多丢人呀……"

我则笑着纠正：

"这有什么丢人的！我妈要是真的看见，也会感到欣慰的，知道她的儿媳妇儿是真正的黄花闺女……"

"那倒也是……"你欣慰地笑了。

也许正是因为这一点，让我们一生都对这个"第一次"刻骨铭心，相互更加信任和敬重，以至多少年后，还时不时笑着提起……

婚礼之后，元宵节之前的一天，我们一家六口，我带着我妈，妹夫带着我爸，妹妹带着你，三辆自行车穿街过巷，鱼贯而行，进城去照全家福和我们的结婚纪念照片。村人看见，无不在后面啧啧称赞："真是有德行的好人家！"

进了城，连照相馆的师傅也对我们称羡不已，服务特别热情。我们照了六人的全家福，照了父母的合影，然后便是你我的结婚照，妹妹和妹夫的结婚照，最后你和妹妹还特意照了一张姑嫂照……

这些照片我们都一直珍藏着。特别是你我的那张结婚照，每次打开影集，我们总是看了又看。

你总要指着照片，发一番感慨：

"看，那时候，我多显小啊，简直还是个小闺女，明显比你小多了，可如今，你要是染了发，咱俩在一起，倒看得差不多了……"

我也总要拿起照片，端详来端详去：

"是啊，可我要是几个月不染发，就显得老多了，而你，还是一头乌发……"

那是一个多么甜蜜温馨、亲情融融的年节啊！

可是，今年这个年节……

（二十三）

今夕何夕

外面鞭炮声响彻一片，直觉告诉我，过年了……

咱们是专门来北京和孩子们一起过年的，你怎么可以一个人独自离开呢？

昨天，你不在，只好由我来给孩子们做咱家乡特色风味的蒸肉了。你知道，我以前只是打下手，操不了盘的。不知是这里的土豆不如家乡的沙，还是调料不全，抑或是山药粉面放的少了，反正尝来尝去，好像总不如你以前蒸下的香。现在我把它摆到你的面前，你尝尝，觉得怎么样？你告诉我，到底原因在哪儿？

今天，我和孩子们忙乱了一天——他们为了我，我也为他们——包了饺子，甚至像往年一样依然包了"钱"，一人一个；制了菜肴，足够丰盛，孩子们甚至还特意买了一瓶"茅台"，四个酒杯都斟得满满的——噢，你身体不好，白酒少喝一点，孩子们给你斟上"可乐"了——你没有离开我们，你仍然和我们在一起；我们在看着你，你也在看着我们……

我早就不只千百次地想过，没有你的时候，我会怎样？有时我也会像林觉民那样想，"与使吾先死也，毋宁汝先吾而死。"我的意思也同他一样，"意盖谓以汝之弱，必不能禁失吾之悲，吾先死留苦与汝，吾心不忍，故宁请汝先死吾担悲也。"但真的到了这一天，我才知道，这个"悲"连我也是"担"不起的，何况于你？

你想过没有我的时候吗？也许这个问题你从未想过，你毫无思想准备，在一眨眼之间离开了我，可怎么过啊！你一定比我更感孤独。好在这样的日子不会太长，我不会让你久等的。我想，你到了那面，身体肯定一下子变得非常健康，再也不用经受疾病的折磨。再说，那面有你的父亲，也许早在盼着你去陪伴他了，你们父女相伴，就都不会感到寂寞了。那面还有我的父母，特别是我妈，你们婆媳虽然只相处了一年（准确地说，只在一起过了两个春节），但你们间的感情很好。对了，那面还有我们的一个女儿，虽说她和我们在一起只待了短暂的十二天，但我想，她还是会去找你的，毕竟是我们的骨肉啊！特别是那个时候，她在那面再没有其他亲人，一定是我妈将她抚养成人，她们祖孙俩相依为命，一定亲得不得了。你现在和她们在一起了，一定要代我好好看看她们，告诉她们，我现在特别特别地想她们……

今夕何夕？今夕何夕……

今夕，没有欢笑；今夕，不该流泪；今夕，只有心灵的感应与融合……

（二十四）

我们有了自己的小家

今天，正月初一，"家家"都在"家"里团团圆圆过大"年"。"年"和"家"密不可分：家，是人在年节的归宿；年，象征着一个家庭新的开始。

前年过年，我们一家四口围坐在故乡的家……

去年过年，我们一家四口围坐在北京的家……

今年过年，我们一家……

女人是人家，娃娃是红家，没有女人的家不成家，没有娃娃的家少欢乐。今年过年，我们家没有女人，没有娃娃……今年过年，我们家没有了你，过年便没有了过年的样儿……

这让我不由得想起那年正月——我们家开始有了你，过年后我们有了自己的小家……

春节成婚后，我们相伴回到工作岗位。这回与以往不同，我们要建立家庭，开始新的生活，来时带的东西自然多了。一个还是我爷爷置买下的大皮箱，我用红油漆把它重新刷了一遍，看去像新的一样，把被褥、衣服和一些日常生活用品都装进去一并从车站托运过来。

春节期间住在我隔壁的教师夫妇一家四口搬到后面的宿舍去了，他们原先住的虽也是一间房，和我的一般大小，但室内有炕有锅灶，考虑到安家的需要，我便向校领导提出能否让我们搬进去。领导说反正是一间房，你住哪间都可以。于是，我们把家里家外、墙角旮旯都彻底清扫了一遍，高高兴兴地搬了进去。搬进去后，又把门窗玻璃都一一地仔细擦拭揩抹了好几次，把单位和同事们为我们结婚送的镜框端端正正地挂到墙上。除了家里带来的以外，我们又置买了必不可少的锅碗瓢盆、杯盘勺碟等。从粮站买回供应的粮油，从副食店

我在我们最早的小家

买回油盐酱醋、调味品等，能开始自己起灶做饭，小家庭就算建立了。

你看着整个居室窗明几净，焕然一新，炕上的被褥整整齐齐，地下的锅灶一尘不染，高兴地说：

"我终于有自己的家了。"

我深知，"家"对你来说，有着非比寻常的意义！

第二天，我们便带着给父母买的点心、给弟妹们买的衣物高高兴兴地回到你娘家。大人和弟妹们也都高高兴兴地问这问那。我们把婚礼的详细情况都讲给他们听，同时也急于想知道你父母准备如何为你举办婚礼，需要我们做些什么，好提前准备。但从我们上午到家，直至晚上离开，大人们却只字未提，我们自然也没敢问。

晚上回到自家的小窝，我们都寻思：这到底是为什么？但想来想去却找不到任何有说服力的答案。一个多月过去了，你父母不仅没有为你举办正式的婚礼，就连在村里居住的你的奶奶、大伯等至亲也未叫来吃上一顿饭，让我这个新女婿见上一面。我有点大惑不解，你曾经受伤的心则开始隐隐作痛，但又不知痛在何处。

直到过了很长时间，我才隐隐约约从你父母的只言片语中悟出了一些端倪。老人们虽没明说，但那意思十分明显：在怪怨我的父母不懂礼节，说我年轻没经事不懂，他们老大人了还能不懂。娘家即使说不要任何彩礼，但按礼节婆家也该给相当数量的钱款，起码闺女办婚礼的花销总不能让娘家倒贴吧。

原来问题出在我的身上！老人们的话没错，是那么个礼儿。但这事真的不能怪我父母，要怪的话只能怪我。我的父母原本是准备彩礼的，因为当时的农村都兴这个，是我说人家娘家一分钱也不要。这事在我们巷子里还传为佳话，人人见了都赞不绝口："媳妇儿是自带粮票饭钱的，娘家还一分钱不要，你家这是哪世积的德呀！"父母听了自然满心欢喜，他们怎么会想到后面还会有这档子事儿呢？看来我真是太傻冒了，真的一点人情世故都不懂。人家把女儿从小养大，多不容易，莫非就是白白为你养的吗？我怎么就没有想到该主动送去一笔钱呢！是因为经济太拮据，还是因为自己太吝啬？人家父母对这门亲事本来就不大情愿，这你以后还怎么进丈人家门呢！家乡人小气的说法在这儿本来就家喻户晓，我这不是明知故犯，授人以柄吗？不过不要紧，不就是钱的事嘛，现在还可以借上给他们啊！我立即和你商量，想赶紧补救。

但你想的却要比我复杂得多：

"我家大人又想要，又不明说，你想想，这是为什么呀？你家大人对你妹妹也是这样吗？"你的话倒真的把我问住了。是呀，对于妹妹的婚事，假期中我家大人也和我商量过，要不要向男方家要些彩礼。我说，你们就一个闺女，我就一个妹妹，我娶媳妇人家娘家不要彩礼，你们嫁闺女，怎么能向人家婆家要彩礼呢？结果便一分钱的彩礼也没要。

"你家父母和你商量，这就对了。可我爹妈是这样吗？他们想要，不能直接对你说，可以对我说呀！为什么要这样攥着拳头让人猜呢？这不分明还是因为我是……"

"我看是你多心了吧，老人们不一定会这么想，你千万不要自寻烦恼……"我知道这又触动了你的心病，赶紧劝慰。

"无论是与不是，反正老人们又没明说，你现在猛不丁地送去一笔钱，他们说不定还会以为是我在变着法儿逼大人给自己办婚礼，这不是自讨没趣，寻着挨骂吗？况且，已经过了四月八了，即使再送去一笔钱，老人们还会给我补办一次婚礼吗？就是补办，还有意思吗？再说，我知道你家为了给咱们办婚礼，花费一定少不了，现在你又从哪儿再弄这笔钱呢？算了，只要咱们和和美美过日子，婚礼举行不举行还不都一样嘛，而且你们家不是已经办过了嘛，还要办几次啊。"

是啊，为了咱俩的婚礼，我家确实已经花了不少钱，我虽没敢对你说已经借了外债，但说真的，我现在确实很难弄到这笔钱。既然你说不用了，我也就顺水推舟不想再给了。但我从心底觉得实在对不起你：

"那我就太亏欠你了。"

你说：

"夫妻之间还讲什么谁亏欠谁的？再说，你又有什么错呀！"

我知道这是你的真心话，但你越是这么说，我的心里则越觉着愧疚，我明白这件事在你心中的分量。

特别是以后你的五个弟妹结婚时大人们都为他们举办了相当隆重的婚礼，我们当然也为他们送上深情的祝福和丰厚的贺礼。但我知道——也只有我知道（因为你从未对他们讲过你的感受）——每一次在你的笑脸下面你的心却在滴血，这成了你我一生的痛——你在为自己痛，我在为你痛。

心痛归心痛，但新生活的开始还是让我们感到分外的愉悦和温馨。你16岁上班，很少学过炒菜做饭，我一直在外，对烹饪更是门外汉，所以刚成家那会儿，我们的饭菜不是咸了，就是淡了，但我们都吃得津津有味。

还记得吗？开灶的第一天，我们吃的是油糕，象征生活就像芝麻开花节节高。由于我们都没有做过，又为了省油，油糕煎得不是十分到位，但我们却都觉着那是平生吃得最香的一顿饭。

（二十五）

相濡以沫

但新生活的开始也让我们饱尝了居家的艰辛。

尽管我曾经历过 1960 年的大饥荒，深知饿肚的滋味，但因长期在外，一旦回家，享受的则完全是饭来张口的生活，并未体验过吃了上顿没下顿的愁苦。更由于参加工作后一直单身，在集体灶上吃饭，虽也接受过"要先算了再吃，不能吃了再算"的宣传教育，但每顿饭的定量有灶上管着，而且灶上有学校农场收获的粮食、山药等的贴补，虽说吃得不是很好，但勉强还能吃饱，所以也没觉得吃饭上有什么大问题。

但现在不同了，要先算了再吃，不能吃了再算了。第一个月的供应粮买回来了：我是教师，按干部标准，27 斤；你是工人，属于轻工，比我多一斤，28 斤；两人合计 55 斤。笼统按一月 30 天算，每天总共也只有 1.83 斤，分到 3 顿饭里，每顿饭仅有 0.61 斤，也就半斤多一点。但咱家里没有秤呀，莫非还真的要每顿饭都用秤称面，而且为此专门花好几元钱买一杆秤吗？那真是鼻子比脸都大了，划得来吗？

更要命的是，这居家过日子可比单位上的集体灶复杂多了，计划哪能赶上变化呀！你的弟妹又小又多，不几天就一群一伙的过来了，你能说，今天没估上他们的，回爹妈家吃去吧。更何况他们都是你从小带大的，你自己不吃也想给他们吃。他们呢，在咱这里好像比在自家家里还得理，想吃啥就吃啥，想玩啥就玩啥。漫说你也不会说，就是你说了，他们也不会理你那一套。一个字，亲嘛。

快乐的日子总是过得很快的，眨眼间已经快到月底了。但这时候，米面布袋却不是"快"，而是"已经"，不是"到底"，而是"底朝天"了。还有三、四天才能到下月 1 号，到那时——只有到那时——这米面布袋才能再度鼓起来。人是铁，饭是钢，一顿不吃饿得慌，这三、四天可怎么往过熬啊？我第一次深深体味了什么叫吃了上顿没下顿的光景！

你说："要不到我妈家蹭几天饭吧。"

"那多不好意思呀！"

我虽这么说，可也想不出别的办法，只能厚着脸皮去了。但吃了两天，到第三天头上连你也不好意思再去了，何况我？

"那就到学校食堂借几斤面吧。"这回该我想办法了。

"那怎么行！结婚第一个月就揭不开锅了，要传出去，全县城的人都会笑掉大牙，你能丢得起这个人吗？"你一口否决。

"确实也是，第一个月就叫你受饿，我还是男人吗？"我狠捶了一下自己的头，沮丧到极点。但脑袋里是不产粮食的，捶也没用！

"我看就将就一两天吧，不是还有从我妈家拿回来的几颗山药蛋吗？"你倒是挺坦然，无半句怨言。

"那怎么行！我毕竟干得是动嘴动脑的活儿，还能将就，你干得可是动手动腿的苦力活儿，不吃饱怎么干活呀！"

"不就一两天嘛，忍一忍就过去了，你不用担心我，倒是你，本来就瘦成那样，真让人……"你的眼圈里转着泪花。

"唉……我真没用……"我的泪水也已溢出眼眶，怕你看见，赶紧低下头看着地下，"噢，想起来了，我去年从宿舍门前畦子里摘回来的一个南瓜一直放在床底下，不是还没吃吗？"我像发现了金元宝似的，赶紧爬到床底去找。哈哈，它原来滚到墙角去了。也许是有意躲起来，给咱们救急的吧，不然的话，我们不是早把它吃了？

就是那几颗山药蛋和一个南瓜，让我们度过了难熬的两天。

吃一堑，长一智，第二个月我们便精明多了。虽然舍不得花大价钱专门买一杆秤，但我们还是专门选了一个小碗，先称好它能放几两面，然后便以它为标准，顿顿按预先计算好的数额做饭，而且在计算时事先留出你弟妹们来吃饭等机动用项。这样做，当然可以保证绝不会再出现上月吃了上顿没下顿的情况，但分到每顿饭的斤两数必然大大减少，吃不饱的问题凸显出来了。没办法，只好把大饥荒时"清汤灌大肚""有客人时吃稠，光自家时吃稀"等吃法全用上了。

尽管我们对别人从来不谈这些，但学生常常在我们吃饭时来家，还是让他们看出来了，有的学生便从家里给我带来一些山药、莜面等。我说，我们有国家供应，并不缺粮，但无法让他们相信；我要给钱，他们又死活不要。这下可把我难住了。你说，学生们是一片真心帮咱们，硬是不要，会伤了他们的心；我们心里记着，以后你代学校收书钱、学费的时候替他们交了不就补报了嘛。我点头答应了。

以后，我又狠狠心挤出几元钱来，托人从乡下买了一些山药和苗子白等菜蔬。开源加上节流，米面布袋渐渐到月底时不仅没"底朝天"，还有了一些剩余，最初几个月的艰难总算渡过去了。

新生活虽然过得异常艰辛，但也让我们深深感受到了相濡以沫的甜蜜与温馨。

还记得你第一次给我过生日的情景吗？从一起领结婚证的那天你我互相知道了对方的生日开始，我们便都把对方的生日牢记于心，以后年年都早早便为对方过生日准备上了。今年是第一次，你更是格外用心。提前一个礼拜就和我商量该吃什么。我说：

"咱们刚立家，又不大会做饭，会做啥就吃啥吧。"

你说：

"这可不能随便，过生日，不是吃糕，就是吃饺子。'糕'是祝愿'高升'，'饺'是祝愿'交好运'。咱们建立新家的第一顿饭吃了糕，你过生日就吃饺子吧。"

"行，听你的。"

到我生日农历三月十三那天，你起得特别早，早餐熬了象征喜庆的红豆稀饭，上班前就把准备做馅子的白菜切碎剁烂，用盐浸过，挤了水放好。上午又抽空上街用供应券买了猪肉，还特意买了二两白酒，回来时手里还攥着一小把韭菜。我诧异地问：

"才三月天，市场上怎么能有韭菜呀？"

"是我从缝纫社一个姨姨家院子里的菜畦里拔的，就是想让你过生日吃个新鲜嘛。"你笑着说。

"咳，不就过个生日嘛，何必那么费心呢。"我虽这么说，心里却觉得甜甜的：

"我又不怎喝酒，买酒干什么？"

"你那是舍不得。我爸爱喝酒，我知道男人对酒有着特别的喜好。今天是你生日，咱们就喝一点吧。"

"那有一两足够了，买二两不是浪费吗？"

"过生日怎么能买一两呢，要成双成对才好。"

"你真想得细。"我真不知该说什么好。

你忙了整整一个中午——不，是整整一天，更确切地说是一个多礼拜——两个小时几乎没歇一下，为我做了一顿颇为丰盛的饭菜，我们夫妻共饮共食，共同庆祝我二十九岁生日，那种甜蜜与温馨让我刻骨铭心，至今想起来都宛如昨日。

随着家里的花销越来越多，经济拮据的问题凸显出来了。

俗话说：酒肉朋友，柴米夫妻。特别是作为掌家主内的妻子，一般都对钱的管理权看得很重，这也往往成了夫妻争吵的重要原因。可你却好像生来就与一般人不一样，从来就没把对钱的管理权放在心上。

还记得吗？好像是我们刚搬进隔壁房子一周多的一天，你中午下班一进门，我便把刚领下的工资连整带零一分没留，全交到你手上，说：

"以后这个家就由你管了，我要花，就向你要。"

你愣了一下，立马便说：

"我又不能往家里拿钱，反正就你那点工资，还是由你来管吧。"

我以为你是觉得自己的工资得交给父母，在我面前好像有点理亏，不好意思来管，慌忙说：

"这是两码事，男主外，女主内，这是规矩，家里的钱还是该你管。"

"没什么谁该谁不该的，谁管还不是一样，就放在那儿谁用谁取吧。"

"那也行，就全放在皮箱里，反正钥匙在褥子底下，谁也能取上。"

"你身上也装上点，有家了，说不定到哪儿有什么花项，身上一分钱也不带，别人还会以为你是'妻管严'呢，会瞧不起的。"

"我又不抽烟，有什么花上的？带上也没用，还得操心怕弄丢了。倒是你时常上街，买这买那，身上一分钱不装可不行。"

"那就都装点吧，装上又不是非得花了，只不过有个支预。"

"你说得也有道理，其它倒没什么，就怕到你家的时候大人们要有什么急需要买的，身上一分钱也没有总不好。以后我身上就时常装上元二八角的吧。"

这便是我们家经济最初的管理模式，而且一直沿用至今。

你的工资要交给你父母，我的工资当时是 42 元 5 角。这些钱如果全用作咱们两人的日常生活，应该是绰绰有余的，但我一个人要养活全家呀！

更要命的是，我们结婚已过好几个月了，父母来信说，结婚欠下的债人家开始催着要了，咱也的确该给人家还了。这事儿，我该怎样对你说呢？

（二十六）

入得门来就还债

岚山苍苍，漪水潺潺，小城的夏夜，轻风吹拂，暑热渐退。劳作了一天的我们熄了灯，静静地躺下了。窗帘上映出斑驳的树影，我怀着忐忑不安的心情把我的家底连同我的心扉一起向你敞开。

我们家——那时候不少人家也都是这样——穷上已经不是三年五载，也不是十年八年，而是几十年了。好像从我记事起，家里就穷得入不敷出，捉襟见肘，甚至吃了上顿没下顿，糠菜半年粮。吃饭时算子上连高粱面鱼鱼和玉米面窝头都是既有头遍箩过的细白粉做的，又有最后不过箩的全麸皮做的，甚至还有完全是谷糠野菜做的饭团。一般是好的先给奶奶吃，较好的让我们兄妹吃，差的父母吃，特别是母亲，老是吃最差的。可奶奶舍不得吃，非要把最好的给我，我当然又推给她；我们又都觉得母亲既忙家务，又要上地干活，不吃好怎么行呢，非让她也吃些好的，所以吃饭时大家总是让来让去，特别是当有人家做了事筵送来一两个白面馍馍时更是你让过来他让过去，简直像争吵一样。大人们也常常教导我们兄妹到亲戚家吃饭时一定要主动拣差的吃，把好的让给长辈，尤其是老人，这成了我们家孝道教育和家庭礼仪的一项重要内容。这些，让我从小深深地感受到了亲情的温暖，同时也深深感受到了生活的艰辛。其中最能说明问题的就是关于我奶奶寿器（灵柩）的事了。

1966 年夏"文革"开始，1967 年春节因国家统一不放假我没能回家过年，直到 6、7 月份我才因学校武斗不止一片混乱实在无法待下去而仓皇避难回家。但又怕背上逃避文化大革命的罪名，不敢在家里多住，住了二十多天便又赶紧返回学校。

动身的前一天晚上，我专门到奶奶的房间告别，与奶奶聊了很长时间。其时奶奶已七十九岁高龄，体弱多病，也许是预感到自己可能老去，怕再见不到我，那晚谈了家里许多我此前不知道的事情。

特别讲到，几年前一位稍微沾点亲的远房亲戚家用从旧房上拆下来的大梁做成两副寿器，准备出售。当时奶奶已过"古稀"之年，按我们家乡的习俗是该准备寿器的时候了。因价格比较便宜，父亲就想为奶奶留下。但又实在难于筹措到这笔不小的款项，只好求助于经济状况比较好的二姑。二姑答应先给垫上，这事便办成了。但好多年过去了，我家的经济状况却不但没有好转，反而因我上学需要花钱陷于更加贫困之中。不仅这笔款项根本无法还上，二姑夫还每月资助我五元钱，我才得以完成学业。二姑和姑夫当然也就不指望我父亲还这笔钱了。老母亲的寿器款，由女儿出也在情理之中。

但这却成了奶奶的一块心病。按照习俗，儿子是栽根立后继承祖业的，自己的寿器款理该由儿子出，但老人知道不是儿子不孝，是他根本无法挣到这笔钱，所以在儿子面前绝口不谈这件事。但这笔款让女儿出了，老人心里又总是觉得愧对女儿。于是，奶奶想到了作为孙子的我。我是奶奶看着长大的，对我自然寄予厚望。

奶奶特别嘱咐我：

"靠你爹还这笔钱肯定是不行了，奶奶只有靠你了，等你毕业以后，挣上钱，一定把奶奶的寿器款还给你二姑。这话，奶奶对谁也没讲过，只你知道就行了，相信你会为奶奶把这事办好的，这样，奶奶就是到了地下，也心安了。"

我听后，泪水一下子夺眶而出，坚定地说：

"奶奶，你放心，再过一年，我就毕业了，保证第一个月的工资发下来，就还这笔钱，了了你的这个心愿。等我挣上钱，我们家的日子就好过了，我一定好好孝敬你！"

谁料，几个月后的腊月十六，奶奶竟离我而去，这番话便成了奶奶对我的遗嘱。

在丧礼上，我把奶奶的这一遗嘱向众长辈公开讲了，并向他们郑重承诺，保证毕业以后第一个月的工资发下来，就还这笔钱。

后来，因为"文革"，我们的毕业分配被推迟了。直到1969年春节后，我才在接受再教育的军垦农场第一次领到工资。我们的工资从1968年12月开始发，第一次发了两个月的，总数应该是85元，扣除前两个月的伙食费实际到手55元。我立即到邮局把50元汇回家中，并写去一信，向父母说明，务必先把奶奶的寿器款还给二姑。钱寄出后，我才用剩下的4元钱（1元已用于汇款、买邮票、信封、信纸等）买了牙膏、香皂、肥皂等清洁用品。待这一切备齐后，我的口袋里已所剩无几，这些钱便是我一个月的零用钱。

在军垦农场接受再教育（实际上就是种水稻）的十二个月里，我每两个

珊瑚梦

月给家里寄 50 元钱，总共寄去 300 元钱。那一年，大队的高音喇叭里 6 次传出儿子寄回钱要我父母去取的广播通知，让全村人一听了都不由得啧啧称羡。而我则一个月仅有两元钱的零用，比上大学时还低近一半（上大学时的零用钱主要用于买书，这一年则连书也几乎没买），其俭省程度可想而知。

直到第二年临近春节时，我们才被分配回原籍重新安排工作。但原籍并不是最终的分配地，我的家乡虽是地区行署所在地，但不用说与全国发达地区比，就是与本省其它地区比，也已是名符其实的贫困地区。但按照"几个面向"（我已经不记得到底是"几个"了，反正是一个比一个穷，一个比一个艰苦，一个比一个偏僻罢了）的分配原则，我是不可能留在地区的。便又被分配到你的家乡这个国家级贫困县。到这儿后，又被分配到最穷最艰苦最偏僻的乡。其中的原因大概只有一个：因为我的出身不好。

也许是连老天爷都有点觉得不好意思了，我下到那个乡还不到十天，一纸调令便又把我调回县中学。原来，"文革"已进行到"斗批改"阶段，县中学开始招收高中新生，而原来的老师几乎都下放到农村去了，县里又担心"文革"中形成的派性，不想把他们再调回来，便决定从新分配的大学生中选调。教师在当时是一种人人躲之唯恐不及的职业，师范院校毕业的我便被圈定，无从脱身了。不过，对于我来讲，什么理想，什么事业，这些早不去想了，不管到哪里，不管干什么，只要能领到工资就行，其它的都无所谓了。

来到这儿，我仍和刚分配时一样，每隔两个月给家里寄一次钱。你问我，那你给家里寄回去的钱干什么用了？我告诉你，先是把那些年借下别人的钱一一还清，再就是开始为我结婚整修房屋。我家总共只有五间南房，两间是放东西的，三间是住人的，都已年久失修。所谓整修，主要就是把那三间房的门窗都换成新的，能安玻璃的。这样，家里的采光就会好很多，看去也整洁美观。同时，也得新添置一些箱箱柜柜，置办新婚被褥等。还有，就是我出来挣上钱了，总不能还让年过花甲又是小脚的母亲依旧成年累月风里来雨里去的下地干活了吧。所以我一分配工作，就专门找队长讲以后不要再给我母亲派活儿。母亲见我坚决，也只好答应。这样，父亲干活回来也能吃上母亲做的便宜饭，中午可以多休息一会儿。当然，家里也就得为此多付出一些口粮款了。

由于家庭经济困难，我毕业已经三年，当高中教师也过两年，还没能买上一块手表。到第三年头上，好不容易攒下一百多元钱，准备放暑假时托家在上海的老师给买一块，没想到五六月时却接到母亲寄来的信，说三妗母和表姐春节后从内蒙回来，现在准备回去了，却没有盘缠，要我赶紧寄回几十元钱去，以解燃眉之急。三舅一家在我上大学时曾资助过我，我二话没说，立即寄去八十元。秋天开学就能戴上手表的梦想只能推到第二年以后再实现了。

那时，你可能还不太了解手表对于一个教师的极端重要性。我因为没有手表，刚开始时常常不是提前讲完就是拖堂。平时还不算什么，只要你课讲得好，学生一般还是不大计较这个的。但临到领导听课，特别是在全校的教学观摩中上公开课的时候，提前结束和延时拖堂便成了大忌。为此，那三年，我在备好课后几乎每节课都要在下面看着教研组的时钟讲一两次，以此苦练准确掌控45分钟的讲课基本功。我的那种不看表却能在正好布置完作业讲完最后一句话时下课铃声正好响起的过硬功夫正是在这种情境下练出来的。没有表时无法准确掌控课堂上的45分钟，有了表后却反而觉得好像派不上多少用场，这也许就叫做辩证法吧。

转眼已经到了我们准备举行婚礼的时候，各种想不到的花销纷至沓来。说来也真是惭愧，我分配工作已过四年，竟没能攒下几百元钱，没办法，只好向亲朋好友筹借了。举债结婚，处处俭省，该给你买的没有买，该给你父母的没有给，让你一生因之心痛，本已对你不起；刚建立家庭，便让你节衣缩食，入得门来就还债，我又怎能说出口？但我真的没有其它办法，只能如实以告，等着你大骂我一顿。反正已经是夫妻了，挨一顿骂也无妨，打是亲，骂是爱嘛。

但你的反应却完全出乎我的预料，说的好轻松：

"结婚借债，这是常事儿；借债还钱，天经地义。早还了早省心，从下个月开始，你一发了工资，就扣下20元用来还债，一年多不是就还完了嘛。钱没穷尽，无非是再俭省些，有了就花，没了也就自然不花了。"

由于你的温柔贤惠和善解人意，我的心灵感受到莫大的安慰，我们的心从此更紧密地联在一起，我们的生活充满了欢乐和甜蜜。古语有云："贫贱夫妻百事哀。"但我要说：夫妻之间，只要有"义"，就虽"贫"而不"贱"；只要有"情"就变"哀"而为"乐"。正如《天仙配》中董永和七仙女唱的那样"夫妻恩爱苦也甜"。以至以后的多少年里，我们还常常提起那晚我们之间的絮语，把它作为你我相濡以沫的经典例证，也把它作为教育孩子的生动教材。

（二十七）

苦乐两心知

心灵融合、相濡以沫，是咱俩婚后生活的真实写照和最好概括。但结婚不是仅咱俩的事，而是两个家庭的事。你我不仅要相互融入对方，还要相互融入对方的家庭。从某种意义上说，后者也许更难，其中的苦乐冷暖只有你知我知，真的无法与外人甚至家人诉说。也正是由于你我在心灵上的相互支撑，我们最终才能真正融入对方的家庭，得到认可和尊重，成为对方家庭中不可或缺的一员。

对我们的结合，你家父母原本就不情愿，后虽经一波三折，总算答应，但还是很勉强。这些，从订婚到结婚的整个过程中大人们的言语到行动，桩桩件件的事情中我们都感觉得出来。你深感对我歉疚，但又无能为力；我想到你在娘家的处境，更多了几份怜惜与关爱。我们都惟恐伤了对方，从来不把这事儿说出口，但彼此的心曲都你知我知。我们都明白，既然选择了在一起，就要面对。我们坚信孝心和诚心，可以说明一切，改变一切。

我想尽我的最大努力为你家做些事情，但当时的我真的力不从心。我只是个穷教师，在那个时代，被称为"臭老九"，社会地位极低。我又是外地人，刚来这儿工作，认识的人有限，交际圈子很窄。而你爸当时是县牛奶福利厂厂长，虽说厂子不大，只有三四个职工，几条奶牛，但在那个物质极度匮乏的年代，却担负着整个县城的牛奶供应。厂里人手少，又都是残废军人，你爸还得兼任售奶员的工作，天天都是亲自卖奶。由于供不应求，多少婴儿嗷嗷待哺，每天下午出奶的时候，打奶的人排成长龙，尽管都是限量供应，但排在后面的仍然免不了会空手而归。因此，虽说官不大，权亦有限，但在这个小县城里提起"李拐子"（你爸腿上负过伤，是二级残废军人，走路得拄拐杖）来，却几乎无人不知，无人不晓，比我这个"臭老九"当然要"香"很多。我在高中教书，倒也算个好教师，但当时你家姊妹中最大的才上七年级，那时是"白卷英雄"吃香的年代，不要说上高中，就是上大学也不看文化课成绩，所以，压根儿就不需要我给她们辅导。可是，除了辅导你的弟妹们学习我还能为你家帮上什么忙呢？

场面上的不行，文化上的又没用，我只有拼苦力了。你父亲因腿有残疾，干苦力活自然十分吃力。你母亲年老体衰，操持这一大家子的吃喝拉撒、缝裰补涮已属不易。你们弟妹六个中你是老大，其它年龄尚幼，最小的还在襁褓之中，且大都是女孩儿。这样，我便成了家中唯一的男壮劳力。我自小身体弱，骨瘦如柴，上学时，同学们都叫我"排骨"，但我生在农村，长在农村，是吃过苦的人，特别是经过部队农场再教育的锻炼，对苦活累活早有了耐受力。所以，对此我还是很有信心的。在我们刚结婚的那几年，我每次到你家，都不让自己闲着，主动找活干，拉煤买粮，打扫宅院，清理猪圈，下地窖，储冬菜，等等等等。如果没有其它大的营生，一进门的第一件事便是担起水桶去挑水。

你一定记的吧，那年冬天快过新年的时候，街上的自来水管冻坏了，很长时间不能从街口的自来水龙头上打水，人们只能到南门外的河中去挑，你家自然也不例外。新年那天学校放假，我便早早去了你家，想把大水缸挑满。数九寒天，河床早已结冰，只能打开冰窟窿从里头用瓢舀水。人多窟窿小，舀一担水很费事，挑水的人排成长龙，得等一两个小时才能轮上一次。天冷冰滑，人流拥挤，不时有人在冰面上滑倒。我虽生在农村，但我们那里是平川，在水井上挑水，从来没有在河里尤其是冬天从冰窟窿里挑过水，所以，当我挑上水的时候不是小心翼翼地"如履薄冰"，而是胆战心惊地"真履薄冰"。人滑倒倒是小事，可把等了那么长时间才挑上的水倾倒了那可是大事啊！

但让我担心的事还是发生了。快到中午，当我挑上第二担水的时候，也许是由于肚里空了体力不支，一不小心摔了个仰面朝天，臀部蹾得生疼生疼。疼倒是能忍，只可惜桶里的水全流了，没办法，只好返回去再等。等到下午三点多的时候，你心焦地跑到河边找我，才见我挑着满满的两桶水往回走。你一看我满身的泥水，什么都明白了，眼泪一下子流了出来，说话都有点哽咽了。我赶紧笑着安慰：

"摔倒的又不只我一个，一点也没摔着，你那是……叫人看见了会笑话的……"

"你倒像没事儿一样……"你也笑了。

回到家，你妈一见我的样子，就说：

"唉，真难为你了，你哪是干这个的呀！"

"没什么，是我自己不小心。"

"快把湿衣服脱下来，小心感冒了。"你说。

"噢。"我答应着。你妹妹们已经把饭端上来了。

"以后不用去挑水了，我赶上奶厂的牛去拉吧。"你爸说。

"要拉也等下次吧，吃了饭我再去挑，今儿一定得把水缸挑满。"

饭后，稍稍歇了歇，我什么话也没说，便又到外间提起水桶，出屋外拿扁担。

"没看出来，你女婿还有股子犟劲儿……"

"这孩子心眼儿实诚……"

"他就是那么个人……"

"……"

隐约听得你爸妈和你在说我，我从窗外瞟了一下屋内，装作没听见，大步流星地挑着水桶出门去了……

你一定还记的吧，那年春夏之交，我们看到院里堆放了很多瓦，几乎把整个院子都占满了。问过父母后才知道，你家住了几十年的老屋因漏雨准备翻修，把三间房上的瓦全部揭去更换新的。这是你家多少年来最大的工程，需要相当的花销和人工。你是唯一成人的女儿，在这样的重要事情上，我们当然该出力。尽管我们当时债台高筑，但咱俩商量后还是决定：翻修房材料的花销第一是瓦，第二便是石灰。既然瓦你爸已买好，那石灰就由我们出钱买吧。

材料问题解决后，最主要的便是人工，但要外边雇人，那花销可就大了。老姨夫是泥工大师傅，主动来帮忙，你表弟也主动来当小工，再加上我，一大二小，就可以勉强开工了，只是人手少，进度有点慢。施工期间一旦遇上大雨，特别是阴雨连绵，可就麻烦了，揭瓦下的房会永远漏雨，修都没法修，所以还得拼命往前赶工期。

这对我可真的是一次不小的考验。虽说我生在农村，但除了在部队农场那一年——即使那一年大部分时间也只是每天劳动半天——我还没有实打实的当过几天泥水小工。身体素质本就瘦弱，再加上没有经过历练，我怎么能和从小到大一直在农村的你表弟比呢？而且，他是专门来帮忙的，除了当小工其它什么心也不用操，可我不同，还得每天带学生出操，上自习，备课，上课，辅导，批改作业，一样都不能少。

在那一个多月时间里，我每天为了早点去你家上工，私下和老师们调好课，把一天的课集中在第一节上完，然后匆匆跑去；干上一天的活，临了还要把第二天要用的土和石灰加水焖上，把一切该准备的准备好，该收拾的收拾好；晚饭后再匆匆赶回学校开始工作；等把课备好，作业批改完，已是十一二点，才能熄灯休息。你看着我疲惫不堪的样子，怕我顶不住，劝我给父亲说说，另雇一个小工吧，可以咱们出钱啊。我说，那样多不好，况且咱们哪能出起那个工钱呀，不就是一个多月嘛，扛一扛就过去了。

房子终于翻修好了，竣工的那天晚上，你母亲做了好多菜，答谢老姨夫和你表弟，我们当然也在。

席间，老姨夫动情地对你爸妈说：

"这一个多月我可是天天看着哪，你们这是哪辈子修的福，找下这么个好女婿，就是儿子也难这么尽心啊！"

你爸妈好像有点难为情，看着你说：

"这可是人家美美的福，能找下这么个女婿，是她的福分啊。"

"姐夫人家是大学生，可一点也没架子，跟我这个和土坷垃打交道的很合得来。"你表弟也很动情地说。

"我也是从农村出来的，落了个'地主出身'的名，其实是贫寒人家的子弟。"

那晚，一大家子一边吃饭，一边谈叙，气氛欢乐而和谐。在你家，我第一次喝了不少酒……

(二十八)

孔雀梦忆魂化鱼

今天，春节后的第四天，大冬要去公司开发的孔雀城值班，请一位朋友开车顺便带我和二冬一起去转转。车子沿东四环、南四环一路开去，在京开高速路上飞驰。我闭着眼睛，默默地与你心灵絮语：

两个月前，孔雀城一期入住之时，大冬作为公司员工代表去试住，给咱们发回大量照片，咱俩边看边说：

"这次去了，一定去孔雀城看看，咱也到那别墅里住上几天。"

今天，你怎么爽约了呢？

不，你没有爽约，今天你还和我们在一起。我们已经为你订制了一幢别墅，你是不是已经住进去了？感觉如何呀？

你一定不会忘记，去年11月，在大冬发给我的那篇《客户通讯》的"卷首语"草稿中，有这样一段他以执行主编身份诉说的话：

"一批批业主欢乐入住，感受着那种老人含饴弄孙、童稚绕膝嬉戏的浓浓亲情，我眼热了，心羡了。回想起新千年中秋节后的那个早晨，北上的火车缓缓开动，父母的身影渐渐远去。那一刻，我在心里对自己说：'将来我一定要把爸妈接到北京去住。'四年以后，我在朝阳公园边有了一套90平米的两居室，而父母却仍住在故乡的单元楼里。现在，七年过去了，我应该兑现当年心底的承诺了。于是我一早便拨通了父母的电话：'爸，妈，孔雀城就是咱们的第二故乡，你们明年就可以来住了。''那敢情好。'父母兴奋之情溢于言表。"

你看了后，哭了。我知道，你那是激动的哭，是高兴的哭！

可是，今天呢？

　　孔雀城到了，她真的不错。我们虽是初来乍到，却像旧地重游，让我指给你看：

　　这里是会所，这里是杨林大道，这里便是水镜……

　　还记得吧，去年10月，大冬在MSN上告我，针对孔雀城的园林景观，他打算创作一组情景文字，"水镜"是首选，他的领导安总特意和他就"水镜"的设计初衷和意境进行了探讨，他让我帮助提一些创意。水镜和孔雀怎么搭上界啊？我苦思良久，茫无头绪。你边绣鞋垫儿边帮我想，看我皱眉蹙额的样子，猛不丁地对我说：

　　"孔雀到水边，对着镜子开屏，不是很美吗？怎么会不搭界呢？"

　　"是啊！"你的一句话令我茅塞顿开。我立即把这一构思和创意与大冬进行沟通，父子之间几经修改推敲，这才有了最终刊登在孔雀城《客户通讯》上署名冬阳的那首《水镜与孔雀》诗：

　　　　绿树婆娑，芳草萋萋，流水淙淙，水平如镜。
　　　　美丽的孔雀来到水边，对镜开屏。
　　　　我凝视着你的靓影，
　　　　我聆听着你的柔声。
　　　　我轻吻着你的美翎，
　　　　我抚摸着你的玉容。

　　　　你的靓影为何如此巧夺天工？
　　　　最精美的雕塑，
　　　　也难像你这样，
　　　　光彩熠熠丽姿天成。

　　　　你的柔声为何如此悦耳动听？
　　　　最优雅的乐曲，
　　　　也难像你这样，
　　　　古韵悠长飘逸灵动。

　　　　你是上帝的杰作，
　　　　有你作伴可以怡情养性。
　　　　你是大地的精灵，

以你为镜可以陶冶心灵。

我爱你敛羽收翎时的温柔恬淡,
更爱你张翅开屏时的美丽张扬。
我爱你狂潮巨浪时的热情奔放,
更爱你水平如镜时的浅语低唱。

我愿化作一只蝶,
翻飞在你的靓影边。
我愿变成一条鱼,
悠游在你的怀抱里。

后来听说安总对这首诗格外欣赏,专门指示刻石为志。美景与佳作相映生辉,广大业主和来此游览的人看到此石,纷纷围拢观看,人人赞不绝口。

父子三人孔雀城

今天，我们本该一家四口一齐来，共同欣赏这一美景佳作，可是你却……

我们父子转了好几个钟头，几乎所有的地方都去了，你怎么一句话也不说啊？你去了哪儿啊？

我一个人踯躅地徘徊在幢幢别墅前，又想起了前几天做的那个梦。"我愿化作一只蝶，翻飞在你的靓影边。我愿变成一条鱼，悠游在你的怀抱里。"我默念着这几句诗，多想能与你一起再入梦，依偎在你的身旁，相濡以沫，同游同憩，跟在你的后面，看护着你，扶持着你，为你再当一回侍从和保镖啊！

（二十九）

天不佑善无理喻

　　今天"四七"，属"犯七"，要在太阳出山之前在坟头按享寿加天地之数围上一圈小白旗。因你还未真正入土为安——这让我日日夜夜心不安啊！——现在我们还无此条件，但我和孩子们还是早早起来，准备做五个大的、六个小的白旗，以对应你的享寿加天地之数，插于橙子块上，在你的遗像周遭围起一个半圆的弧。

　　今天开始上班，大冬必须在七点前赶到集团总部，向你的遗像鞠了一躬，匆匆地含泪与你告别。我和二冬继续地做着，然后一一插好，默默地摆上供品，上上香。当这一切做完时，太阳正好在东天边露出一个半圆，一缕光线射进窗来。江山依旧，人世巨变，怎不令人悲从中来！

　　人们常说"好人一生平安"，但无数的事实表明这只是善良的愿望。古往今来，多少人一生行善，却备受困苦，广遭磨难，早是不争的事实。可是，人们却始终无怨无悔，仍在相信"死后会有好报"。天国之事，渺渺茫茫，人们从来不得而知。如今，你已是天国之人，能否告诉我，过得好吗？"死后会有好报"的承诺在你身上兑现了吗？我只相信你的话，你的沉默向我说明了一切——"天不佑善"才是屡试不爽的铁律！

　　但时至今日，"好人一生平安"，"死后会有好报"，这些无法兑现的承诺仍桎梏着众多地球人的心灵。形形色色的宗教信仰，五花八门的社会理论，无不想从这里打开人心灵的缺口，而去吸榨他的脑髓和鲜血，却不去追问一下"老天到底保佑善人"吗？

　　我谨在此借你我人世与天堂间之心灵热线，问一声老天爷："真的保佑善人吗？"

也许老天原本就居心叵测，早就定下"天不佑善"的法则，一面假惺惺地劝人行善，一面又冷不丁地给好人降下祸端……

于是，我在《悼爱妻》诗的结尾悲愤地写下这样两句："天不佑善无理喻，倾尽心油亦枉然！"

（三十）

祸从天降

我打开了 34 年前蘸着泪水写下的《哭母集》：

1974 年 2 月 19 日。

农历甲寅年正月二十八日。

下午六点多，夕阳收回它的最后一束余晖，和任何一天一样——夜降临了。我们匆匆吃了晚饭，准备去大操场看第一次上映的电影《艳阳天》。此时，我们是何等的愉快！

十点多，电影完了，我们缓步走回学校。繁星满天，白霜蒙地。夜，初春的夜，——没有任何一点异样的夜！

十一点，我们就寝了。我们谈着家里的父母，谈着这里的生活：明天，明天是母亲的生日，我的两个表姐每年都要给她妈过生日，蒸寿桃，咱们还没有好好给母亲过过生日，明天做些寿面吧……正月在家时，一次吃饭中间美美突然呕吐起来，跑到院子里，母亲看出可能是怀孕了，她早就盼有孙子了，高兴地吩咐我，到了学校一定要好好照顾美美……过一段县教革组腾下占学校的房子，咱们就能搬进去了，有了正式宿舍后让母亲来这儿住吧，给我们看孩子，也请王大夫给母亲治治眼病……结婚借的债，这个月就全部还清了，以后的日子就好过了……

我们在想着家里的父母，父母也一定在想着异乡的儿女——有父母的关怀，我们是何等的幸福啊！

但是——我生平第一次深深感受到这"但是"的可怕——就在幸福之神正在值班的时候，魔鬼却在悄悄地给我们降着弥天大灾。

"李老师，李老师……"有人在敲门了，是学校总务郭主任的声音。

"哦，哦，有什么事？"我答应着。

"刚才打来一个电话，说你妈病重住院了，叫你回去。电话现在还接着……"县教革组的一位同志回答。

"噢，噢，我去接……"我的心咚咚地好像要跳出胸腔，急促地呼吸着，三把两把穿上衣服就向教革组跑去……

"是仁旺哥吗?"

"是我，我妈是什么病?"

"高血压……"

"又是鼻孔里流血吗?"我高中毕业那年，母亲鼻出血，流了一整天才止住，我马上想到这病症，要是鼻出血还不是太危险的。

"不，不是。是……脑冲血……"他像是很不愿意说出这三个字眼来。

我的脑子"轰"一下子要裂开了："现在病情怎么样?"我急切地等待着回答。

听筒里隐约传来听不清的嘀咕声……

"他们这是在商量怎样对我说"我猜测着，各种各样的不祥情景掠过我的脑际……

"怕不行了……叫我仁旺嫂也一起回来吧……明天你们不用来医院了，直接回村吧……"

"母亲没了，母亲……母亲……"我脑际轰响着，无力地放下耳机，呆呆地不知所以地往宿舍走。

美美早已经起来了。我一进门，便急切地问:

"妈得的什么病? 不要紧吧……"

"是脑充血……"我再也控制不住自己的眼泪，啜泣起来。

美美急得不知该怎样安慰我，抱着我，与我一起哽咽啜泣……默默地开始收拾衣物，准备回家带的一切……从皮箱里把仅有的几十元钱全取出来，装到我身上……把我们仅有的十几斤白面拿出来，两人哭着，装着……

我叫醒了张副主任，谈了情况，请了假;敲开了总事务的门，借上钱，带上白面、胡油……

全校所有的灯都熄了，黑沉沉的，死一般寂静。窗外依旧是繁星满天，白霜蒙地，没有一点异样的夜;窗内却是前后两重天，悲哀笼罩了一切。我凝望着满天星斗，遥望着故乡，我揣测，我祷告，我祝愿……我心急如焚，我心乱如麻……夜，漫长的夜! 生平最难过的一夜啊!

2月20日，农历正月二十九，在一片悲痛声中来到了。

　　为了支撑一天的旅行，美美五点多早早起来做下的一点点面条，我们俩吃来吃去还剩下大半，泪水和着饭强行下咽，我一碗饭三次还没有吃完。

　　六点多钟，我们上路了，开始了生平最悲痛的一次旅行。汽笛轰鸣，好似在痛苦的号啕，列车咔嚓，撞击着我悲痛的心灵，车厢里人声嘈杂，我听来像是一片哭声。我眼里沁着泪水，反反复复地沉思默想，自己问着自己：母亲现在还有的吗？

　　人们说，有最亲的人没有见是会等着的，我还没回去，母亲不会就走了，母亲现时一定还在顽强地等着我……母亲这时可能已不省人事了，我回去还能认得我吗？还能和我说一两句话吗？……快些吧，火车开得快些吧……我看着表，秒针还在不紧不慢地走着，一点也不理解我的心情……我的心情只有美美理解，她在我旁边尽其所能地安慰着我，让我的心稍稍放开些……

　　下午四点半，火车好不容易开进了家乡的车站……

　　快，快往前赶，回去就一切都明白了。我不知从哪来的劲，一夜没睡没躺、一天没吃没喝的我，竟能把车子蹬得飞快。

　　快进村了，等待着我的是什么呢？命运在怎样摆布我啊？"妈妈，妈妈"我暗暗祷告着进村了。

　　气氛很不正常，十字街口站着不少人，我和他们打了一下招呼过去了。

　　"儿回来了……好好哭吧……"后面人的话语隐隐约约传进耳里，我的心就要跳出胸膛了，泪水不能控制了……

　　快进门了，"岁头纸"模糊地出现在我的眼前：啊?!?!?! ……

　　我脑袋轰响，两眼发黑，四肢无力，我不知道自己是怎样进了院子的，车子丢在了何方，我不顾一切地跑进了灵房……

　　"妈妈呀，妈妈呀!"母亲静静地躺在灵柩里，再也不理我了……

　　"妈妈呀，妈妈呀!"我头不知该往哪撞，我手不知该往哪放，我头撞着灵柩，我趴倒在灵柩下，我手撕抓着干草，胸口堵得满满的，憋得哭不出声来，气接不上来了……

　　"我……我……我的妈妈呀！妈妈呀！"多少时刻过去了，我才能放声大哭……

　　母亲啊，母亲，你在离开我时想了些什么？

　　母亲啊，母亲，你还有什么话要吩咐我们？

　　你一定想到了刚刚离开你身边四天远在异乡的你的心肝，你是多么地想念他们啊！

　　你一定想到了你的儿女还很小，还刚刚成人，你还要给他们办多少事啊！

他们会怎样想念你啊！

你一定想到了父亲，他会怎样地度过晚年啊！

你一定想到了你苦心经营了几十年的这个家，这个家怎能离了你啊！你该有多少话要吩咐，该有多少事要安顿啊！

你一定想到了……

你一定想到了……

母亲啊，母亲，你可能什么也没有来得及想，病魔已经夺去了你深谋远虑的神志……一切能用的药物用尽了，一切能用的措施用尽了，而你心脏的跳动却越来越微弱了……

妈妈，妈妈，为什么你的血压这样高，但以前却没有明显的症状？

妈妈，妈妈，为什么在你生命力还很旺盛的时候，心脏却停止了跳动？

妈妈，妈妈呀！怎能舍啊，你的心肝；怎能丢啊，你的家园！

妈妈，妈妈呀！是谁夺去了你宝贵的生命？是谁给我们降下了弥天的灾难？

我哭啊，哭得呼天抢地，死去活来，我从灵房哭到正房，又从正房哭到灵房，我抱着父亲哭，我抱着妹妹哭，我抱着美美哭……疲累的我一夜未能成眠，漫长的夜在哭泣中度过……

34年前母亲离开我的那一幕与今天你离开我的这一幕是多么地相像啊！都没有一天卧床不起，都没有一夜让人服侍，都没有一丝哀伤，都没有一句嘱咐……但都把无边的悲痛，无涯的愧疚，无尽的哀伤，无穷的思念留给了我……

母亲离开我时，我们刚刚和母亲在一起过了春节，与母亲分开仅仅四天。记得那天，我们走时，母亲送得特别远，一直送到十字街口，还恋恋不舍，一直看我们走到村外南口，连人影也快望不见了，还站在那里。莫非母亲早有预感，想到这是我们母子的最后一别吗？你离开我时，我们刚刚到了北京，要与孩子们一起过春节，可同样，仅仅四天，你便……莫非你也早有预感，想到这是你与我们的最后一别吗？

记得在母亲突然离开我们时，因为此前家里的一切全是母亲掌管，要找的找不见，要办的不知该怎办，父亲曾极度悲痛地对我们说，这个家就像是天塌了一样。母亲逝世一周，父亲即病倒，母亲出殡之日正是父亲病危之时。悲中加悲，愁上加愁，我兄妹二人，如何承受？父亲病二十余天后渐愈，然母亲"五七"后，我与妹妹又双双同时病倒，卧床不起。老父一人护理奔忙，劳神担忧，大病初愈之人如何经得起？母亲逝世，我父子三人亦小死一遭矣！我在慈母仙逝百天纪念日作的《祭母诗》中曾写道："慈母仙逝百日中，父子三人半死生。"

今天，你突然离开我时，我的感觉真如同地陷一般。孩子们虽已届而立，但尚未成家，对我，对他们，必是终生遗憾。我虽已过花甲，但在老年队伍中只能算是孩童。母亲离开我与你离开我，其极度的悲痛无疑是一样的，但母亲离开我时，身边有你，我虽极度悲痛，但不会感到孤独，不会觉得无望，而现在这种孤独无望的感觉则时时袭来。人们说，时间可以冲淡一切，随着时间的推移，极度的悲痛也许会渐渐趋于平静，但无穷的孤独却不仅不会平静，反而会更加强烈。人世已近尾，天堂尚遥远，天塌尚有女娲可补，地陷从无神祗援手。父母不能跟儿女一辈子，但夫妻却该白头偕老，齐年尽老，我觉得自己好像堕入一个无底的黑洞，任暴雨狂潮无情地冲刷摔打，不断地陷下去，再陷下去……

（三十一）

失母之年又殇女

《哭母集》的这一页上贴着两张特殊的"日历"，日历中间用钢笔写着一行字：

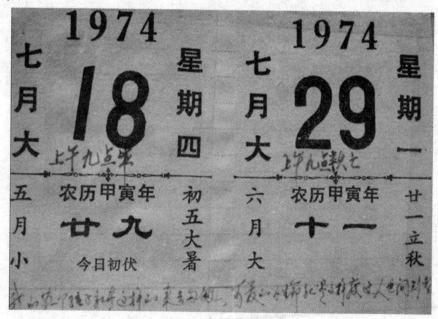

两张特殊的日历

下面写着一句话：

我们的第一个孩子就是这样来去匆匆，
可爱的小生命就是这样度过人世间短暂的十二天！

再下面是我在孩子夭殇当晚写下的一首诗：

失母殇女感愤诗

1974.7.29. 夜

悲中喜，
喜中悲，
悲喜交并是何理？
福兮祸所伏，
祸兮福所倚！

悲中喜，
喜中悲，
失母之年喜孕育。
养儿方知父母恩，
喜中愈觉悲更悲！

悲中喜，
喜中悲，
失母之年又殇女。
悲泪未干又添悲，
今年时运因何背？

悲中喜，
喜中悲，
祸福相倚果有理？！
今岁飞祸不单行，
明春就应临双喜！

　　看着这些用泪水写成的文字，今天再一次被泪水浸湿，我仿佛又回到了我们当年栖身的小屋。

　　母亲突然去世，我因之大病一场，直到五月份才返校上班。我大病初愈，心情抑郁，你对我更是关怀备至，大小家务全由你一人承当。由于母亲的丧事，又欠下大量外债，我们的生活更加拮据。为了能多挣些钱，你几乎天天加班加点，到八九点钟下班后，还要带回一大捆待加工的衣服，晚上回家做好后第二天再带去。直到七月份，你已近临产了，还天天是这样。那时，你也许以为自己的身体是铁打的，我对你有病的身体更是毫不知情，对孕妇保健更是知之甚少，竟没有想到这样会伤着胎儿，造成早产。

那天晚上你做完衣服睡下不久，就感觉肚子有点难受，开始时以为是饭吃得凉了，没有当回事儿，到黎明时疼得越来越厉害，我们才想到会不会是动了胎气，有点慌了。好不容易坚持到天亮，我赶紧叫了几个同事，把你送到医院。

还算顺利，上午九点，孩子平安降生，是一个可爱的女孩儿。但因是早产，需特殊照看，而当时县医院却没有婴儿保育箱，你与孩子只住了三天医院。

自出院后，孩子就不是这里不舒服，就是那里有问题，奶不能好好吃，觉不能稳稳睡。我急得团团转，四处请医生，能想到的法子都想到了，但孩子的病却一天比一天重。直至不能吃，不能睡，呼吸困难，抽搐不止，终于……

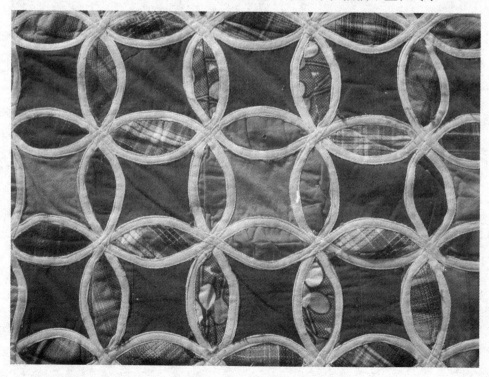

精心设计做成的花褥面

珊瑚梦

是我真的流年不利，还是没有尽到做丈夫和父亲的责任？累你十月怀胎，却月子坐空；累我们可爱的女儿，在人世间只度过短暂的十二天！我真是愧对你们母女啊！

空月子是难坐的，你妈可能对此深有体味，所以当时曾极力劝我们抱养一个；但她可能不了解被人抱养的孩子所受的心灵创伤，而你我对此则深有体味，所以我们对此婉言谢绝。

为了抚慰你受伤的心灵，也为了弥补我对你的愧疚，在这个月子里，我除了上课以外，几乎时时刻刻陪在你身边。你为了排除烦闷，把以前从缝纫社带回来的裁剪衣服后丢弃的边角料全部拿了出来，准备精心设计做成一块褥面。这倒是个好办法，既符合你对缝纫的特殊兴趣，又有一定的艺术性、创造性，可以全身心地投入。我也积极地参与其中，与你一起设计。我们用了一个多月时间，一件比买的还要好看百倍的褥子终于做成了。这个褥子是我们相互抚慰，相互关心，心心相印的见证，至今仍珍藏在家中，更珍藏在我们心中……

（三十二）

男亦为悦己者容

今天，2月14日，是西方的情人节。大冬会友去了，我也想让他去，他们应该有自己的生活。二冬明天也要开始上班了，他为了陪我已经一个月没有上班，我不能再耽误孩子了。

俗话说，有钱没钱剃头过年，可今年这个年我们父子三人都没有理发，长发遮耳，蓬头垢面。丑孝，丑孝，重孝期间谁还有心思梳洗打扮呢？但上班总不能衣衫不整、蓬头垢面啊！孩子们的工作单位都是品牌公司，对衣着仪表特别讲究，有着明确要求。大冬由于初七就上班，初六便去理了发；二冬明天要上班，今天也必须去理发了。他说：

"爸，你也一并去理了吧，不然，以后还得专门陪你去理。"

我想也是，就答应了。

你还记得吧，上次来时，一开始二冬带我理过一次发，要20多元钱呢，我说老年人理发，剪短了就行，哪用了那么多钱？后来便自己到小理发店去理，只要5元钱。可这次不同，你这一走，我真的脆弱得怕一个人出门了。

二冬说：

"爸，以前在家里我妈给你染发，这回一并在理发店染吧。"

我说：

"你妈不在了，我还染什么发呀?!"

古语云："女为悦己者容。"其实男人又何尝不是如此呢？老实说，我这些年之所以一直坚持染发，完全是为了你。由于我比你年龄大好多，又早是一头白发，不染就显得很老，而一染了就显得相当年轻，仿佛一下子小了十几岁。而你虽然身体有病，但却始终是一头乌发，连一根白丝也没有，这一点你我都感觉有些惊奇。特别是我们都退休以后，经常相伴出去散步游玩，我染了发后，便和你十分般配，连你也经常夸我说：

"刚结婚那会儿，看照下的像，我还像个小闺女，你却看去比我大好多，可现在，都觉得差不多了。"

我听了真感觉如同嘴里呡了一块香糖，一直甜到心底。

这些，你也许和我一样早有感受，但还有一点也许是更重要的，我却始终未对你说。那就是：

你每次给我染发时，当你的柔指滑过我的头发、脸颊时我感受到的那种无与伦比的甜蜜和温馨。这也是我为什么一直坚持不到理发店而要让你给我染的主要原因。与此相比，到理发店得多花钱其实还在其次。也许你和我一样，同样有这种无与伦比的甜蜜和温馨的感受吧，不然，你怎么会每次都做得那么认真和用心呢？而你也和我一样，始终未对我说过。但我完全能够感受得到，也许这就叫做心灵感应吧。

但是，现在，这一切，只能成为美好的回忆了。我把我们来时你给我买的最后一盒"章华—抹黑"捧在手里，啜泣起来……

（三十三）

孩子成了我唯一的依赖和寄托

自你在眨眼之间离开我后，孩子成了我唯一的依赖和寄托，每晚总是大冬或二冬陪着我睡。不知是你突然离开后有意给我的补偿，还是我们父子真的有缘，两个儿子都三十开外了，我竟然还能享受到他们夜夜陪我睡觉的那种惬意与欣慰。

你常说我真是有福，大冬、二冬小时候，我下班回来坐到沙发上，他们一个在左，一个在右，这个缠着我的脖子，那个爬到我的背上，我高兴得笑个不停，而你却在厨房忙得不可开交。可今天呢？他们长大了，纵有天大的孝心，亦已身不由己；而你呢，却已化为一缕轻烟，离我而去。我多么希望他们真能夜夜陪我而睡，让我重温三十年前的欢乐；但没有了你，我又焉能欢乐得起来呢？而他们一旦不在我身边，更大的悲伤便倏地涌上我的心头！

大冬已连续两天加班没有回家；昨晚二冬也打电话，说公司有事，很晚才能回来。床上空空的，让我辗转反侧，难以入眠。半夜起来上卫生间，摸摸身旁，展开的被子纹丝未动；打开灯看看表，已是凌晨两点二十。瞅瞅起居室，二冬倒是回来了，但也许以为他哥和我在一起，便在外间睡了。我怅惘地回到卧室，又躺下了。

也不知道自己到底是什么时候才睡着的，反正再睁开眼时天光已经大亮，可眼一瞅，身边还是空空如也。我一下子悲从中来，连自己也无法控制，竟嚎啕大哭起来……

两个孩子都上班去了，偌大的起居室里，只我一个人坐在电脑旁，你在窗台上静静地看着我，真正意义上的孤独生活开始了。

沉沉春夜，辗转难眠，炎炎夏日，长昼难熬，秋雨冬雪，愁云惨雾，茕茕孑立，形影相吊，这将是我往后生活的常态。

你是我的"另一半"，他们是你我生命的延续，我们四个本是一体，怎么可以分开呢？

（三十四）

冬日暖阳驱阴霾

日历翻到了 1975 年。

县教革组腾出占用学校的六间房子，领导决定分给几家双职工家庭当宿舍。我们分到一间半，第一次有了正儿八经的家属宿舍。那股高兴劲儿，让人至今想起来还觉得甜在心头。我们立即请来工匠，半间砌锅灶，做厨房，一间盘炕，做卧室。接着便是打扫，粉刷，没多久便高高兴兴地搬了进去。

更让人高兴的是，刚搬进宿舍不久，你便告诉我，又怀孕了。你妈叮咛说，这次可再不敢大意，要是弄成习惯性早产，就麻烦了。我们也接受上次的教训，从一开始就时时处处加心在意。怀孕期间，一切家务我几乎全包了，让你尽可能多休息，吩咐你能不加班尽量不要加班。缝纫社也特别照顾，尽量不安排让你加班。遇上活儿特别多确实需要晚上加班的时候，我就去缝纫社帮你把要做的衣服拿回家里来，你回来先休息，吃过晚饭后再加班做好，第二天我再帮你把做好的衣服拿过去。在生活上，也尽量能让你吃得好一些，增加营养，专门托学生从村里买了鸡蛋。到怀孕后期，我更是时时刻刻关注着你的身体变化，唯恐发生意外，要是我第一节没课，就送你上班，下午则尽可能亲自接你回家。临产还有一周，便让你休息了。

这一次我对你也许够得上是格外照顾，关怀备至，但和人家现在年轻人生孩子相比，还是一个在天上，一个在地下：

心里是想让你吃得好一点，但当时我们两个人一个月才供应八斤白面，还要积攒下坐月子，能让你吃好吗？说到底还不仍旧是粗茶淡饭？心里是想让你工作轻松一点，但你的工作本就是苦力活，又是计件工资，当时家里经济拮据，债台高筑，在这种情况下，你的工作能轻松吗？更不用说，我们在当时哪里会想到该去做产前检查，就是连生产也没有想过要去县医院住院……我真是愧对你呀!

不管如何,你这次总算是怀的比较足月。农历 10 月 29 日晚,你要生了,我立刻叫来你妈,又赶紧跑去叫城关公社接生员。11 点 56 分,孩子顺利出生了。

"是小子!"接生员对你说。

"我给你生儿子了……"你甜甜地一笑。

"生在子时,大福大贵!"站在旁边的我对你说。

这幸福的一幕,成了你我永存的记忆,多少年后,我们还时时谈起。你总是笑着对我说:

"你啊,真够有福的,能亲眼看到自己儿子的出生,如今都是在医院里生,哪还能……"

"是啊,我们这儿子可保证不会让别人给弄错的。"我则总是笑着回答,自豪之情溢于言表。

儿子的出生像冬日的太阳驱散了笼罩在寒夜的阴霾,让天空一下子变得明媚而透亮,给我们全家带来从未有过的幸福和温暖,于是,我特意给孩子取名"冬阳"。

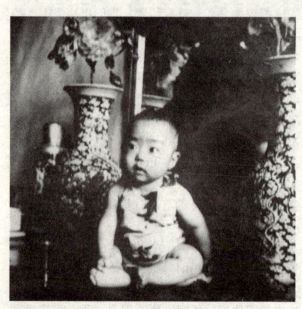

大冬"百岁岁"照片

转眼之间,已近满月。

"这是头一个满月,我们可得好好过一过。"你我的想法不约而同。

爷爷从老家赶来,为的便是给孙子庆生;姥爷姥姥更是比我们还积极,姨姨、舅舅们连自己还都是孩子,一听说给外甥过满月,想的当然更是越热闹越好。那天,我们家,以至整个家属院都洋溢着一派喜庆气象。

还记的吧,家属院新搬进的几家我们都请了,可原先就住在家属院的那对来自京城的教师夫妇,因"文革"前期受过冲击，当时又正当"反击右倾翻案风"之际，全校的人都避之唯恐不及，很少与之交往。在这当口，咱给儿子过满月，是请还是不请？我一方面觉得两家平时相处得很好，咱们结婚时还托人家从北京买过手表和衣物，现在全家属院的人都请到了，唯独空下这一家，总不太好；可另一方面又想到咱本就出身不好，要是请了，也许会招来意想不到的麻烦。对此，我有些犯难，便与你和大人们商量。大家都一致赞成请。于是，我便亲自去请。这对教师夫妇的兴奋之情大大出乎我的预料，一叠连声地向我表示感谢。我赶忙说：

"我的孩子过满月，你们能来祝贺，是该我向你们道谢啊！"

他们则直夸我是"真君子"，"能看得起他们"。那位女老师立即拿出一块珍藏的衣料，亲自裁剪缝纫，为我们的孩子做了一套衣服，表示祝贺。

我们自家的人，那种高兴劲儿就更甭说了。刚刚满月的小冬阳，爷爷抱了姥爷抱，姥姥抱了妈妈抱，特别是那几个姨姨、舅舅，一个个抢着抱，让我这个做爸爸的想抱一下都轮不上。

你笑着对我说：

"以后有你抱的时候，今天，你就让一让吧……"

"好，好……我让，我让……"我笑着回答。

那是我们这辈子笑得最开心的一天！

（三十五）

生日烛光

今天，正月初十，是你的生日。

昨天晚上，二冬就想到了（大冬又在公司加班，很可能整夜都不能休息，前天晚上就几乎一夜没睡，竟加班到凌晨三四点钟，我真担心他累坏了），默默地在你的遗像前供上生日蛋糕，还在手机上专门设计了"妈妈生日"的响铃。今天早上我们又早早起来，为你点燃蜡烛，上了香——我们在这里为你过生日了。我和孩子们太想你了啊！你感觉到了吗？

你一定记得，去年的今天，我们在这里为你过生日，大冬公司加班不能按时回来，提前就买回了生日蛋糕，二冬则早早回来陪你。那晚，烛光点点，温情脉脉，你默默地许了愿，我们祝你生日快乐。仪式结束，我们才想起忘了拿出照相机，照几张相。二冬想补照，你说：

"算了，明年照不是一样嘛。"

是啊，以后年年来这儿过年，你的生日在正月，还怕照不下几张过生日的相片吗？谁料今年便……

前年的今天，我在家里为你过生日。蛋糕店按他们与一中的约定给你送来生日蛋糕，孩子们给你打来电话，祝妈妈生日快乐。

那晚，就咱们俩，我第一次——也是唯一一次——按现代仪式给你过生日：

我开了会客室的彩灯，把蛋糕摆到茶几上，给你戴上特制的生日冠，插好蜡烛，小心的点燃……你闭目许愿，吹蜡烛，切蛋糕，然后我们一起品尝……一切都做的那么认真，那么投入……

这时，我突然想到应该把这一幕照下来，作为永久的纪念，我立刻取出照相机……可惜我们那个照相机还是用胶片的，直到今天那个胶卷还没有照完。这次来京前，我本来准备带上，到这儿一并照完后，洗出来，但因走时心慌意乱，给忘了。我想，如果我当时的操作正确的话，那几张珍贵的底片应该还在胶卷上，但就怕我这个菜鸟给弄错了。它们对我是多么弥足珍贵啊！只可惜无法让你看到了……思想及此，怎不让人痛彻心扉！

（三十六）

惊鸿初掠

冬子过了"百岁岁"（出生一百天）后，本该是春暖花开的季节了。但你家乡的县城地处高寒山区，还不时有寒流侵袭，仍是朔风猎猎，春寒料峭。

孩子倒是见风儿的长，一天一个样，俗话说，三翻六坐，眼看着就能翻身，离能自己坐起来已经不远了。但随着你开始上班，工作忙碌，回来又要带孩子，晚上还得喂奶，休息不好，体质却越来越差，每天下班回来，两条腿肿得发青。我问是怎么回事，要不要到医院看看。你说不用，总是带孩子累了，人们都说生孩子的时候腿就会浮肿。所以开始时我便没多在意。

但到四、五月的时候，你肿得越来越厉害，早上起来，连两只眼睛都浮肿了，我又隐隐约约地从你二妹嘴里听说她大姐好像有心脏病，便有些心慌，立即带你去县医院诊治。医生听诊后说，可能是心脏有问题，但咱们县医院条件差，无法确诊，建议我最好到部队医院认真检查一下。

县城旁边就是国家保密的卫星发射基地，基地属部队军级单位，医院条件自然比县医院强得多，所以当地人有了大病一般都找关系去部队医院诊治。我便立即找基地所在地的高中校长，请他帮忙联系。

校长很热心，和基地医院领导也很熟悉，很快便帮我联系好了。那天，我骑着自行车带你去医院诊治。虽是公路，但还是有不少上下坡，遇到上坡路，只好下车，推着走。你怕我累着，坚持要下车自己走，我说你腿浮肿成这样，哪能自己走，还是坚持由我推着你走。一路上，就这样让来让去，到十点多时，才到了医院。

由于事先已联系好，一进去便开始检查。做了 X 光透视，拍了片，可以说当时医院有的医疗器械需要用的几乎都用过了。上午各项检查做完，已到下班时间。下午包括院长在内的医生们又把拍片和各项检查结果看了又看，集体会诊，最后诊断为先天性心脏病中的房间隔缺损。

医生向我们详细解释了这种病的病理特征，告诉说由于是先天性的，药物起不了作用，手术是唯一办法，而当时能做这种心脏手术的全国只有北京阜外医院一家医院，所以关于治疗，这里医院没有任何治本的办法，要消除浮肿，只能开些利尿药，除此别无他法。

我们询问阜外医院这种手术的安全性、治愈率以及收费情况，医生的回答是他们也只是听说，具体情况不太清楚。问到如果不做手术，以后会怎样发展时，他们说由于病根没有解除，随着年龄的增大，病情肯定会越来越严重，医生虽没明说，但那意思很明显，预后是不好的。

我的头像被重锤猛击了一下，神志都有点恍惚了：

"怎么会这样！"

不过，神智还是清醒的——这句话，我没敢说出口。

"西医不能治，咱们回去找中医吧，王大夫是咱县有名的中医，他爱人在你们缝纫社，孩子又是我教的，他一总有办法……"我安慰着你，我们一起走出医院大门。

一出大门，便碰上一位军队干部家属，原先和你在缝纫社一起工作过，听说来此看病，便热情地邀我们到她家做客，还非要留我们住宿。盛情难却，我们只好在她家住了一晚。

虽然人家家里条件很好，招待也很热情，但我们却觉得这一晚实在难熬，通夜都辗转难眠……

（三十七）

你走了就把我的福全带走了……

今天是一个重要的日子——"五七"。

我们几天前就准备上了。孩子们为你置办了花篮，还专门买了一把天堂伞。昨晚我一夜没睡着，今天天不亮便起床，在这里与你絮语。我没能最后与你告别，今天怎么也得去看看你暂时安息的地方，当面问问你这一个多月来过得可好。你知道我有多想你、多惦记你呀！可你离开我已经三十五天，为什么连一丁点儿信息也不给我传来呢？你难道已经把我忘了吗？你难道就一点也不关心我这三十五个日日夜夜是怎么过来的吗？

我和孩子们看你来了。京畿之地比咱们那里强多了，孩子们对你后事的安排了无缺憾，让我得到稍许安慰。我们把你请了出来，在怀思室祭奠。哀乐沉沉，香烟袅袅，啜泣声声，思绪绵绵……

难得有这样静谧温馨的氛围，我们聊会儿吧。二冬买房的事市里已有了文件，他的条件完全符合，咱们家往后的日子会越来越好的……你就要享福了，可如今却……全怨我，全怨我，我为什么不在暖和的时候就带你来京呢？为什么不一来京就把你送进医院呢？我真该死！……你老说你有福，是的，先走的是有福的，你真的有福。可你前半生历经坎坷与磨难，到如今总算熬到了头，该享福了，却先走了，你真的有福吗？再说我吧，你匆匆忙忙走的时候想过我吗？你想没想过，你我是祸福相依的，你走了就把我的福全带走了……

你就要回到暂厝的地方了。依依惜别之时，一股冰流寒遍我的全身：你被拘束在这么小的方寸之地，太憋屈了；我们想见你一面，有多难哪！你几乎没过过集体生活，这么多人挤在一起，管得又这么严，你怎么能受得了？你是爱跑逛的，你应该到大自然中去！

　　这里，我可以告慰于你的是：孩子们已经开始在京城为你——不，是为咱俩——寻觅永久的安息之地。你还记得吗？去年在家时，一次在电视上看到有关北京陵园建设的专题片，我们就谈到百年之后如能安息在京城的龙脉圣地、青山绿水之间该有多好啊！未曾想到，这一天竟来的如此之快，今天已提上议事日程。你很快就可以安息于青山绿水之傍，苍松翠柏之中。这是你我永久的安息地，我会和孩子们精心挑选和设计的，你就放心吧。

　　待到你我重聚日，尽抒离情与别绪，山水林木作见证，生生死死永相依……

（三十八）

夜半私语

在你同事家中渡过那个惊魂初掠的难熬之夜后，第二天一早我们便动身，我依旧骑自行车带着你从部队医院回到学校。下午与你一起去找王大夫，向他说明部队医院的诊断情况，了解先天性心脏病的有关知识，请他予以诊治。王大夫给我们讲了许多这种病应该注意的地方，然后一边开药方，一边安慰说：

"你们也不用太担心，吃上十几副中药，好好保养，会好起来的。"

回到家，我立即开始熬药，你则忙着照看孩子。吃过晚饭，你服了药，我看你身体虚弱，就说：

"跑了两天，你一定累了，咱们早点休息吧。"

你一定还记得吧，那天，我们虽然早早就躺下了，但看着窗外月色如银，竟都辗转难眠，夜已经很深了，还一直在窃窃私语。

你深情地看着睡在我们中间的冬子，也看着我，心痛地对我说：

"结婚的时候，没对你讲我有病，现在真觉得对不起你……我可能害了你一辈子啊……"

"我又没埋怨你，说这些干什么？让人听了真不好受……"

"正因为你不埋怨，让我更觉得对不起你。"

"你当时不是也不清楚吗？"

"是不太清楚……我只记得在上小学三年级的时候得过一场大病，可当时连县医院也没去过，我爸一直就是请俺们那条街上认识的一个中医看，到最后也不知道得的是什么病……原来我在娘胎里就已经种下病根儿了，怪不得我妈说我小时候瘦得像枯树枝儿似的……唉，我要是早知道自己得的是这个病，也就不会缠着跟你了……"

"你说到哪去了，得病是由人的吗？谁能想到会是这样呢。"

"看来我这病是没治了，还不知道能活到哪天呢，这可连累你了。"

"谁说你的病没治了！医生不是说能做手术吗？以后等条件成熟了，我一定带你到北京做手术。你现在不要多想，咱们就让王大夫看，先把身体养好。"

"本来就有外债，这下我看病又得花钱，唉，早知道没法治，哪如不去部队医院看呢，白白花了那么多钱。"

"怎么能是白白花了呢，病情检查清楚，咱们心里就有了底，病本来就是三分治，七分养，你以后可得好好保养，再不能像以前那样没明没黑地受了，人家医生不是说了嘛，千万不可太劳累了。"

"可我是工人，哪能不劳累呢？像我以前那位同事，人家是部队家属，才能过上楼上楼下、电灯电话的生活啊！"

"是呀，我是穷教师，让你跟上受苦了，不过，我想，以后咱们总会调回地区去，将来也能住上楼房的。"

"比上不足，比下有余，咱们现在好歹已经有了一间半宿舍，也该知足了。这辈子要能住上像人家那样的楼房就简直是到了共产主义了……"

"以后一定会的，一定会的。"

"还是说现在吧，有哪对夫妻不盼着儿女双全呢，趁我现在还年轻，咱们还是赶紧再生一个吧。"

"可你的身体……王大夫不是说了嘛，这心脏病最怕的就是生孩子了。"

"我不是已经生过了吗？不怎的。"

"还说不怎的？看你病成这样，我真……"

"正因为我有这个病，才更得生，就是舍了我的命也得生。"

"那又是为什么？"

"将来我要是有个三长两短，你跟前没个女儿，可怎……"

"年轻轻的，说这些干什么！以后别再说这些了，好吗？"

"不说可以，但我必须得问过我的心，我只有……"

"只有怎样？"

"只有舍命报答你。"

"噢，我明白了，原来你坚持要再生一个孩子，是要舍命报答我啊，那我更不能让你生了。"

"算我求你了，你就答应了吧，不然，我就是死了也合不上眼……"

"你又来了，再说这些，我真的生气了。"

"只要你答应，我保证以后再不说这些……"

"我真的是怕……"

"不会的，即使我真的……你也还小，还可以……"

"你……你……你让我……唉……"

"其它我都听你的，就这一件，你就听我一次吧……"

"唉，你让我怎说你呢……让我再考虑考虑……"

"只要你答应，怎说也可以……"

"你……你这是只想着我呀！"

"你……你不也一样吗？"

我们互相依偎着，我的泪水流过你的脸颊，你的泪水流进我的嘴里，口里都觉得苦咸苦咸的，但心里却觉得分外香甜……

生儿育女，香火延续，在中华民族的传统中向来被视为头等大事，女人生了孩子，便是极大的功德；女人为了生育要经受巨大的苦痛，原本就是母亲之所以"伟大"的重要原因；而今，你在明确感到病痛对生命构成威胁的情况下，却毅然选择为了我舍命生育，则无疑在"伟大"之上又增加了"神圣"的光环。

多少年后，我们还时时提起那次夜半私语：

"你看我生了二冬，不是照样没事吗？没有二冬，怎么能圆了你上研究生的梦呢？要是你能听我的话，再生一个，我们现在一总儿女双全了，那该有多好啊！"

"哪能那么十全十美呀，女儿你也生过了，是我们没有得女儿的命，就认命了吧。两个儿子也挺好啊！咱们现在连单元楼都快住腻了，可那时候，你对那种筒子楼还羡慕得了不得，也该知足了。"

"是啊，我们家的日子真是芝麻开花节节高，说不定咱们以后还能住上别墅呢。"

月色如银空梦忆，夜半无人私语时；卿言切切犹在耳，人世天堂两茫茫。现在我才彻底明白，你那时嘴上讲"儿女双全"，实际就是一心想要为我再生一个女儿，以便有朝一日你离开我时，她可以像你一样，无微不至地关心照顾我……

(三十九)

冬光生于 1977 恢复高考那一天

还好，你吃了十几副中药后，浮肿慢慢消了下去，身体也渐渐复原。我拗不过你，最终还是答应再生一胎。临近春节时，你便怀孕了。

这次，我更是从一开始就不敢有丝毫疏忽，可谓时时小心，处处留意。此时我已调到县教育局教革组，身子不像在学校捆得那么紧，一般情况下晚上没事，能有较多的时间帮你做家务，所以，在怀孕前期，我对你的照顾还是比较周全的。

但 10 月份以后，情况发生了重大变化。国务院批转教育部《关于 1977 年高等学校招生工作的意见》下发了，停止了十年的高考连明年夏天也等不上，迫不及待地就要在这个冬天恢复了。文件规定：凡是工人、农民、上山下乡和回城知识青年、复员军人和应届毕业生，符合条件均可报考。考生要具备高中毕业或与之相当的文化水平。招生办法是自愿报名，统一考试，主要看本人表现，择优录取，家庭出身不再是主要依据。关闭十年之久的高考考场大门终于重新打开，而且时间很紧，12 月份就要举行考试。

这一爆炸性的新闻立即震动了整个社会，千军万马疯一般的涌上这座年久失修的独木桥，几乎要把它给压塌了。校园里传来久违了的琅琅读书声，被长期踩在脚下的"臭老九"们，一下子成了"香饽饽"，闲置了十几年的知识和经验终于派上了用场，显示出其固有的价值和光辉。学校的校长、书记开始一门心思抓高考，除了与高考有关的活动外，学校的其它工作——不管此前认为有多重要，哪怕是统帅或灵魂——几乎全部停了下来。

离高考考试只有一个多月的时间，县教育局有大量的准备工作要做，我所在的教革组实际上就是教育局的一个工作班子，绝大部分的具体工作都要我们去做，而我们组总共只有三四个人，一时间忙的不可开交。

　　这还不算，由于我在县中学任教多年，教学水平在县里有一定名气，正是基于此，才被调到县教革组。这时，中学的领导便亲自登门请我抽晚上或星期日时间给应届毕业生上大课。更由于我教出的学生已有四五届，他们当中除个别人被推荐上大学成了工农兵学员外，这次几乎都报了名。他们当然想从老师这里获得帮助和指导，希望能实现上大学的梦想。找我辅导的人纷至沓来，每天晚上的日程都排得满满当当，有时分配不过来，还得熬夜加班。

　　从我来讲，形势的剧烈变化让我的精神大为振奋，解除家庭出身的"紧箍咒"让我像完全换了一个人一样，思想倍感轻松，身上有使不完的劲。我是受尽"家庭出身"之害的人，当年无法凭借自己的能力考上向往的大学，我还会什么，就这些"脓水水"，能不全部使出来，让我的学生凭借他们自己的能力实现美好的理想吗？

　　由于太忙，家务事做得自然少了。还记得吗？那次你我都加班，相互又不知道，晚上九点多回到家，才发现谁也没去幼儿园接冬子。我说了句"都怨我"，赶忙跑去接。那么晚了人家园长还得哄着孩子玩，不能下班，我一叠连声说"对不起"。好在园长是我一个学生的家长，人家一点也没怪怨，说"知道你们也是忙得忘接了，我就替你们哄着了"。

　　不过，我还是丝毫不敢大意，对你尽可能地多关怀照顾一些，也嘱咐你自己要多加注意，所以整个孕期你的身体还没出现大的不适。临近预产期，我便让你提前在家休息了。

　　十年来的第一次高考终于要开考了。县里对此非常重视，12月7号由分管文教的副县长亲自挂帅开会安排部署高考工作，县委书记亲临会场讲了话。全县除城关外，还在远离县城的乡镇设立了三个考点，教育局长当场宣布了各考点的工作人员，要求全体工作人员务必在8号到达考点，9号准备一天，10号正式考试。

　　我原想自己只是教育局教革组的一名普通工作人员，肯定是安排在城关考点监考或做考务工作，与平时上班也没什么不同，不会太耽误家里的事。但领导却安排我作为领队到距县城六十多里以外的一所山区中学考点组织考试，离开家整整三天，这下可让我为难了。万一你恰恰在这三天生产怎么办？但这样的安排显然是领导对自己的重用，是教育局第一次给自己分配如此重要的工作，又是在这么高规格的会议上，自己怎么能因个人私事推拒呢？你虽临近产期，但已经休息，离预产期还有几天，这几天有你三妹妹老在你跟前作伴，我即使在也没多少事可做。我只不在三天，你哪能恰恰在这三天就生产呢？想来想去，最终还是没有向领导提。

　　我回家向你讲了县里的安排，问你是否需要向领导说说，请求调换一下。你说，人家领导安排你带队，是看得起你，咱自己哪能打退堂鼓呢？不是三天就回来了嘛，我没事，你就放心地去吧。

　　于是，第二天一早，我便坐汽车直奔考点去了。

　　9 号早上我刚吃完饭，正准备开会，突然接到教育局打来的电话，说你生孩子，要我立即把工作交给其他同志，马上赶回来。

　　我的心咯噔一下，忙问了一句：

　　"大人和孩子怎么样？"

　　话筒里传来一句模糊的话：

　　"应该都好吧，他们没说别的，只是让你快回去。"

　　我顾不上多想，赶紧把工作交待了，立即乘汽车赶回家中。

　　"你身体怎么样？没事吧？"一进门，我便向炕沿边走去。

　　"我没事……"你静静地躺着，脸色枯黄，声音微弱，一眼便可看出身体极度虚弱。

　　"孩子呢？是男孩儿还是女孩儿？"

　　"男孩儿……我本来想给你生个女孩的，到老了，还是女儿比较贴心……可……"

　　"男女都一样，我还是喜欢男孩儿，这样弟兄俩将来也有个帮衬……"

　　我俯下身，孩子在你旁边的小被子里，像一只初生的小猫，两眼紧闭，一动不动：

　　"这孩子是怎么了，我看着……"

　　"怎么了？还不都怨你！"见我进门，你妈便来了气：

　　"美美要生了，你还敢离开，你还真能放得下心！就是走，也不给俺说一声，俺也好早些过来……要是她们娘俩有个好歹，我看你哭皇天也没泪了！"

　　原来，我上午离开，你晚上就觉得身上不对劲儿。开始还以为不是要生，没当回事儿，后来越来越疼得厉害，才赶紧让三妹叫你妈。你妈来后，听说我到下面组织高考去了，很生气，但已无法追回来，只好赶紧请邻居的老师去请城关公社的接生员。到凌晨五点左右，孩子便生出来了。但因是晚上，接生员一下来不了。倒是顺产，你的身体没什么大事儿，但你妈因不懂得人家现在接生的那一套，不敢轻易剪断脐带，只能干着急。因是冬天，家里不是很暖和，孩子离开母体后没能及时包裹，时间长了，身体冰凉，很长时间过去了，还是暖不过来……

　　我自知理亏，只有诺诺连声认错的份儿，我真是对不起你和孩子，挨顿骂是完全应该的。

"妈，他也是公事，这次的公事可不同寻常，是十年来的第一次高考，你就……"你非但不责备我，还在为我说话。

"公事?! 公事就不顾家了? 你看，现在孩子着了凉，不吃不哭的，要弄成个感冒肺炎什么的，那就危险了。可咱这儿又没有恒温箱，过于热了又怕热出病来，真是不知道该怎办了。"

"噢……又是……"我一下子想起我们的第一个孩子，"这次可千万不能再让孩子忽冷忽热了……我看就让我搂着吧。"

"哪有孩子一出生爸爸就搂的? 你粗手笨脚的，哪能行? 还是我搂吧。"

"要把你给累病了，那可越麻烦了，我看，他想搂就让他搂吧，"你妈先看着你，然后又把脸转到我这面来，"你以为这爸爸好当呀! 你看，这孩子个头虽小，却天庭饱满，鼻梁高直，很像你，长大会很聪明的。"你妈的气已消了大半。

"是，是，让我来，让我来。"

我脱了衣服，盖上被子，像母鸡孵小鸡似的小心翼翼地搂着孩子躺下了：

是的，这世上有哪位父亲在孩子出生后，几天几夜不眠地搂着他的孩子呢? 但我这样做了。吃一堑长一智，我绝不能让上次的悲剧重演，爸爸的身体就是最好的恒温箱，孩子，你一定会好起来的，你一定会健康地成长。为了孩子，为了你，我做什么都是心甘情愿的，我做什么都值得。我看了看躺在身边的你，弄不清自己心里是一种啥滋味，反正用酸甜苦辣咸是绝对概括不了的。

也许真的有所谓心灵感应，三天后，小猫咪终于哭出了声，脸色红润，开始吃奶了；你的身体也渐渐恢复，已能下炕了；全家人的脸上都绽开幸福的笑容。

这个月子，冬日的阳光照得家里温暖如春，你坐的欢乐而甜蜜，我们全家自然也过得欢乐而甜蜜。基于此，我给这个孩子起名"冬光"。

但这些并不能抵消我对你和二冬的愧疚，在以后的日子里，每一提起，我总是深情地对你说：

"是我不好，我对不起你和二冬。"

你则总是安慰我说：

"那我们就多给他些疼爱，既当儿子，又当女儿，一个顶两个养，不就补上了吗?"

你可否告诉我，莫非你三十多年前就想到我们会是今天这样的结局吗? 今天，我们的冬光不仅与他哥互为帮衬，而且真的已经承当起一个女儿该承当的一切了。我们一家人的心贴得是那么地近……

（四十）

面对唯一一次人生机遇

随着高考的恢复，高校研究生招生考试就要开始了。没能跨进名牌大学门槛的我，迎来了第一次难得的人生机遇。听到这一消息，我眼中积聚了几十年的泪水像决口的江河倾泻而下，心中迸发出平生从未有过的激情和冲动。读研，当硕士、博士，是现代社会做学问的正统之路，这个以前连想都不敢想的事竟然在一夜之间变得现实起来了，这怎能不让我激动万分呢？耶和华真的要光顾我这个受屈的约伯了吗？真的以考试成绩为主吗？我真能考上吗？

我庆幸自己这十几年来没有白过，多年的教学生涯，更让我受益匪浅。老天还是公正的嘛，它让你在那方面吃了苦头，但又让你在这方面得到了甜头。这大大增强了我报考的勇气和考上的信心。

我深感自己外语水平太低，这又让我的心头打起鼓来。"文革"中，有一位教授曾提醒过我，别看现在是知识越多越反动，但总有一天它会派上用场的，外语，特别是英语是绝对必须过关的。但我却只跟他学了很短的一段时间就因学校武斗开始而不得不停下。毕业分配后则觉得自己一生只能困守在偏僻的山林之中了，学外语还有什么用？目光短浅啊！想到这里，我狠命地捶了一下自己的头：世上哪里有卖后悔药的呀！

但我并没有因此气馁。第一，无论高中还是大学上课的那一年，我的俄语一直是拔尖的；第二，"文革"中毕业的大学生外语一般都不怎么样；第三，离考试还有一段时间，我对自己的记忆力、理解能力和勤奋精神是充满自信的，我完全可以赶上以至超越别人。

此时我考虑最多的还不是能否考上，而是考上后怎么办。考不上不还是老样子吗？依旧教自己的书，受自己的苦。可一旦要考上，那事情就多了。就算我的生活费国家包了，但老婆孩子呢？谁来养活？更何况，你一个女人家，身体又不好，还带着两个孩子，要是把这个家全丢给你，那还不把你给累的趴下吗？我能光考虑自己的前程，而不顾一切吗？

但这次考研对我来说又是非比寻常的，也许是我这一生中唯一的一次可以凭自己的知识改变命运的机遇，过去不可能有，今后也不会再有，要是放过，将会是终生的遗憾。我，我，我到底该怎么办呢？

我虽然已经开始了紧张的备考复习，但还远没有拿定主意要报名参考，搞得心神不定，彻夜难眠。

我知道，这件事在你心中引起的波澜并不比我小，某种意义上甚至更大。你早就看出我绝不是久居人下之人，正因为这一点，才义无反顾地爱着我，直至和我结婚生子。现在，我的机遇终于来了，你从心底里为我高兴。你虽不了解研究生是怎么回事儿，更不知道考研考些什么，你只是模糊地认为研究生比大学生还要高一节儿，所以考研究生肯定比考大学还要难。但你却比我还要自信：你坚信当年要不是我的家庭成分肯定上了名牌大学；这十几年来那些在校的大学生们都在搞什么造反，而我却连"文革"最乱的时期也在没日没夜地看书学习；我是全县有名的好教师，多少人一遇到学问上的事就来请教我。考个研究生，对你的丈夫而言，那还不是小菜一碟？

所以，你一点也不担心我考不上。和我一样，你考虑的最多的也是考上后怎么办。但你想的却要比我简单得多。男人活在世上，不就是为着干大事，实现自己的远大抱负吗？丈夫受了半辈子的苦，好不容易盼来可以出人头地的一天，作妻子的还能不积极支持吗？丈夫不在跟前，你自己一个人，身体又不好，还要带孩子，困难肯定是很多的。但你能因为这些，就拖人家的后腿吗？女人，不就是持家带孩子嘛，做不到这些，还要女人干什么？这些你不怕，你是能吃苦的人。所以，你很快便想好了：全身心的支持你的丈夫考研究生。

你对我说：

"家里的事你就什也不用操心了，一心学你的！"

你不仅把一切家务都包了下来，而且为了不让孩子哭闹影响我的复习，总是把孩子背在背上干家务活儿。

但缝纫社的工友们却不时好心地提醒你：

"你可千万不敢叫他去考，要是拦不住让走了，将来你可就哭皇天也没泪了！"

"世上的陈世美多得是，这种事见得多了！"

你虽然嘴上说，俺家的不是那种人，但心里也不能不七上八下地打起鼓来：

"万一要是人家成了事，把我和孩子抛弃了，怎么办？"

可你很快就又说服了自己：

"不会的，不会的，他不是那种人！"

当然，这些你从来没有对我说起过，但我看得出，那一段你无论做什么事总是有些心神不定，连眼皮也老是莫名其妙地跳个不停。

我在紧张的复习备考，夜以继日，焚膏继晷；你则忙得不亦乐乎，常常下半夜了，还在灯下忙活儿。

"天不早了，快睡吧。"

"你先睡吧，我把这几件衣服做完就睡。"

"照这样，我看非把你累垮不可。"

"哪能呢？不就十几二十天吗？"

"哪儿是十几二十天，我要是考上，那可是几年哪！我真不放心你和两个孩子呀！"

"我们在家，你还有什么不放心的？不是还有我爹妈和弟妹们帮忙照顾吗？"

"我最担心的还是你的身体。"

"我的身体不怎，倒是你一个人出门在外，我总是不放心。"

"我一个大男人，莫非还能被人拐卖了？"

"那也说不定……"

"爸，你会不会不要我妈了呀？"大冬不知什么时候已经醒了，探出小脑袋来，蹦出这么一句。

"说什么呢？小心屁股！"

"缝纫社的人都这么说。"

"是吗？"

"人家说，你以后做了大官儿，一定不要我妈了，到那时我们就要受苦了。"

"那你怎办？"

"我呀，你要不认我妈，我也不认你这个爸！"

"啪"你一巴掌打在孩子的屁股上。

"哇……"大冬哭得险些岔了气，把熟睡中的二冬也惊醒了，瞪着小眼儿莫名其妙地跟着哭了起来。

"你这是干啥呀！你有这样的儿子，该高兴才对！"

"孩子，不哭，你说得没错，要是什么时候爸不认你妈了，你就绝不要再认我这个爸。"

"爸……你不会……"

"对，孩子，你也不会……"

"那咱们拉钩！"

"好，拉钩！"

我们父子俩笑了，你也笑了。

两个孩子又进入了甜蜜的梦乡，但我却再也睡不着了。

还在上小学的时候，村里的老人们就夸我说，是文曲星下凡，在科举时代，是会考上状元的。如果真是这样，那这次我要是真的考上了，会不会也像范进一样，疯了呢？你爹看我得了疯病，是不是也会把我一巴掌打醒，可手一疼就又会想到总是菩萨计较，说天上的星宿果真是打不得的？

从"五四"起直到"文革"，我们国家批孔老二都八九十年了，可不说别的，光这个'学而优则仕'，到现在还牢牢地扎根在中国人的脑子里。我不过只是想考上个研究生，学上几年出来，顶多也只是个硕士，离博士还差一大截子呢；可在一般人眼里，上了高中就成了秀才，大学就是举人，考上研究生，那自然就成进士了，而成了进士就能做大官了。所以，他们才会把我往陈世美身上拉。如果他们要知道，我考上研究生，也只是做学问，当不了官的，那对这事的态度肯定就是另外一种样子了。

中国古代的'大学士'是官衔儿，位高权重；而在现代社会里，'学士'、'硕士'、'博士'只是学位，与官场一点儿边也不沾的。"仕"和"士"，一字之差，却相距万里！什么时候"学而优则仕"真正改成"学而优则士"了，那社会也许就真正发展进步了。

这些，也许离我们的实际生活太远，想想也就放一边儿了。让我想得最多的还是你和孩子。你为了我，甘愿舍命生子；不用说你，就连刚刚牙牙学语的孩子都怕我会抛弃他们，这让我的心灵受到极大震撼。这，这，这到底是为什么呢？我怎么会光为了自己的前程而置你与孩子于不顾呢？

想了一夜，第二天一早，我便毅然决然地对你说：

"我不报考研究生了。"

你听了一愣，忙问：

"为什么？"

"是孩子的话教育了我。"

"三岁娃娃的话你也当真？你们爷俩不是已经拉钩了吗？"

"是呀，既然拉了钩，就要兑现。"

"是我和孩子拖累了你，我知道考研对你有多重要，你要是放弃了，我会一辈子心不安的。"

"没有什么心不安的，就让我们把上研究生这个梦想寄托到孩子身上吧。现在已经不大讲家庭出身了，相信他们会比我有出息的。"

"那倒是，可我总觉得是我……"你趴在我身上哭了，哭得那么伤心。

我一生唯一的一次可以凭自己的知识和能力改变命运的机遇就这样放弃了，对此，我无怨无悔。

但你却总认为是你亏欠了我，一直念念不忘，每一提起，便会情不自禁地泪流满面。

好在我们的孩子真的争气，二冬凭着自己超乎寻常的毅力和勤奋，考上了天津大学的研究生，戴上了博士帽。我们的梦想终于在孩子身上实现了，这让你我都感受到了莫大的欣慰和满足。

（四十一）

别梦依依

今天"六七"，它提醒，你离开我已经四十二天。我早早起了床，为你上了香。然后，便坐到电脑旁，与你絮语。

你该记得吧，我们婚后离开这么长时间，总共只有两次。一次是1974年我母亲突然去世，我在家里大病一场，我们分开有两个多月；一次则是1978年11月我为照顾年迈孤独的父亲调回原籍，而你则到1979年5月才调去，我们两地分居了将近半年时间。那是我们分开时间最长的一次，你还记得那半年是怎么渡过的吗？

我不在身边，你以有病之身一人带着两个幼小的孩子，既要上班，又要料理家，生活的艰难可想而知。

那时没有电话，写信是唯一的联系方式，我们之间的思念与挂记只有通过文字来传达。自我们婚后，你很少动笔，需要动笔时往往由我代替，甚至你的年终工作总结也由我越俎代庖。但那半年，我不在你身边，一切文字工作只能由你自己承担，更不用说抒写你自己心事的我们之间的通信了。所以，那半年是你一生中写字最多的半年，从你朴素的笔下吐出多少真挚感人的相思情丝啊！可惜，我们当时都认为那只是短暂的离别，很快就会到一起的，并没有把那些信件当作宝贝看待；更由于我们多次搬家，搬一次家，书本信件等自然流失一次，尽管我在一个个不眠之夜苦思冥想，还是怎么也想不起我们之间的那些通信到底放在何处，抑或不知在何时已经遗失。但我还是清楚地记得，我们之间那些通信中的主要内容。

我们都是比较保守、内敛的人，尽管由于两地分居，相互间的思念之情异常强烈，但在你的来信中很难看到"我想你"这样的字句，说的往往都是

"你要注意这，注意那"、"我与孩子在这儿一切都好，你不要惦记"等等，但字里行间，那种牵肠挂肚般的思念，让我每次看了后心灵都像被熨斗熨过一样无比的舒坦和温暖。我在给你的信中当然也不会有太多的激情语句，但"我很想你和孩子"这样的字句还是每封信中必有的。记得我在给你的第一封信中就写到，我在教研组一个人住，晚上没人的时候太想你们了，你的照片这儿家里有，但没有孩子的照片，要你把孩子的照片寄过来。你很快便寄来了大冬和二冬周岁时的照片。我把我们的那张结婚照和两个孩子的照片都贴在笔记本上，放在我的办公抽屉里，每晚睡前必要拿出来看看。有时甚至睡下后还要专门拿出来看，看着看着便不知不觉进入甜蜜的梦中……

一觉醒来，你和孩子的照片还在怀中，想着不久我们一家就会团聚，心里的兴奋和期待之情油然而生，便会精神饱满地起床，投入一天的工作。

可是，这次分开，我虽然有时也会在辗转反侧的夜半之时看着你的照片，困倦地闭上双眼，但梦中依然在哭，醒来则更只有啜泣哽咽……今天，只有到今天，我才真正感受到了什么叫"生离"与"死别"！

（四十二）

心底无尘情更笃

相思是痛苦的，但久别胜新婚，相聚则是甜蜜温馨的。1979 年 5 月，我们两头都联系好，你可以调回来，分配到服装厂工作，我们一家终于能团圆了。我向学校请了假，回去接你和孩子。

我在这儿工作生活了将近十年，特别是我们在这儿相识相恋，结婚生子，度过了人生中最重要的青春年华，所以我对这儿的感情很深，一直把它当作我的第二故乡。现在要离开了，还真有些恋恋不舍，百感交集。

还记得我们久别重逢的那个月色迷人的夜晚吗？收拾整理了一天家具行李的我们，很晚才睡下，但却久久未能入眠。夜已经很深了，我们还在窃窃私语。

"你的父母因为我家庭出身不好，原先不同意咱俩的婚事，你怎么一开始就同意了呢？"

"我没念过多少书，不像你们懂得那么多，不知道怎么就成了地主富农，怎么就是反动，我只知道你不会去干坏事，你是个好人，有这就够了。"

"那你不怕我影响你吗？"

"我不过是个缝纫工，没什么文化，莫非还想成龙变虎，怕别人影响了吗？"

"你怎么知道我是好人啊？"

"我听我们缝纫社的姨姨们说的。"

"她们怎么知道？"

"她们听孩子说的，你知不知道，你那些学生把你说得好得了不得。我一和你接触，就看出你老实、厚道，肯定是好人。贵人总要遭磨难，你将来会有出展的，这一点我不会看错。"

"你就那么自信?"

"我也是听了别人的话。李姨给咱俩介绍的那段时间，我们缝纫社的会计也正和师范的一位老师谈恋爱，她就住在缝纫社，那天晚上轮我值班，我们便在一起聊了起来。她说人家大学生就是不一样，有学问的人素质高，不要只看到眼前，美美，你跟了吧，将来一定会幸福的。"

"所以你就爱上我了?"

"我不大懂得什么叫爱，我只是觉着你这人心眼儿好，看着顺眼，心里踏实。"

"这是你当时首要考虑的吗?"

"当然了。我告诉你，我父母原先想让我找一个在县政府当官的人的小舅子，可我死活不愿意，因为他家就住在我们那条街上，那小子从小鼻涕拉撒，动不动就想欺负人，我觉得他不地道，看着恶心。"

"那周围就再没有你能看上的?"

"也不是，我觉得婚姻这事儿，得靠缘分。当时人们不是说，找对象是一工二干三军人，将将就就教书人嘛，应该说我原先是想找个工人、军人的，觉着比较般配，反正压根儿就没想过要找个教书的，觉得自己文化不高，怕配不上，可谁知李姨一提你，我也不知道因为什，就一下子同意了。你也给我说说，你当时为什么见了我一次面就同意了呢?"

"我也说不好，但你是我所见到的，第一个也是唯一一个，身为贫农的女儿，又有工作，家庭条件也比我好，但却不嫌弃我，甚至还把我看得很高的姑娘。你知道，这在当时的形势下该有多么高的胆识和多么大的勇气呀！这绝不是一般人可以做出来的!"

"那么，在你的心目中，我很了不起了?"

"可以这样说。道德家也好，思想家也好，都把'爱情'看得最崇高。但我觉得，爱情应是果，而不是因。其实人在最初交往的时候，还谈不上爱情，但却有远比爱情更高尚、更纯洁的东西。正是这种高尚与纯洁的种子才萌生爱情之芽，绽放爱情之花，最终结出爱情之果。反过来也正因为爱情是果，人们才越觉得它高尚、纯洁、珍贵。"

"还是你想得深。但我却太平凡了，实在不敢让你说'了不起'这三个字。"

"当然，我们都只是普通人，我只不过爱思考罢了。你想想，为什么人们最喜欢《天仙配》里'树上的鸟儿成双对'那段唱呢? 就是因为只有到那时候，董永和七仙女之间才真正心灵融合，他们之间的感情才是真正的爱情。此前，在槐荫树下的初次相遇，还谈不上是爱情，但董永的高尚和七仙女的纯洁却自然地表露了出来，正是这种高尚与纯洁成就了两人的爱情，他们才会把'你耕田来我织布，我挑水来你浇园'当作最大的幸福，才会觉得'寒窑虽破能避风雨，夫妻恩爱苦也甜'，发自肺腑地唱出'你我好比鸳鸯鸟，比翼双飞在人间'的爱情赞歌。"

"还真是这么个理儿，有学问的人素质就是高！"

上面的这些话，你多次与我讲，甚至还对别人讲。后来那位师范的老师调回一中，成了我们的同事，他们两口子也都调到地区，我们两家成了非常要好的朋友。我们对她一直心存感激！

那晚，我们说了很多悄悄话，甚至包括我们相识之前各自的感情经历，这让我们的感情又发生了一次飞跃。自此以后，我们之间几乎无话不谈，我们单个与外人的一切交往都向对方坦诚相告。真可谓：

情至深时心无隐，心底无尘情更笃！

(四十三)

让我再抱你一次

今天惊蛰，"七七"。

我依旧早早起来——自你离开我，这已成习惯了——踱到起居室，注视一会儿你的遗像，然后给黄白菊花喷上水，在沙发上闭目垂泪，默思良久：

"七"就要数完了，你渐行渐远，我怕越来越抓不住你了。我现在与你絮语，你在听吗？

今天是"惊蛰"，该吃梨的日子。还记得去年今日我们一人一口合吃一颗梨的温馨情景吗？去年的今天，也是在这里，我聚精会神地在电脑上写作，你早早把梨洗好，放到我面前，说：

"歇会儿吧，今天是惊蛰，该吃梨。"

我看了看，说：

"咦，这么大个儿，哪能吃了呀！"

你说：

"那咱俩分一个吧。"

我说：

"梨不能分着吃，如若分着吃了，会分离的。"

你说：

"那咱就两人合着吃，一人一口。"

我说：

"这样好，表示我们永远在一起。"

谁料，今年的"惊蛰"我们竟……

今天我们要去看你，孩子们早就准备上了。星期日大冬便给你捧回了黄白菊花，他真的太忙，昨晚十二点才回到家，今天还得去公司，不能去看你了，他身不由己呀。可他到了公司，心还在你那儿，孩子们有这份孝心就足够了。我知道你对孩子太亲了，他们是你身上的肉啊！二冬昨天专门为你置办了供品和纸钱，晚上又对着你的遗像默默地一样一样细心装好。对了，忘了告诉你，我妹妹已经来了十几天了，今天要一同去看你，我们一起到那儿聊吧。

和上次一样，我们把你请了出来，在怀思室祭奠。佛乐阵阵，香烟袅袅，啜泣声声，思绪绵绵……

妹妹泣不成声地对你说：

"嫂嫂，我来看你了……腊月你们去北京的前两天咱们还在一起谈叙，怎么就……"

那竟是你与妹妹的最后一面！你们姑嫂三十多年来，相敬如宾，相互体贴关怀。记得那次，你把自己用一年多时间精心编织的一件心爱的崭新毛衣送她，连我都觉得你亲得有点过了，你却笑着说：

"怎么，给你妹妹，你还舍不得呀！"你们之间感情之深由此可见。

……

你又要回到暂厝的地方了。今日一别，何日再见？

"前几次都是孩子们抱着你，这次就让我抱你一次吧。"我泪眼模糊地摘下眼镜，深情地望着你，抚摸着你，与你絮语。

"我能行吗？"我在心里问着自己。你可曾想到，这七七四十九天下来，我的身体软到何等地步！以前我们出外散步，我总走在你后面，怕的是我走得快了，你赶不上会气喘；如今我也和你一样了，和孩子们外出，总感觉力不从心，老是跟不上他们，时不时便不由自主地吐一口长气。那一次，由于我没有呵护好你，把你弄丢了；这一次，会不会因为我的失足，又把你……我的心都在颤抖了……

"能，我能！"我在心里回答自己。最后，还是下定决心抱你一次——我不是在用身体而是在用心灵抱着你。我小心翼翼地抱着你下了两层楼，又上了三层楼，走过小径，走过大路，走过门厅，数不清走了多少台阶，数不清迈了多少脚步……天堂好远哪……

（四十四）

一路走好

今天，"六十天"，你离开我已经整整两个月了。我和孩子、还有妹妹一起来看你来了。

按照北京的民俗，今天我们给你带来了桥和船。我不清楚这一民俗的出典，猜想该是要让你一路走好的意思。你在那面孤孤单单，我真的放心不下，两个月了，你怎么就想不到给我托一个梦来呢？我无法知道你那面需要什么，我们所能做的只有这些。你该想到，我这两个月来所经受的无以言状的悲伤与煎熬，已完全不是你在时的样子了。我现在常常丢三落四，甚至丧魂失魄。前几次给你送去的鲜花、钱币等众多祭品，我竟然忘了检点孩子们署上姓名。茫茫阴曹地府，这些无主的贵重物品，怎么会送到你手中呢？真真痛煞人耶！在这面，有什么事，你总是千叮咛，万嘱咐，为什么到了那面，你就一点也不管我了呢？你真的把我全忘了吗？

清明节就快到了，我们已经咨询过，到时候你这里人太多，我们无法再把你请出来见上一面。到时候你就回家里来吧，我们在家里等着你。你难道不想自己的家吗？天堂再好，何如自己的穷家！更何况你这里逼仄得让人喘不过气来，你真该回家看看了。

我多么想和你常相厮守啊，可来人在催了，我不得不走了……

（四十五）

小区绿了，你却走了

昨天一场春雨。今早起来，我拉开窗帘，突然发现小区的柳树梢头已是一片葱绿，草坪也由枯黄转为浅绿，白色的玉兰花竟已挂满枝头。那对我们上次认识的老年夫妇正从南边的小径上悠闲地漫步过来，开始在休闲体育器械上自由地运动。如果你还在，我们肯定也早早下去蹓弯了。我一下子悲从中来，泪眼模糊了。

你一定记得，上次来京，我们在小区蹓弯时经常和这对夫妇碰面，你和那位老妇人攀谈，讲到自己的病，人家说这里的环境好，在这里住肯定对你的身体有好处。可我们呢？却没有在寒冬到来之前及早来北京，以至酿成今日的不幸，我们盼望的休闲体育器械安装上了，而你却离我而去，真真痛煞人耶！

孩子们多次劝我常去小区转转，我也知道多活动肯定对身体有好处，但我真是不敢下去啊！小区的条条小径，都留过你我相伴的身影；一椅一凳，都留有你我并坐的余温；一草一木，都印有你我牵手的指痕。有你在的时候，步步绽笑，处处为欢，而今却步步溅泪，处处成悲。我打开电脑，打开了我们06、07的影集，一切都历历在目，音容宛在，而环顾四壁，你却杳然无影，怎能不让我心痛欲裂，肝肠寸断呢?！

前天翻阅大冬新拿回来的《三联生活周刊》，有篇文章写到，经济学上有个概念叫做沉没成本，意思是指那些已经发生且无法回收的成本。经济学对沉没成本的理解是，既然是已经无法回收的成本，那么它就不应该影响你对未来的抉择，但是在现实生活中，很多人因为心理作用，往往让沉没成本影响自己的决定。有人做过这样的小试验，让一群人去购买某个剧院的年票，但是他们的购买价格并不一样，有1000元的，有800元的，有500元的，还有人是免费赠送。在一年内，统计这些人去剧院看演出的次数，最后一定是花钱多的人去的次数最多，免费的人去得最少，因为这些花了大价钱的人会认为，如果不多去几次，自己的 1000 元就花得太不值得了。其实，你投入的 1000 元已经是沉没成本，无论你去 0 次还是去 100 次，1000 元都已经无法收回，而事实上你去剧院的次数应该取决于演出带给你的愉悦程度，如果演出水平只是一般甚至乏味，你还仅仅因为自己已经付出了 1000 元而常去不懈，就只不过是在追加更多的错误成本。

这篇文章是讲股市的解套方法论的，似乎与我们毫不相干，但却让我产生了强烈的震撼。我们又何尝不是如此呢？我们原本想在供暖期停了家里的暖气，去北京过冬。这样既可以节约取暖费，又可以到北京享受冬日家里的温暖。但由于我们的宿舍是旧式的管道立体暖气片供暖，这一设想无法实现。因此，即使你整个供暖期家里无人，取暖费照样必须一分不少的交。而且经过改革，所交的已经不是前几年的一二百，而是近 2000 元。今年更是 10 月份还没开始供暖便把钱收了。白白交上近 2000 元，人却去了北京，我们总觉得这钱花得太不值得了。这便成了我们不想早早去北京的一个重要原因。正如上面的文章所说，我们交的这近 2000 元已经是沉没成本，无论你在 1 天，还是在 100 天，这近 2000 元都已经无法收回，事实上你在的天数应该取决于他这里供暖带给你的温暖程度，如果他的供暖水平很低，家里很冷，你还仅仅因为自己已经付出了近 2000 元而一直留在这里，就只不过是在追加更多的错误成本。而我们追加的这个错误成本代价真是太多太大了……

想到这些，怎不叫人心如刀绞！

（四十六）

家在暖气回水室

1979 年，你调回地区，我们一家终于可以团圆，但宿舍却成了大问题。我的单位是一中，直属地区教育局，但占的并不是老一中的校址，而是"文革"中新建的一所走读学校。占地面积很小，校舍很少，只有一座被教职工们戏称为"破汽车"的楼房：东边两层像车头，有五六间，做办公室；中间四层像驾驶室，就一个大间，做实验室、会议室；西边三层像车身，稍微长些，做教室。学校没有专门的宿舍，学生全跑校，单身教师只能住在教研组，家属宿舍只有一座砖砌的二层窑洞小楼，而且住的满满的。

我在县里好不容易才从中学调到教研室，调回地区后本来不愿再到中学。但这时正赶上一中刚划归地区直管，成了重点中学，百废待兴，极需教师，学校的新任书记了解到我的情况，千方百计想把我要过去。最后地区教育局也同意了，我别无选择，只好把手续办过去。基于此，校领导对我很关心，答应尽可能想办法解决宿舍问题，只是苦于实在找不出一间空房子来。想来想去，最后终于想到那座楼顶层南面的房间是空着的，面积倒是不小，但因为是暖气回水室，冬天水箱有时会跑水，所以无法放重要东西，只堆着一些杂物。领导找我谈话，说如果愿意住的话，可以搬进去，除此别无选择，就只能自己到外面租房子住了。我进去看了看，觉得也还凑合，反正既近，面积又大，还不用出房租，总比到外面租房子强，就决定搬进去。

可是到真要住的时候，才发现困难重重。偌大的房间没有任何隔墙，而我们却是三代同堂，怎么住啊？只好在房间里系上铁丝，挂起帘子，隔成两间。床也只有我原先在办公室住时的一张单人床，只好把房间里原先放的学校弃置不用的一副乒乓球台支起来权当双人床用，那张单人床则给父亲用。大约一年以后，我才托人在机械厂做下一副双人钢管床，起先也只是自己用螺钉固定住，买点油漆漆一下，把家里的门板当床板，就匆匆用上了。后来才又送到技工学校工厂车间上了一层烤漆，用木料做成正式的床板。再后来，才又把一边的高弯管锯掉，换成一块半月形的木板，裹了绒布，你又专门精心裁剪缝制了床罩，乍看去俨然像是一张高级双人床了。这张床我们至今还在用着，你有时还会笑着说：

"这张床可用得值了，当时二三十元钱买的钢管床，现在看着倒像张高级床！"

住是住下了，但做饭的问题怎么解决呀？因为是办公楼，楼顶上没有烟囱口，不能盘烧煤的锅灶，要盘也只能让烟从窗口出去，可窗口正对着校门，太有碍观瞻了，咱哪敢啊；烧蜂窝煤吧，又没有蜂窝煤炉，而且没烟筒也呛得不行；煤油炉根本做不出我们一家五口的饭菜来，也花不起煤油钱；电炉更别想，学校三令五申不准教职工用，一用就把保险丝烧断了；煤气还远没有进入我们的生活，那时我们还根本不知道煤气罐为何物……

也许真应了那句话："车到山前必有路"。我通过反复察看房间四周的情况，发现过道正对着东面办公楼的楼顶，从那儿可以安个烟筒插出去。我家里正好有一个到夏天时专门用来在外面做饭的由铁桶改成的小锅灶，而你妈家又正好有一个小风箱，再把我家冬天取暖炉上用的烟筒装上，一个简易的烧煤锅灶便配成了。我用学校的三轮车到煤站买了一麻袋煤，叫几个学生和我一起抬上楼。这样，做饭的问题就算解决了。

但开灶以后，却发现仍然问题多多。上午11点多，咱想开始做饭了，但人家学校还没有放学，咱把风箱拉得哗啦啦响，怎么行？好，那就等放学后咱们再做吧。午饭吃得迟，午休自然没了。下午该没问题了吧，反正最后是课外活动时间，不怕影响的，可人家对面会议室又常常在活动时间开会，咱却拉风箱做饭，成何体统……晚饭只能名符其实地"晚"了，要是遇上人家晚上开会，便只能等到夜半再吃了。这些问题与前面的相比，算得了什么？有睡处，有吃处，我们的日子也就像模像样地过起来了。

一晃，几个月过去了。夏天住在顶层，热得像火烤；冬天来了，暖气开始烧了，我们近水楼台先得月，室内管道多，自然散热也多，家里倒是十分暖和。既不用劳神费劲儿，生炉子捅火，又不用花钱买煤，这暖气还真是好哇！

可是，还没等我们这股高兴劲儿过去，跑水的问题便来光顾了。你一定还记得吧，那晚，我们刚刚睡下，突然听到哗哗的流水声，你赶紧拉亮电灯：

"啊?！水箱往外冒水了！"

我顾不得穿衣服，便跳下地，想去关阀门，可转墙看了一圈，哪儿也没开关，怎么关啊？

"我去锅炉房告诉工人，你们赶紧把地下的东西搬到床上！"我急急地告了你一句，边穿衣服边往外跑。

等我从锅炉房跑回来，水箱倒是不往外冒水了，但楼道、楼梯到处都流成了河，房间里的水已经漫下快一尺深了，从门底的缝儿往外流。你和我爸都卷起裤腿拿着脸盆在往外舀水，大冬也学着你们的样儿拿个小盆往外舀水，好像还觉着挺好玩儿。原来放在地上的东西倒是都拿上了床，但底下全湿透了。

"我来舀吧，你快上床看看哪些东西怕湿，赶紧凉开。"我从你手里接过脸盆，开始舀水，你则上床打开那些原来放在地上的包裹物件。

"哎呀，这可怎办？你看，这面都湿得和成面团了，这棉衣都快湿透了，这……"你心疼地叫起来。

"人家工人们早就说地下不能放东西，咱们……唉，吃一堑长一智吧，以后再不要放就是了。现在还能有什么办法？和成的面团赶紧吃了，浸湿的衣服赶紧晾晒出去……"

那一晚，我们一家子都没睡，忙乱了整整一夜。第二天，房间里各种各样的东西摆的、挂的、吊的到处都是，真像是遭了水灾一家子逃难过来的。

像这样大水满屋子漫灌的事三八六九就会来一次，我们也就渐渐见怪不怪了。因为地下不再放东西，也就不再担心物件受损，但是不管半夜三更，总得赶紧起来去告诉锅炉工，还总得用脸盆往外舀水，反正一遇跑水，这一夜就甭想睡了。要是发生在白天，家里无人，那就更麻烦了，等到水流下一楼，我们得知后跑回家，地上的水都快漫到床上了。倒是有一点好处，从来不用专门拖地，大水漫灌一次，必然大扫除一次，一个冬天地板老是干干净净，连墙角旮旯儿都纤尘不染，油光发亮。

这些都还只是我们日常生活中所遇到的一些麻烦事儿，让我们至今刻骨铭心、一提起来便如同翻倒了五味瓶，酸甜苦辣一起涌上心头的还有一件大事儿。

你一定不会忘记，那天，我们中午下班刚回来正准备做饭，二冬突然大哭起来。起先我们以为是碰着了，可看身上一点儿伤也没有，却哭得越来越厉害，连嗓子都哭哑了。我们心慌了，忙问他哪儿疼，他才指了指腹股沟处。我们一看，吓坏了：原来那儿肿起一个大包，用手轻轻一揣摩，里头有一个软软的肿块儿。于是赶紧找校医来看。

医生一看，说是孩子得了"疝气"。这种病我们以前听过，但从没见过。

医生告诉我们，"疝气"就是人体组织或器官的一部分离开了原来的部位，通过人体的间隙、缺损或薄弱部位进入另一部位。男孩的睾丸在胎生时期的位置在后腹腔，随着胎儿的发育，睾丸渐渐向阴囊移动，在胎生第7～8个月降至正常阴囊之内。随着睾丸的下降，腹膜也跟着下降，因而在腹股沟区形成一个与腹腔相连通的小袋子，叫"鞘状突起"，这个小袋子在小孩生下时大部分都会自行封闭，只有一部分人没有封闭而形成一个开放的鞘状突起。腹腔内的器官，如小肠等若跑到这个开放的小袋子内时，便形成疝气。所以小儿疝气一般发生在一周岁以内，由于婴儿腹壁肌肉组织能随身体生长逐渐增强，可以有效地加强腹壁薄弱区，所以腹股沟斜疝可以不经治疗而自愈。

可是二冬当时已经两周岁了，怎么还会得这种病呢？医生说，后天性小儿疝气多是由于活动量大、脾气暴躁、大哭大闹等原因引起，让我们想想可能是什么原因。我们一想：二冬从小脾气就比较倔，一不顺心就会大哭大闹，特别是这半年多我们住在四楼，孩子幼小不能自己上楼，他爷爷有气喘病，连自己上楼都困难，抱不动他，我们上班又不可能时常在他跟前，孩子只好每次一级一级地往上爬，活动量必然很大，两条腿又叉得很厉害，疼了累了，肯定会大哭大闹，一定是这个原因。

我们问这病该怎样治疗，发展下去会有什么后果。医生说，对一周岁以内的儿童，通常用棉织束带捆绑住腹股沟处以阻挡疝块突出，给发育中的腹肌加强腹壁的机会，就会慢慢自愈，所以一般不主张手术治疗。但小儿一周岁以后，随着生长发育，还不能自愈的话，应该进行手术治疗。不然可能会形成阴囊水肿，影响成人以后的生育能力，那问题可就大了。

这可该怎么办呢？正当我们愁得不知该怎办的时候，你妈来了。多养过孩子的老人到底有经验，你妈听说二冬得了"疝气"，仔细看了看后，对我们说：

"这是小孩的常见病，主要靠保养，可不敢做手术，在那地方动手术有危险，不用叫医生治，让我带回去慢慢调理吧。"

"您带回去行吗？"我们还是有点不放心。

"我反正老在家，能时常在跟前看着他，一见发病就赶紧把掉下来的软包包弄上去，就不疼了，随着孩子长大，它自己慢慢长住了，以后就不会再发病了。"

你妈把二冬带回去后，几年如一日地精心照料，孩子一旦发病，就是有再当紧的事，哪怕正在炒菜，油在锅里冒烟，哪怕正在接水，溢出瓮流了满地，也丢下不管，先照看二冬。最后终于彻底痊愈，没有留下任何后遗症。

对此，我们一直心存感激。在以后二十多年里，时时不忘，年年回去探望，逢年过节总要问候，还时常给钱给物，尽其所能孝敬。还时常教育二冬，一定要牢记姥娘的恩德，长大后好好孝敬她老人家。

也由于这一点，姥娘，以至姨姨舅舅们对二冬格外亲。待二冬病好，离开姥姥家回来上学的时候，他们还生怕离开我们时间长了，对二冬不亲了。他们哪知道，二冬不在的时候我们是多么惦记和担忧啊，由于这一病，我们对二冬只会更亲。多少年后，我们谈起她们的那种担忧时，还笑着说：

"怎么会呢，我们对这两个儿，真是分不清亲疏远近，我们一家四口真是不能分开的！"

（四十七）

寂寥伤怀奈何天

　　今天，二冬带他姑姑游玩去了。妹妹难得来一次北京，是该去游玩一下，我也本该陪她一起去，可我实在提不起精神，怕身体支撑不住，只好作罢。他们准备先去鸟巢、水立方看看；再去天安门广场，看看国家大剧院；妹妹还特别想去看看大观园，就一并让二冬带她去游一回吧。

　　大冬在公司加班，不休息，家中只剩我一个人，孤独和悲伤顿时袭来，我又止不住泪流满面。我习惯地打开电脑，打开我们 2006、2007 出去游玩时照的影集。

　　2006 年去天安门广场的那天，正当夏日，艳阳高照，瞧，我们一家子的脸都被晒得通红，二冬还像一个上学的学生。那时我们一家在一起，是何等的温馨与幸福！可转眼间，这一切竟……

　　2007 年春去鸟巢那天风刮得好大呀，你我的头发都被风吹得老高，可我们当时是何等的高兴和畅快啊！我偏转头望望窗外，外面风和日丽，可我的心境却是风卷黄沙，一片阴霾。我无法再往下看了，躺倒在床上，失声痛哭……

　　还记得吗？我们去大观园还是你第一次上北京的那回吧。当时《红楼梦》电视剧播出不久，大观园刚刚建成，来北京的人争相前往游览。而当时门票大约只有几角钱（现在的门票要五十五元），以我们微薄的收入还负担得起，我便带你欣然前往。果不其然，园内游人如织，盛况空前。我对《红楼梦》中描写的大观园本来就十分熟悉，而且还买了一份游览指南，我们对照上面的说明游得十分仔细。我边游边给你讲解各个景点命名的缘由和发生的故事，你听得津津有味。只是由于俭省，记得我们只在湖畔的石头上坐着照了一张相，一直放在我们的影集里。可惜那个影集在老家，今天未能一睹。影集不在跟前，日后尚可取来；可你这次离开，还能再回来吗？

脑际浮现出我们游大观园愉悦欢快的情景，耳畔仿佛又回荡起电视剧《红楼梦》中那凄婉忧伤的乐曲：

"一个是阆苑仙葩，一个是美玉无瑕。若说没奇缘，今生偏又遇着他；若说有奇缘，如何心事终虚话？一个枉自嗟呀，一个空劳牵挂。一个是水中月，一个是镜中花。想眼中能有多少泪珠儿，怎禁得秋流到冬，春流到夏！"

我们呢？是有缘还是无缘？若说没奇缘，为何一波三折终牵手？若说有奇缘，为何中路琴断音尘绝？我在尘世枉自嗟呀，你在天堂空劳牵挂。你我正是那水中月，镜中花，看得见镜像，却摸不着身影。你可曾想过，我眼中能有多少泪珠儿，怎禁得秋流到冬，春流到夏！

奈何天，伤怀日，寂寥时，难遣愚衷。我只有与你絮语，再续这蚌病成珠的"珊瑚梦"……

(四十八)

脱颖而出

暖气回水室的生活虽然让我们饱尝了人生的种种酸甜苦辣，但也让我们尝到了事业有成的欢乐和居家生活的温馨，应该说，这一年多是我教育教学生涯中最闪光的年月。

前面已经讲过，当我调进一中的时候，正赶上一中刚划归地区直管，成了省重点中学，百废待兴，新领导班子走马上任，急于做出成绩的时候。为了应对升学率的激烈竞争，第二年即将毕业的十个班完全按入学成绩阶梯编班，从19 排到28。前四个班是重点班，19–21 是三个理科，22 是文科，成绩高，好管理，能出成果，面子荣耀，大家自然都抢着带。后三个班，都是差生，没有升学指标，带成啥算啥，只要不出大事就行，面子上虽不大荣光，但却好交待。唯有中间这三个班，上不着天，下不着地，成绩不行，连学生对升学都不抱希望，但学校却要求高考不能"推光头"。按那几年的高考情况，一年全校考上的总共也就二、三十人，而三个重点班就有一百六、七十个学生，能考上五分之一就算谢天谢地，中间班的学生要能考上谈何容易？所以，带这些班绝对是一件出力不讨好的差事，谁也不想带，总是找种种理由予以推拒。

而我接手的正是这样一个班，24 班。对这种班，我当然也不想带，但自己刚来，这个班的班主任、语文老师又正好病休，既然学校领导安排了，我怎么好意思推拒呢？反正自己一不图名，二不求利，只要兢兢业业，尽心尽力，问心无愧就行了。所以，我还是二话没说就接了下来，只管耕耘，不问收获。

结果，半年多下来，到毕业高考，前面有两个班推了"光头"，后面的班则全军覆没，惟独我带的 24 班却意外地结出了三颗"大瓜"。班级之间对比明显，极具说服力，全校上下一片夸赞声。

但我清楚，自己虽下了工夫，苍天不负有心人，但毕竟只有半年多时间，有一定的偶然性，所以，时时警告自己，要谦虚谨慎，力戒翘尾巴。在众人面前总是说：

"算我的运气还不错，瞎猫儿逮了个死耗子吧。"

我的这种表现，更赢得全校老师的尊重，就连原来带前面几个班的老师也主动和我接近，之间相处得十分融洽。

我所带的中差班在高考中取得优异成绩，下一届，学校便安排我带重点班，并让我担任语文教研组组长。领导的信赖大大激发了我的积极性，我更加忘我地工作着。组内比我年长的，总是以师礼相待，相敬如宾；与我同龄的，则视为朋友，以诚相待；比我年轻的，则视同弟妹，关怀备至。谁有经济困难，我总是第一个慷慨解囊；谁有急难之事，我总是第一个伸出援助之手。

新学年开始，学校开展公开教学活动，人人登台接受检阅。按照教学进度我讲的是让任课教师向来头疼的课文——鲁迅作品《药》。好在我对先生的作品情有独钟，钻研较深，经过认真的准备后登台亮相，以精巧的板书设计一目了然地展示了小说深邃的主题思想和完美的艺术构思，受到所有听课教师和全体学生的齐声赞扬：

"从来没见过语文课上这样讲鲁迅小说《药》的！"不少老师向我伸出了大拇指。

公开课结束，教导处着专人将我的板书设计制成文字投影幻灯片，在全校进行示范教学，地区教育学院特聘我去给进修学员上课，省教研室办的刊物上登载了我的教案。直到多少年后，不少老师和学生见了我，还会津津有味地谈到我讲这一课时的情景，可见对此印象之深。

年终评模，地区分给学校一个区级模范的名额，学校把这个名额给了语文教研组，明显是想让我当的意思，全组老师更是一致推举我。但我却说服大家把模范让给一位民办教师，因为我考虑到这对于他的转正会大有用场。

1981年，我被提拔为教导副主任。但一直坚持双肩挑，既搞管理，又带语文课，还兼任班主任。

通过那次公开课，我的课堂教学水平是没的说了，但教师不是演员，不是光讲课能获得掌声就行；学生更不是观众，不仅要看他听的如何，更要看他学的如何。是不是一个好老师，最重要的是要看能不能把学生送进大学的校门。我最担心的是怕由于自己工作忙，耽搁了这个班的学生。那可是关系到他们一生前途的大事啊！

这一点，你最清楚了。有一两次考试，我带的班在学校组织的考试中落后同行班几分，我急得饭吃不下，觉睡不着。那一年，每个夜晚，我们的窗户总是在全校都一片黑暗时仍闪着亮光；每个白天，我的办公桌上总是一边平铺着数不清的表格和材料，一边矗立着山一般高的学生作业。有的老师开玩笑说：

"你的桌子简直成了中国地形图，既有高山，又有平原，要是谁把茶杯给掀翻，那就连河流湖泊都占全了。"

"哎哟，真的，那岂不是山崩地裂，江河泛滥了吗?"

自那以后，为确保安全，我上班时干脆连水也不喝了。还由此总结出一条经验：这样做，精力更集中，工作效率更高。

两年后，这一届学生毕业，我所带的班不仅在全校夺冠，而且刷新了学校的高考记录。我高度紧张的神经才稍稍放松了一些。自回校以来，我一直超负荷工作，那两年，是我负担最重、工作最累的两年，也是我干劲最大、心情最好的两年。那个班也是我所带过的班级中和学生感情最好最深的一个班，他们绝大多数都考上了大学，一直和我保持着相当紧密的联系。

你当然为我事业有成而高兴。同样，你在服装厂也很快被公认为缝纫技术一流，从城里的二门市部调到新建成的一门市部来，这里设备好，离家又近，我当然为你高兴。我们的工作与生活开始渐入佳境。

（四十九）

为伊消得人憔悴

　　我正躺在床上垂泪，开门声响了。咦，是哪个孩子，今天怎么回来这么早？我擦了一把泪眼模糊的脸，来到起居室。大冬手里拿着一个大塑料袋，告诉我说体检报告取回来了。

　　噢，对了，忘了告诉你，前两周大冬、二冬带我去专门的体检中心做了一次全面的体检。也不知道是舍不得花钱，还是对自己的身体不太珍惜，反正除了单位组织的统一体检，我们从来也没有自己花钱体检过。新年前单位组织统一体检，医生说我的血压有点高，你很着急，让我再去医院重查一次。我说重查也还是这家医院，不如到北京再去重查吧。后来，你病了，我的事便放一边儿了。心想，到了北京给你看病的时候顺便查吧，反正也不当紧。谁知你却在眨眼之间离开了我。此后，由于极度悲伤我的身体越来越差，孩子们十分担心，劝我到医院好好查一查。但医院留给我们的阴影实在太沉重了，我们真不想再踏进那个悲伤之地。最后才决定到专门的体检中心去查。孩子们选择了一家高档的体检中心，又选择了vip银发族套餐，花了1000多元。我虽然觉得一个体检没必要花那么多钱，但想到这是孩子们的一片孝心——对我的，也是对你的——也就答应了。

　　这次体检确实查得认真、详细，身体上所有的一切都查到了，光体检报告就打印出七八页之多。既有汇总分析，又有单项说明；既有检查结果，又有治疗建议。经过胸部拍片，心肺膈未见异常；心电图正常，经颅多普勒检测未见异常，各项检查结果表明，全身无大的器质性病变，你可以放心了。但我真的太瘦了，170厘米的身高，体重却只有44.8公斤，连90斤都不到。

　　但这是咱们以前早知道的，人吃五谷杂粮，谁检查能没有这样那样的毛病，生死有命，宝贵在天，你大可不必为我着急。我想，对于我的事，你心里一总是很矛盾的：在这面时你对我的生活起居处处照顾得无微不至，我身体上的一点点小毛病在你看来都是大事，你当然希望我健康长寿；但如今你我阴阳阻隔，都在经受着孤独寂寞的苦痛与煎熬，你又必然会想我们能尽早团聚，可你却无法回来，自然会想让我赶快过去。而我又何尝不是如此呢？经过你这次眨眼之间离开我的沉重打击，我对生命的脆弱已有了痛彻心脾的感受，对生死亦有了深切的感悟。对死原本就没有多少畏惧，现在更是坦然对之。老实说，我之同意检查，一则是顺应孩子们的孝心，我的身体状况他们心里确实应该有个底，免得一旦有事时心中无数，乱了方寸；二则是这面确实还有许多我们应该做而没有做完的事情，应该尽而没有尽到的责任，应该完成而没有完成的任务，眼下孩子们还的确离不了我，所以我现在还真的不能急着去找你。我想，这一点你一定会理解的，为了孩子，什么样的苦你都愿意承受。

　　唉，光顾了说我了，你在那面过得如何？刚到了一个陌生的地方，能适应吗？身体怎么样？你可一定要接受这面的教训，一开始就要特别注意保养好自己的身体，千万不要为了俭省，舍不得吃，舍不得喝，一定要加强营养；一旦有病，不敢耽搁，不要怕花钱，赶紧去大医院诊治，要知道，有一个健康的身体比什么都重要。让我们下辈子做一对健健康康、恩恩爱爱、和和美美的好夫妻，能够白头偕老、齐年尽老！

（五十）

窑洞里的生活

79 年秋，你四妹初中毕业，未考上高中，你爸妈想让她来我们这儿上学。你更是积极，说自己没赶上好时候，没上成学，一心想让弟妹们学出个名堂来。我明知这事难度很大，但还是尽其所能，几次找领导请求能通融答应。最后，学校领导终于答应可以来上学。10 月份，四妹便来我们这儿上高中了。

我们在暖气回水室住了一年多时间。80 年夏，校办工厂停办，原先做厂房的窑洞改为家属宿舍，我们分到一间半。从楼上搬到了平房，结束了夏天如火烤、冬天被水淹、饭不敢做、觉睡不稳的生活。

为了能让四妹有一个单间，我们专门把一间窑洞隔开，我们住前面那半间，在后面做厨房的那半间里除了锅灶，还盘了一个小炕。父亲则住另外那半间。这样，虽然窄小了点，但总算都能有一个独立的空间了。好在我做的那张钢管床有一米七宽，我们和孩子一起也还挤得下。

一溜平房窑洞，住五六家，可以说是一个大杂院。和我们在县里住的宿舍差不多，虽然是在城里，但基本上还是农村式的生活：在院里挖了地窖，存放白菜、萝卜、山药蛋等过冬蔬菜；在窗户前搭了鸡窝，自己养鸡下蛋……

还记得我们带大冬一起去省城游玩的情景吗？那年，学校刚买下一部卡车，暑假期间工会组织教职工到省城旅游，还特许带家属前往。那时你还从未去过省城，便专门请了假。那天一早，我便带着你和大冬坐车出发了。紧张的一天时间，我带你们游览了晋祠、动物园、迎泽公园等风景名胜。还记得那张我们一家三口在迎泽桥头的照片吗？我抱着大冬靠在石栏杆上，你微笑着站在我的旁边，我们一同正视着前方，可以想见，那一刻我们对以后的生活怀着多么美好的憧憬啊！

在窑洞生活的两年中，让我们记忆最深刻的莫过于二冬那次意外受伤的事了。

二冬的"疝气"好了，我们又搬进了新家，你妈便送二冬回来，同时也在闺女家住一段时间。那天下午五点多，我刚下班回到家，突然听得房后空地上传来孩子尖厉的哭声，我听出像是二冬的声音，心里一惊，立马跑了出去。果然是二冬，用手捂着半个脸，边走边哭，鲜血从指间渗出来，已经流到脖颈下了。我赶紧看二冬的脸，哎哟妈呀，左脸紧靠眼睛的颧骨处血肉模糊，什么也看不清楚：骨折了吗？眼睛有危险吗？我急得问大冬是咋回事儿。大冬告诉我，他们一群孩子正在房后的空地上玩耍，突然从墙那面飞过来一块石子，正打在二冬的脸上。我顾不得多想，立即用自行车带着二冬到离家最近的部队医院急诊室。医生清创后，说：

"啊呀，真玄！伤口离眼睛只有一厘米多，要是打到眼睛上，问题可就大了。还好，现在颧骨没问题，也没伤着眼睛，止住血，上点药，包扎好，就没事了。只是怕感染，服上消炎药，打几天青霉素针吧。"

我这才放下心来。经过包扎，二冬渐渐不哭了，服药打针后便在病床上睡着了。

你下班后闻讯急匆匆地跑了过来，气喘吁吁地问我：

"二冬怎么样？不要紧吧？"

我把情况讲了，你才安下心来。大约十点多钟，我们才抱着二冬回到家。

家里的老人们也急得坐卧不安，等我们回到家，才放下心来。你妈一叠连声地说：

"全怨我，全怨我，是我没看好孩子……真要是伤大了，那我可咋……"边说边抚摸着二冬，眼泪都止不住哗哗地流出来了。

"哪能怨您哪，谁能料到他们在这面玩儿，那面会掷过石子来……真是险哪！"

我问大冬是什么人掷过石子来的，他说石子是从墙那面掷过来的，他们也不知道是谁。第二天，我又问遍昨天所有在场的孩子，都说不晓得。我想再追问下去，你说：

"现在孩子们都听说打着了人，漫说他们也不知道，就是知道又有谁敢说出来呢，反正也没出大事，我看就算了吧。"

"那咱就这样吃哑巴亏了？"

"可你还能怎？莫非还到公安局去告吗？"

"你就是心眼儿好，要换了别人，一总要追到底。"

"你不也和我一样吗?"

我想了想,你说的也确实在理,便不再追问。

我们的二冬就这样没来由地被石子打伤,脸上留下了永久的疤痕。好在后来佩戴上眼镜后,镜框正好把那个疤痕遮住,不仔细看是看不出来的,还不大影响仪容。

1981年,我参加工作以来第一次长了工资,到地区后你的工资也略有增加,多年来借的外债总算还清,并开始有了节余。自家没有电视,孩子们每晚得到左邻右舍家里去看,时间长了总觉得不好意思。那年快过春节时,我们终于狠了狠心,花400多元买下一台14英寸的黑白电视机。你一定还记得,当我搬回来时,全家人的那股高兴劲儿吧,特别是两个孩子,都高兴得跳起来了!

(五十一)

这个清明我和孩子陪着你过

今天，清明节。

这是我一生中最难过的一个清明节了。这个清明节该怎么过，我与孩子们早就商量上了。上次看你的时候，我就告诉你，清明那天，祭奠的人太多，我们无法再把你请出来见上一面。到时候你就回家里来吧，我和孩子们在家里好好陪你一天。

天还未亮，我们就早早起床了。我来到起居室，把窗帘拉开，把你的遗像摆放到窗台上，白色的玉兰花插在花瓶里，向着你开放，水果、点心等放在你面前，你先品尝品尝。大冬、二冬和我，还有我妹妹，一一为你上了香。香烟袅袅，思绪绵绵，我们又在一起了。

我打开电脑，开始与你絮语：

你在那面过得好吗？你想我们吗？想自己的家吗？

我告诉你，孩子们今年清明节放假三天，我们是这样安排的：今天在家陪你，明天孩子们得上街办他们的一些当紧事务，后天我们一起出去到两个陵园实地考察一天，为咱俩选择合适的安息之地。后天只是先去看看，看了以后咱们再一起商量吧。对这件事，你有什么想法，随时告诉我，好吗？

你知道，这对你我，以至子孙后代都是一件大事，孩子们很重视，我也很重视。你一定还记得，我们以前常在一起谈论，咱们的两个孩子能有今天的出息，全赖咱家祖茔的风水好。以往每年清明，我回村给祖先上坟，你都要早早为我准备香烛、纸钱、水果、点心等供品，回来后总要问坟茔的树又长粗长高了吧。

那年，我回来告诉你，在咱家坟茔地上种田的人，秋后把庄稼的秸杆堆到坟头上，点火焚烧，把树皮烧掉一大块，导致那棵树不旺了。你听了急得什么似的，要我赶紧去找人家问问。我说，他那其实是怕咱家祖坟上的树长高长大，影响他地里庄稼的生长，只不过不好意思明着来罢了。咱要去问，万一他出言不逊，不是闹得更不好了吗？你听了后说，既然是这样，咱们可以和人家协商，给一些钱，补偿他的损失，要他以后不要在坟上焚烧稽杆不就行了。我虽当时答应了你，但后来还是没真正落实。你有时提起来，还时常怨我没把这当回事儿。可见你对这事是多么地重视啊！现如今轮到要为我们自己找身后的安息之地了，你说，我们能不精心选择，以后精心保护吗？

还记得吗？是去年，还是前年呢？有次电视里讲到北京的陵园建设情况，我们看到京城陵园群山环绕、流水潺潺、绿树成荫、百花争艳的画面，便谈到两个孩子都在北京，咱们百年后干脆就在北京选择一处安息之地吧，将来要能长眠在那样的地方，也算有福了。那样，咱俩可以时时看着他们，他们也方便就近祭奠。你说，那敢情好，只是肯定得花不少钱吧，咱们能承受得起吗？我说，这又不是眼下的事，反正还早着呢，等两个孩子都买了房子，成家立业，生儿育女，我们儿孙绕膝的时候，咱家的一切肯定会越来越好，到那时还愁承受不起吗？谁料想，这事今天竟……

我又无法控制自己了。每次在看你之前，孩子们都劝我不要过于悲伤，那样太损身体，不只他们担心，他妈也会担心的。我也知道，我要病了，必然大大增加他们的负担。所以今天本来想竭力控制自己不再流泪，起码不要嚎啕大哭，但我还是控制不住，竟哭得几乎晕了过去……

（五十二）

喜气洋洋搬新家

1982 年 7 月，全校教职工翘首企盼的新家属宿舍楼终于建成了。我们分到两居室中最好的二层最东边的一户。厨房挺大，还有卫生间，大居室朝南，小居室虽是背阴，但东面临街开了窗户，室内比较敞亮，采光好，是我专门为父亲居住挑选的。院里还另有供放自行车和杂物的小房、储藏蔬菜的菜窖、放煤的煤仓。真没想到，1976 年我向你许下的住楼房的心愿，仅仅过了 6 年便实现了。

分房不久，我们便喜气洋洋地搬了进去，把老家爷爷传下来的黑漆描金花柜、红油漆榆木躺柜和用得着的家居用品都取了来。新宿舍离你和我的单位都很近，上班骑车用不了十分钟就到了。生活起居变得十分方便和惬意，一家人心里甭说有多高兴了。

紧接着我们请木匠做了立柜、电视柜，修整了双人床；买了吃饭用的餐桌和坐凳，置了沙发，配了茶几；以后又买了缝纫机。家里看去像那么回事儿了。特别是来客看到我们家那个黑漆描金花柜时都啧啧称奇：

"啊呀，你们家还有这古董啊！"

有了正经的家，亲戚来得自然多了。不仅我妹妹常来，连平时不多走动的其它亲戚也来了。你家父母姊妹们更成了常客。

这里，我们住了五年。五年哪，该留下多少甜蜜温馨和酸甜苦辣的回忆啊！

还记得古钟公园刚建成时我们带你小妹妹和大冬、二冬一起游玩的情景吗？地区第一次有了公园，公园里第一次有了大型的游乐设施，那天，我们坐了游乐飞机，划了船，骑了旋转木马……一家子玩得多欢多乐啊！认识的人看

155

到你小妹妹，还以为是我们的女儿呢。是呀，小妹才比大冬大四岁，要是我们那个女儿成了，也的确和她差不多大小……

以后每当我们翻开影集，看到那次照的相片，你总要说：

"弟弟和小妹妹是我带大的，我对他俩特别亲，连你也对他俩特别亲。"

"我进你家时，他俩才多大呀，我真的是把他俩当自己孩子看的，能不亲吗？"

可今天，你已离我而去，忆起那次的欢乐怎能不让人悲从中来。你知道吗？不知为何，自你离开我后，我特别想念我们的那个女儿。虽说我们没有养育过她，但我想，她还是会去找你的，毕竟是我们的骨肉啊！你如果见了她，一定要告诉她，我在这面真的好想好想她啊！

（五十三）

为你我寻觅安息地

前天已经告诉你，今天要去陵园看看，实地考察一下，以选择确定你我的安息之地。

天阴沉沉的，看样子要下雨。我和孩子们，还有我妹妹，都早早起来，匆忙吃了点儿，七点半便带着雨伞出发了。

对于安息地的选择，京城向有"东富西贵"的说法，富人爱东，贵人爱西。两相比较，我们显然倾向于西边。于是便决定到西边去看。先坐公交，再换乘地铁，九点半钟才到了八宝山站。出了站，天开始下起雨来，我们不得不打开雨伞。

八宝山是陵园集中的地方，著名的八宝山革命公墓就在这里，以前只有国家领导人死后才能安葬于此；现在又在其旁建了一座人民公墓和骨灰堂，允许普通人进入，有许多人便想沾一点这里的权贵之气。所以，西边的八宝山，昌平的十三陵（那里是古代皇帝的陵寝所在，我带你去过的，你还有印象吧）便成了时下不少人安息之地的首选。但我们是下层的平民百姓，生前蜗居于穷乡僻壤，虽然生活拮据，粗茶淡饭，但山高皇帝远，近些年来倒也落得清闲自在，死后又何必卑膝屈卧于权贵脚下，再承受巨大的心理压力，战战兢兢的行事呢？所以，我反而在一开始便把这两处所谓的"宝地"完全排除在考虑之外。你是最了解我的，一定完全支持我的这一想法。不是吗？

所以，我们没有在这儿多停留，便乘万佛园的接送班车经过大约 20 多分钟来到了位于北京西山九龙山脉，毗邻潭柘寺、戒台寺、西峰寺，距市中心 25 公里的万佛华侨陵园。

北京万佛华侨陵园是国家民政部和北京市政府批准成立的既面向社会大众又具备涉外接待服务能力的档次比较高的陵园，自然山体与古建殿堂浑然一体，气势宏伟，园内建有亭台、楼阁、湖水等景观，天地交融，景色宜人。有不少名人安息于此。接待我们的业务员专门开电瓶车引领我们实地察看了几处墓地，还指着坡顶上一处只能看到墓碑上悬挂有清明刚祭奠的花圈的新墓告诉我们，那就是前不久安葬于此的著名相声表演艺术家马季先生的墓地。

马季先生是我们熟悉和喜欢的相声演员，你一定还记得，我们在电视上看到马季先生因心脏病突发猝然辞世的消息时，还很发了一顿感慨。谁料一年后的今天，我竟然为给你选择安息之所而来到马季先生的墓地！我也不知是为什么，竟不顾身体的疲累，爬了好几段陡坡，专门来到马季先生的墓前。碑面上镶嵌着马季先生的铜像，旁边镌刻着先生的笔迹"平生道路九羊肠"。我看着这句马季先生自己诠释自己曲折坎坷人生的碑题，不禁泪如雨下。我们又何尝不是如此呢？

阴云渐渐散去，天开始放晴。我们依旧乘万佛园的班车回到八宝山，这时已快下午一点。简单吃了点儿，便先乘地铁，再乘公交，后又沿公路步行，蜿蜒向上，快四点时才来到今天准备重点考察的天山陵园。

天山陵园坐落在燕山山脉的青山与翠柏环抱之中。这里已属远郊，环境幽静，山环水绕。陵园坐南向北，背靠主山高大巍峨，来龙深远，左右又有山脉环护；水虽谈不上盘山环绕，但在当今有水已属不易，还勉强称得上是流水潺潺。整体环境与万佛园相比，有过之而无不及。距市区28公里，正在修建即将正式运营的六环路从旁经过，会给驾车来此带来很大方便。亦是经北京市民政局批准的合法陵园，但属区民政局管理，与市属陵园相比价格较低，而且有较大的回旋余地。

进入陵园大门，园内苍松翠柏，幽静祥和。从大道往里走，西边山高坡陡，墓碑林立，是老墓区；东边经过整修施工，较平缓，是新墓区。新墓区山坡经改造后，前方近处有平台，似伸手摸得着的几案，称为"案山"；远处视野开阔，群山连绵，像宾客拜见主人，称为"朝山"。有风水诗云"面前有案值千金，远喜齐眉近应心"，可谓风水宝地。根据规划，新墓区将陆续建设棣棠、玉兰、樱花、合欢、石榴、丁香、玉梅、紫薇等八个风格各异的墓区。现在棣棠园已基本建成。

我们沿新墓区大道往上走，先对两边的墓区走马观花地察看了一下大致情况，走到最高处后，又折回来往下细看。西边最高处是碑亭豪华的高档墓区；接下来是墓型各异的艺术墓区；再下来的第一个墓区正在施工，从样碑看比较厚，比较大，显然价格也较贵；第二个墓区便是棣棠园。这个墓区是我们考察的重点，看得最认真，大冬还照了相，以备回去再仔细研究。在棣棠园里，又分十几个平台，平台之间由石板小路隔开，一个平台里有 96 或 120 座墓。

根据我从网上搜索到的有关风水的知识和资料，按照"藏风聚气"的原则及实地考察，我们初步归纳总结出以下几点具体意见：

①在以花卉命名的 8 个新墓区中，以高处的为佳。视野更开阔，前面的案山平台更明显。

②在以中间道路隔开的东西两边的新墓区中，以西边的为佳。因陵园早先的墓区在最西边的山崖上，新墓区则在东边，这样，新墓区西边的墓地则为整个陵园的中间部位，合乎"穴位落在最中，最能受到龙气"的原则。而且陵园最东边靠近边缘，那面好像还有村落，容易受到干扰。

③在同一个墓区中，左右横排以选靠西中间的为佳（避免两边道路干扰），前后竖排以选靠后但又不太靠后为佳（靠前则恐前有小沟而水流直去，成为牵牛水；靠后则有利藏风聚气；但太靠后又会因墓地贴近山壁，易为淋头水或射穴水所害；完全在正中间则在祭奠时易受周围其它祭奠者的干扰）。

④选号以各个数字是奇数为佳，一般以 3、5、9 为佳。

⑤墓碑以黑色栏板龙凤碑为宜，这种碑型比较典雅大方。

⑥选择墓穴最好是空位较多的平台，这样才有选择余地。

在波光如镜的生命湖面上，逝者的安置方式，正是生者境遇状况的反相倒影和未来隐喻。我们必须在力所能及的情况下竭尽全力。我们想到的就是这些，你觉得呢？

不知不觉，已近六点，我们得回去了。回去照样还得等公交，挤地铁，待出了地铁大望路站，孩子们看我太累了，决定打的回去。到家时天已黑了下来，一进家，我便躺倒在床上……

你在旁边看着我，竟然没说一句关爱的话。你，你真的离我远去了吗？你真放得下你的两个心肝儿宝贝吗？

（五十四）

淘气的两兄弟

光阴似箭，日月如梭，大冬和二冬已到上学的年龄，我们对两个孩子寄托着多么高的期望啊！

但是，自搬出暖气回水室，住进平房后，他们就跑野了，特别是搬到新宿舍后，同一层楼道的三家就有四个差不多大小的男孩子，整天混在一起玩，成了有名的淘气包。

你一定还记得那个晚上吧，我们俩都加班，十点多才到家，可两个孩子还没回来。这么晚了，能到哪里去呢？我们问遍了左邻右舍，人家的孩子都回来了，都说晚上再没见过他们俩。这下，你我都心慌了。漫世界找，一点影子也没有。全院的人听说咱家的孩子找不着了，也都忙不迭地帮着找。我们急得团团转，在院子里放大声地喊：

"大冬！二冬！大冬！二冬！……"

全院的人也帮着喊起来，你都急得快哭出声来了。

嘀！一对黑不溜秋的小家伙从西边一家的煤仓里钻出来了。原来到天黑的时候，他们回家敲不开门，只好又跑到外面玩，到很晚的时候，太累了，又没地方去，只好跑到人家的煤仓里歇着，一会儿便睡着了。睡梦中听得得爸妈在叫，才醒了，迷迷糊糊地跑了出来。真让人哭笑不得，又是生气，又是心疼，骂了他们两句，回去安顿睡下了。

那时，电视里正开始演《霍元甲》等武打片，他们学着电视里李连杰的样子打拳练棒，常常是你追着他们跑到操场，已是气喘吁吁，而他们却早已从操场的煤堆上翻过墙那边去了，你只能看着他们的背影干瞪眼。住在墙那边计委宿舍的我的同学两口子一见了我，就会说：

"哎哟，你那两个小子，翻墙头都成家常便饭了，我们俩经常从这边就能看见，指着说，看看，那两淘气小子又翻墙头了。"

我听了只能笑一笑：

"是啊，我那俩儿子的确是两个淘气包。"

这还只是生活中的一些平常事，同学朋友之间说笑说笑也就过去了，最让人尴尬的是人家学校开家长会。因为小学的校长老师都认识，不去又不好，去了呢，人家老是说：

"你儿子脑筋聪明，有潜力，就是不好好学，你也是搞教育的，可得好好管管，这基础打不好，以后可就难补了。"

我还能说什么呢？只有点头称是，恨不得钻进地缝里。回来也只能对你说说，生一顿闷气。有时火了，训他们一顿。你一定还记得那一次吧，我甚至让他俩跪在地下，写出深刻检查，发誓以后一定好好学习，不然就一直跪着不让起来。最后还是你求情我才让他们起来。

但是，我是搞教育的，认为教育主要应该靠循循善诱，晓之以理，动之以情。特别是到了教导处之后，我钻研了大量有关教育学、心理学方面的书，对这一点更是深信不疑。我坚守的理念是：当老师，视学生如子女；当父亲，视子女如学生。当然这与我的性格可能也有关系，反正，我当老师，很少严厉地批评过学生，更不用说打骂体罚了；当父亲，即使面对两个"淘气包"，也很少打骂，一般还是以说服、引导、教育、鼓励为主。

两个孩子小时候虽说没有把全部精力放在学习上，考试成绩不是很理想，但他们很爱看书，喜欢动脑筋，在小学初中时就把中国古典四大名著读过了，还常常提出一些发人深思的问题。虽说淘气，但只是贪玩，品德上无丝毫瑕疵。所以，老师总的评价是很有潜力，我们也从未放弃过培养他们成才的期盼。

其间有一件事让你我刻骨铭心。那年，我们家属院一位老师的孩子考上重点大学，一群人在院子里谈论，都向这位老师表示祝贺，并自然地聊起自家孩子的情况。你满含深情、不无歆羡地说：

"看你们家孩子多有出息！什么时候我们那两个孩子也能考上大学呀！"

"你那两个淘气包，还想考大学？没门儿！"那位老师的一句话呛得你险些叉过气去。

回到家，你眼泪汪汪地对我诉说，可当时的我们真的无言以对：人家也没恶意，咱的孩子真的是够淘气的呀！

但后来，我们的孩子真的都考上了大学，二冬还考上了研究生，而且都是重点大学。那件事我们也会时时提起，不过，心情则与先前截然不同：

你的孩子最终还是为你争了气啊！

（五十五）

只我一个人心里清楚的生日晚餐

"你到了那面，还记得今天是什么日子吗？"

"当然记得，今天是你的生日呀！我正忙着给你过生日呢。"

天堂并未传来你的信息，但我却分明听到了你的声音。回想今生，便知来世，我相信没错的！

自我母亲突然离开我之后，你是这个世界上"唯一"一个"年年"——最难得的就是这个"唯一"和"年年"——记得给我过生日的人。如果你今天还在，一定又早早为给我过生日忙活上了。

还记得去年你给我过生日的情景吗？也是在这里，我们不想增添孩子们的麻烦，事先有意没告诉他们，但你几天前就早早到菜市场买回了糕面。那天一大早孩子们上班去了，你开始给我熬象征喜庆的红豆稀饭，调了我最爱吃的杏仁、黄豆、黄瓜、胡萝卜等好几样拌在一起的五颜六色的凉菜，切了前几天专门蒸下的最具家乡特色的蒸肉，还有从超市买回的各种时鲜小菜，主食是大冬早几天买回的稻香村的点心。那顿生日早餐，我们吃得多香啊！

为了等孩子们回来一起给我过生日，油糕改在晚饭吃，菜肴也当然要比早上更加丰盛，你下午四点多就开始忙活上了。等孩子们回来时，油糕早煎好，热菜盘冷菜碟满满摆了一桌子。孩子们诧异地问：

"今天是什么日子？"

你才告诉他们：

"今天是你爸的生日。"

"怎么也不早说，连生日蛋糕都没买。"

"就是怕你们买，才有意没早告诉你们，咱们自家过生日，买生日蛋糕做什么，这油糕不是很好吗？又稀罕，又吉利！"

"以后爸妈常在这儿住，咱们年年都可以在一起好好过了。"

"那是，那是。"

可谁料，今年你却……

三个月来，极度的悲伤让我气憋胸闷，精神恍惚，连一日三餐都常常忘了吃，哪还会想到要给自己过生日呢？

也许是你在冥冥之中有意提醒我吧，昨天我在与你絮语的时候，回忆起我们刚开始建立家庭时相濡以沫的艰辛生活。同时，也忆起了你第一次给我过生日时感受到的那种甜蜜与温馨。那是我的第二十八个生日，也是你与母亲同时给我过的唯一一个生日——你的第一次，母亲的最后一次——也许那次给我过生日便是母亲把我交到你手上的交接仪式。

母亲给我过了二十八个生日——不管我是在她身边，还是远在异乡——但是到第二十九个的时候嘎然而止。那个生日正在母亲离开我的百日之内，又恰逢清明节，当时我正处于重病之中，连给母亲上坟都无法去，还哪里会想到给自己过生日呢？而你当时已回去上班。

那天，我大表姐就怕我们在悲痛之中忘了给自己过生日，一大早便专门带了白面、猪肉和韭菜从十几里外赶来，为我过了那个让我永生难忘的生日。两个月后，我病愈归校，你告诉我，我的生日那天，你特意从娘家回到咱们自己的家，给我过生日，默默地祝愿我身体早日康复。我听了后，折皱的心就像被熨斗熨过一样无比的舒坦和温暖。

你给我过了三十五个生日——同样，不管我是在你身边，还是远在异乡。由于我们绝大多数时间都生活在一起，因此绝大多数生日都是在一起度过的。但是到第三十六个的时候又嘎然而止，去年的那个生日便成了你给我过的最后一个生日。你还能像母亲一样把我交给一个和你一样能把我完全承包下来，能像你一样对我、让你完全放心的人吗？

我的眼睛模糊了，擦了一把溢出的泪水，随手拿起身边的月历：

"啊?！明天竟是农历三月十三，我的生日！"

这个生日竟然同样在你离开我的百日之内！这究竟是巧合，还是命运的有意安排？

"这个生日还过吗?"一个莫名的问题萦回于我的脑际。

"这个生日还有什么心思过，当然不过了。"我一口否决。

"为什么不过呢？我还在和你一起过，你怎么就不和我一起过了呢？你真的把我从家里除去了吗?"我又分明听到了你的声音。

是呀，这个生日，我不想为我过，但我应该为你过啊！你并没有离开我，你就在我身边！

你也许是通过去年给我过的那个生日，把我交到孩子们手上。当然，他们很孝顺，为我想得也很多，关心照料可谓无微不至。还记得吧，我六十岁生日时，他们特意到书画店买了一幅曾经给邓小平写过"寿"字的书法家墨涛的一个大"寿"字真迹条幅，装裱好后在我生日的前一天寄回家。可是，今天，你不在了，却竟然没一个人想起……

是的，他们有他们的工作，有他们的生活，以后更会有他们的小家庭，他们不可能像你那样。他们忙得连自己的生日都记不得过。以前咱们在家乡时，每年到他们的生日那两天，都是咱们告诉他们："今天是你们的生日，我们在这里给你们过，一天吃糕，一天吃饺子。"他们听了后，笑着回应："是嘛，我们倒忘了。"到我过生日，你也都是在或前或后的那个礼拜打电话时告诉他们，他们也便在那时向我祝福。那时，有你这个"唯一"在，他们记得记不得，对我似乎无关紧要；可今天，你这个"唯一"不在了，他们记不得却不知为何让我倍感伤心，更感到你这个"唯一"的珍贵和难得以及失去你的巨大悲痛。可这些，我怎么好对他们讲呢？

今天早上，二冬早早上班去了。大冬到八点才走，我在微波炉里热了奶，拿出昨天买的面包，和他一起默默地吃过这顿生日早餐。他匆匆吃完上班去了，一点也没有发现我眼圈里转动的泪花。

他走后，我拿出我们这次从家乡来时带来的一点糕面和一点糯米面。那是你在家临动身前准备蒸一种电视里讲的保健食品专门到超市买的，但后来病了没能蒸，便说带上去那里蒸吧。谁料……

我实在无法控制自己了，回到卧室嚎啕大哭起来。正在擦地的妹妹匆忙过来安慰。但她哪里会想到我这次大哭的真正起因呢？她的安慰反而让我更加伤心，越哭越厉害，竟止也止不住……

我终于平静了下来，意识到今天我必须用最大的力量克制自己。这个生日我一定要过，我把它当作是你还在给我过，但又绝口不提今天是我的生日，不能让他们看出今天有什么异样之处。

下午五点的时候，我默默地把糕面和糯米面倒进面盆里搅拌均匀，从冰箱里取出昨天买的蒜苔、青角、西葫芦等蔬菜，对妹妹说：

"今天晚饭吃糕吧，再炒几个菜。"并且开始摘菜、洗菜，准备蒸糕……

七点多的时候，大冬打电话来，说晚上不回来吃饭了。我刚接电话，眼圈便有些湿润了，但我还是忍了忍，平静地说：

"不能回来就不用回来了吧……"

糕蒸出来了。妹妹和面、捏糕，我则倒上油，开始煎……

一会儿，二冬回来了，见我们都在忙着，便也加入进来，开始炒菜……

饭做好了，三个人一同默默地吃着，但只有我一个人心里清楚：这是一顿特殊的生日晚餐。

放下饭碗，我来到卧室，望着你，心里默默地问你，也在问我自己：

"今天还是你在给我过生日吗？"

（五十六）

我的父母为何如此短寿？

　　1982 年，妹妹家盖了新房，家宽敞了，父亲便常去妹妹家住一段时期，我若星期日休息，则总要去看望。

　　85 年秋末冬初，父亲又去了妹妹家。到农历 11 月的时候，患了一次感冒，开始时也和一般的感冒没什么区别，妹妹请了本村的医生给诊治。但因父亲原本就有咳嗽气喘的毛病，我们一直给他买专治气喘的喷雾剂，气喘时赶紧喷上，立马病情就可缓解。这次感冒后气喘得更厉害了，我说回城住院吧，父亲说这是老毛病，住院也治不了，还是在家让医生开上药养着吧。但到后来越来越重，连下肢也开始浮肿。我说可不能再等了，便在城里四处托人找了专医院院长，把住院手续都办妥了。待一切安顿好，天已快黑了，我心急火燎地匆匆坐上学校的小车专门去妹妹家去接父亲，你则到医院门口等着接应。

　　孰料，我赶到后，刚和父亲说了一句"咱们去医院"，他点了点头，但还没等我们把他扶上车，父亲一下子便昏迷过去不省人事了。妹妹慌忙请来本村医生，医生说很危险，给打了一针强心针，让赶紧往城里送。我在车上抱着父亲，妹妹和妹夫也都随车跟了去。一路上，车开得飞快，可是，等到了医院病房，医生一检查，说已经……

　　父亲就这样于一九八五年二月五日农历甲子年腊月十六日永远离开了我，享寿仅六十有八。

　　那是自母亲离开我后又一个肝肠寸断的不眠之夜啊！你一边安慰我，一边开始默默地准备丧事需要的一切。我同样不能光顾了悲痛，我还得赶紧安顿父亲的后事呀！我们连夜找来了学校领导，请学校的木匠赶紧开始为父亲做棺。我本来早些年已经从你家县城那边买回松木，准备给父亲做寿器，但想到父亲才刚六十几，身体也还硬朗，便没有急着请木匠做，谁料想却……我的父母为何如此短寿啊?!

父亲的丧事完毕,已近年关。因种种原因,父母的葬礼均较简朴,未设鼓乐,我心中一直深以为憾。随着时间的推移,社会较开放,家计亦稍宽裕,我便在父亲三周年纪念日之际,在老家摆宴,小备薄酒,并设鼓乐,遍请众亲友同来致祭,聊还心愿,以补前憾。还专门写了一篇《祭考妣文》,以寄哀思:

> 公元 1988 年 2 月 3 日农历丁卯腊月十六显考仙逝三周年纪念日,孤哀子 仁旺 衔哀致诚,谨具时鲜珍馐之奠,祀父母在天之灵,泣泪祭之曰:
>
> 悲哉!父母音容犹在兮,抛我而去。伟哉!考妣功德宏大兮,重如泰山。考妣驾鹤而西游兮,早升天界;小子泣血而哀思兮,难见慈面。阴阳阻隔兮,路远莫测;遥寄赤心兮,亲可知悉?
>
> 显考李公公元 1917 年农历五月十九日诞生于祖籍秀容东呼延村,未及弱冠,即赴丰镇学商,立业谋生,历尽人生坎坷。显妣李母杨慈君公元 1913 年农历正月卅日诞生于邻乡前山村,年方十九,即出聘夫家,操劳家计,饱尝人间辛酸。
>
> 父母而立之年,方始生我。盼有子息,十有数年。独子单传,万般慈爱。生我时卧土铺冰,育我时推燥居湿,教我时呕心沥血,亲我时刻骨剐肉。动乱时,父为儿担惊受怕;迁徙中,母为儿缝连补纳。儿有点滴病患,亲有万千忧虑;儿有些微长进,亲有莫大喜悦。
>
> 儿攻读之时,家计维艰,可怜双亲,含辛茹苦。一钱一分,均乃滴滴血汗;一针一线,饱含丝丝深情。零丁苦水,经春过夏未有整容之暇;入不敷出,逢年过节何来欢愉之情。
>
> 及我工作,家计稍转,父母亦未有稍享荣华。修房整屋,以子孙长远为计;节衣缩食,为儿女成家着想。
>
> 亲亲慈父母啊!生也有涯,而为儿女也无涯!伟哉!考妣功德也,高与天接,深似海洋!
>
> 呜呼!恩德未报三生为憾,孝心未尽千载不安。六十华甲苦尽甘来,太平盛世可有福享。然天不遂人愿,慈母于 1974 年 2 月 19 日农历甲寅年正月二十八日突患脑溢血逝世,享寿六十有二。慈父于 1985 年 2 月 5 日农历甲子年腊月十六日患肺心病逝世,享寿六十有八。
>
> 痛哉!南山不老松嘎然而折!悲哉!北堂心肝儿填胸顿足!号啕

声震九重天，九重天，显考在何方？焚香直到天尽头，天尽头，何处有慈母？

　　珠泪涟涟，思绪绵绵。日以远兮，思悠悠矣。安息吧，亲亲慈父母！英灵永享祭祀，家计人财两旺，列祖列宗庇佑，子孙代代腾达！

　　尚飨。

　　此事在乡邻及亲友中传为佳话，都夸我是大孝子，盛赞这篇祭文情真意切，文笔优美，以致以后不少邻里亲友，在父母葬礼时都要请我为之撰写祭文。

　　老家已无亲人，以后我们便很少回村。几年以后，家中老屋年久失修，摇摇欲坠，无法再保存下去。不得已，我们只好将其转卖和拆除，将拆下的木料及老家遗存的家具杂物等运到妹妹家。从此，老家便无任何牵挂了。

(五十七)

"三维"心语

还记得父亲去世后，我们围绕父母和子女、丈夫和妻子等家人之间关系的多次叙谈吗？

记得我给你讲过：孝敬老人是我们家的传统家风。我之所以在母亲去世后千方百计要调回地区，唯一的目的就是想在父亲跟前尽孝。但父亲的突然离去却让我心怀愧疚。人常说"孝"字容易"顺"字难，我深感在母亲去世以后，对父亲孤独寂寞的心境缺乏入心入髓的理解，"孝"字有余，"顺"字不足。

自调回原籍后，六年多的时间里，我们一家三代都在一起生活。应该说，我们对父亲的生活起居是很关怀照顾的。在往窑洞平房搬时，为了让父亲住的暖和，我们特意在里间盘了火炕；在往利民街新宿舍搬时，为了让父亲住的房间既暖和又光亮，专门挑了整栋楼最东面有向东开的窗户的那个单元。在那个食品匮乏的年代，我凡有机会去大城市出差，都要专门为父亲买好多特色糕点。带回来后不仅咱俩尝也不尝一下，就是连两个孩子也很少给他们吃。怕他们小不懂事，还特意挂到高处他们探不着的篮子里。如此等等。对于我的这些想法和做法，你都毫无保留地予以支持，从未提出过任何异议，更没有因此发生过任何的争吵和不快。

父亲失去我母亲，身心受到极大打击，年老体衰，孤单寂寞。他是性格比较孤僻之人，我和妹妹成了他唯一的精神寄托，我当然不想让他晚年再有什么不顺心之事。我深知你是心地善良、性格又十分随和的人，对家里的事又管得不多，与我母亲相处时间虽然短暂，但婆媳之间十分融洽。公媳关系与婆媳关系相比肯定要简单得多，男人一般不会太多计较那些鸡毛蒜皮的小事，所以，我对你与父亲之间能否和谐相处起初并未太过担忧，事实上，在一个相当长的时期内一直还是挺不错的。但后来的事实表明，我还是想得太简单了。媳妇与公婆的关系真的是天底下最难处的一种关系，家家都有一本难念的经，你和父亲在一起时间长了，难免会发生一些不愉快，我夹在中间自然十分难处，这让我极为痛苦。

在这种情况下，作为儿子和丈夫的我，一面是父亲，一面是妻子，当然只有苦我自己了，只要你们能和睦相处，我就是再苦再累也心甘情愿。一则怕你身体受不了，二则也怕你管的多了更容易发生矛盾，所以在那段时间里，里里外外的事几乎全由我一个人管了起来，甚至每顿饭是吃面还是吃馍，炒菜是用素油还是用荤油，都由我说了算。我想，这样，你们之间总可以不起矛盾了吧。谁料，还是不行。父亲总是在我耳根说："你不记得你妈那会儿是怎么做的了吗？我和你妈一起下地干活，中午回来，她总是让我躺下休息，她自己做饭，一中午也不躺一下，哪像你们现在呀！"我说："她身体不好，我多做点没什么，你就不用操心了。"他说："我看着你里里外外忙得不可开交，心里难受啊！"我想把你的病情向父亲讲明，那样他就会想得通；但又怕他知道后产生沉重的心理负担，始终未敢将你的病情向他讲透。我的做法当然也就难于得到父亲的理解和认同。

在父亲生前，我想的最多的是：我夹在你们中间两头受气，该有多难受啊！你们之间一发生争吵，我就气得心要炸了，但又谁也不能怨，只有摔盆子砸碗了。我是个很有忍劲儿的人，都气成这样了，父亲怎么就不能理解我呢？

当父亲离开我后，我想得最多的则是：当时我那样摔盆子砸碗，怎么就不想想父亲的感受呢？我那样做对父亲该造成多么巨大的伤害呀！那无异于在他受伤的心灵上又撒了大把的盐，我真是昏了头啊！既不"孝敬"，更不"孝顺"，我真是个"不孝子"啊！

今天，当你在眨眼之间离开我，我和当年的父亲处在同样状态下时，更心痛地感到：我对父亲孤独寂寞的心境太缺乏感同身受的理解了。更深刻地领悟到：其实，"孝敬"也好，"孝顺"也好，都还只是对"孝道"浅层次上的理解。"孝心"应该是父母在你"心"里到底占有多大的分量，这才是"孝道"的根本所在。

诚然，再好的父母也不是十全十美的人，即使在对待儿女上也必然会有这样那样的不足和缺陷，但这些不足和缺陷与他们为儿女付出的全部爱心相比，必是九牛一毛——就是这"一毛"之疵，亦多由爱心织就，做儿女的，还有理由对此说不然吗？即便仅止于"腹诽"亦是罪过。反过来，再孝顺的儿女，即使他们在对父母的"孝敬"与"孝顺"上做得尽善尽美，但若把他们对父母的全部孝顺加在一起，与父母对他们博大的爱相比，亦必是九牛一毛——就是这"一毛"之德，父母亦心满意足，久久品曦，逢人便会夸赞不已。

在社会和家庭中，一个成年男人——成年女人亦是——承担着太多的责任，扮演着太多的角色，有着太多的身份。也许正是由于这一点，随着子女的长大，父母在子女心中的分量在明显减少；反过来，随着父母的衰老，子女在父母心中的分量却在成倍增加；特别是当父母中的一方过早离开的时候，子女便成了父亲或母亲的一切。父亲生前曾不止一次地对我讲过："爸是失群的孤雁，爸现在除了你弟妹俩再没其他人了。"我成了父亲的全部，但父亲在我身上能占到多少呢？我给父亲的时间和爱心真的是太少太少了。

同时，你的骤然离去也让我更加深思：一个男人在家庭与亲情中最基本的"三维"——怎样当好儿子、丈夫和父亲？

你从小境遇坎坷，身体又有病，心理负担和心灵创伤都很重，孤身一人随我来到我的家乡，跟前再无亲朋好友，作为丈夫，我真不想让你再受半点委屈。但今天想来，我还是深觉愧对于你。

记得你给我讲过：有一次，父亲在和你发生争吵时，曾对我说过"快快把她打发了吧"的话，这话让你一生心痛。你说我当时回答"做父母的怎么能说这样的话"，这话让你终生不忘，以后时时提起，对我充满感激之情。但老实说，当时父亲到底是怎么说的，我又是怎么回答的，甚至连你们之间的那次争吵，我脑子里都一点印象也没有了。想来，你对这话印象那么深刻，一定是真的，它给你造成的伤害无疑是巨大的；争吵当中话赶话，父亲说出那样的话也是可能的，但一总只是他一时的气话，绝不会是实际的想法；从我来讲，当然是绝不会让你从我身边离开的，更不用说"打发"了，我如果那样说则无疑是我真实思想的表露。

记得你还给我讲过：在你心里，我父亲对你如何倒在其次，儿媳本就和闺女不一样嘛，你还能理解，但对他作为爷爷却不亲孙子则无论如何也想不通。他要亲孙子的话，怎么会发生两个孩子晚上十点多在人家炭仓子里睡了觉的事呢？对父亲老是在你面前说妹妹家的孩子如何如何听话，而咱们的孩子如何如何淘气，甚至说，他们一点也没像我，三岁看大，七岁至老，像这样将来还能有什么出息，等等，一听就气得七窍生烟，哪有孙子才几岁，爷爷就说他们将来没出息的道理呢？我则安慰你说，咱们的孩子确实贪玩淘气，妹妹的孩子确实绵善听话，父亲是旧社会过来的人，在他心目中听话的孩子才是好孩子，才会有出息，我小时候也确实是属于听话的那种，不像这两个孩子。父亲因为两个孩子淘气，说他们没出息，还怪怨我们过于溺爱放纵他们，正是企盼孙子成材，恨铁不成钢的表现。况且父亲性格本就孤僻，就是我和妹妹小时候他也很少亲亲抱抱，所以，对此你大可不必太在意。但说实在的，对此我当时心里也想不通。我也是性格比较内向的人，在没有自己的孩子前，几乎从来没有抱过其他人家包括很亲近的亲友家的孩子，甚至没有和别人家的小孩子逗笑过，但一有了自己的孩子，好像一切都变了，抱他们，逗他们，成了最大的乐趣。难怪父亲会说我太溺爱孩子了。可我想得却是，父亲就不能像我一样，多关爱关爱他们吗？那样的话，不仅他们可以得到更多的关照，省却我们不少的掛记，父亲的孤独感不是也可以大大减轻了吗？

如今，你与父亲都已升天界，先前的种种亦早已烟消云散，此刻，我想对你说的是：

家是一个"情大于理"的地方，家人之间"亲情"乃重中之重，先前的种种——无论是和谐温馨，还是龃龉不快——都是"情"之"三维"交叉碰撞的结果。现在，可以告慰于你的是，大冬和二冬已在京城站稳脚跟，事业小有所成，在列祖列宗面前，为你长脸了。相信在那面，祖宗也会高看于你，会感谢你这个后代孙媳妇，为我们李家传宗接代，光宗耀祖了。同时，我也可以告诉你，将来大冬和二冬有了孩子，我对孙子一定会比儿子还要亲，当然，我是当教师的，绝不会陷于溺爱，相信吧，我们家定会一代更比一代强……

我回想着我们在一起的点点滴滴，心痛地感受到，世上唯有父母和妻子才能做到：几十年如一日，不管你在年轻时还是年老时，只要在跟前，都会晚上为你铺床，早上为你迭被，一日三餐早早把筷子放到碗上，早早为你削好水果，早早为你泡好热茶，出门时早早为你熨好衣服，整理好行囊，回来时早早为你打好洗脚水……日复一日地做着这一切，不仅无怨无悔，而且视之为最大的幸福……

亲亲慈父母啊，你们在何方？

我的美美啊，你今在哪里？

(五十八)

新居记忆

1986 年，一中在校园内操场新建的一座宿舍楼竣工，我们又一次乔迁新居。住房面积由 50 多平米扩大到 70 多平米，有了单另的会客室和餐厅，特别是有两个大卧室，年龄渐大已经上学的大冬、二冬，终于可以有他们单独的居室了。

搬进新家后，我们又一次新做了家具。按照会客室的尺寸做了一套四件组合柜和一个长沙发，又做了一张供两个孩子睡的双人床，一张写字台，还把以前的旧家具全部重新油漆了一遍。

一年后，又新买了 18 英寸的彩色电视机，两个孩子高兴得都跳起来了。家真的像个家了，日子过得也像模像样了。

那年正月，我们在新宿舍请我的同学聚餐，一位同学给我们一家四口照的那张全家福，你一定还记得吧，那时我们笑得多开心啊！

美中不足的是楼层由二层变成了四层，开始时还不觉得怎样，但时间久了，天天爬四楼，你就渐渐感觉有点吃力了。我真后悔，当初哪如宁可面积小点也分到二楼呢，但到此时再后悔也已无法改变，只能等再盖新宿舍时调换了。

有一件事，你一总记忆深刻。搬进新家后，两个孩子与我们分开单另睡，变得更淘气了，该睡时不睡，仍在一起嬉闹，滚蛋蛋。我们过去，他们假装睡了，可我们一走，两个又滚到了一起，与我们玩开了藏猫猫。晚上睡不好，白天上课自然打瞌睡，大大影响了学习。没办法，我们只好把两兄弟隔离开，让大冬睡到客厅去。却没想到客厅正对着阳台，而那时宿舍归学校所有，还不时兴封闭阳台，晚上风从门缝吹进来，几个月后大冬便感觉胳膊肘儿的关节有点不对劲。我带他到医院一检查，原来是患上了风湿性关节炎。医生说，要是不及时治疗，会发展成风湿性心脏病的。那次可真把我们给吓懵了！好在发现得及时，还只是初期，赶紧治疗，不多时便痊愈了，也没落下什么后遗症。以后我们提起这事儿，还真是有点后怕啊！

还有一件事，你也肯定不会忘。新宿舍在四楼顶层，夏天特别热，到伏天，家里简直热得像蒸笼。由于你从小在高寒地区长大，对这样的暑热很不适应，搬进来一两年后，身上便时常起一片一片的湿疹，又疼又痒，十分难受。西药中药，口服的，涂抹的，用了不少，但总是疗效甚微，时好时犯，无法根治。

后来听人说泡温泉可以治，我立即想到离城几十里的奇村镇就是有名的温泉疗养地，便想让你去奇村泡温泉。你说：

"这不是洗一次温泉澡，得好长时间才能见效，在哪儿吃住啊？"

"我大表姐家就是奇村的，到她家去吧。"

"这可不是一两天的事儿，住长了多不好意思呀！"

"我大表姐自小丧母，是我姥姥和我妈扶养大的，比我亲姐姐还亲，像我妈一样亲我，你又不是不知道？"

"这我知道，可在人家家里吃住好多天，总觉得……"你还是有些犹豫。

"这有什么？现在又不是六零年……"

"那么长时间不上班，这假也不好请啊。"你又顾虑了。

"咱不上班，不拿工资就是了，有什么难的？反正治病要紧！"我说得很坚决。

"那听你的。"

"我到学校看看小车在不在，给司机说说，能的话，把你送去，你快收拾准备一下吧。"

"是不是去以前先给大姐说说？"

"不用，你去了，大姐肯定欢迎。"

一切都很顺利，我亲自把你送到大姐家。大姐见我们去了，非常高兴。听说是来泡温泉疗病的，忙拉住你的手说：

"现在城里头来这儿泡温泉的人可多了，挺见效的。住下吧，这儿就和你家里一样，就到俺们村办的澡堂去泡吧，离的又近，价钱又便宜，等什么时候好了，什么时候再走。"

大姐像对待亲闺女一样对待你，每天变着花样地给你做好吃的。你当然也尽力帮大姐做家务，发挥你缝纫的特长，替她做针线活儿。你在大姐家住了一个多月，天天去泡温泉，真的很见效。不仅治好了湿疹，还和大姐一家加深了感情，连大姐的闺女媳妇们都和你处成了好姐妹，好朋友——按辈分她们应该叫你"妗子"，但却和你年龄相当，你与她们之间无话不谈。

这件事，你可能记得更牢。俗话说"十人九痔"，由于教师职业整天备课上课，久坐久立，加上长期教学和管理双肩挑，超负荷工作，我的痔疮病越来越严重。87年第一学期期中考试时，我去教学楼巡视考场，每上一个台阶都觉疼痛难忍，但还是一直坚持。等到把三座楼的三十多个考场全巡视完，最后下楼时，实在支撑不住，摔倒在楼梯上。

校团委书记闻讯，赶忙把我送到离校不远的部队医院。医院肛肠科主任是一位学生家长，给我检查后，说我的病很严重，药物无法根治，必须手术。原先我怕手术有副作用，留下后遗症，一直没敢做。我向他询问手术的副作用时，他告诉我，现在的手术与以前完全不同，不是切割，而是结扎，所以不会留下任何后遗症。于是，我打消了顾虑，同意手术，校团委书记便帮我办了住院手续。

你下班后，听说我被送到了医院，心急火燎地跑了过来。我把情况向你讲了，你知道我老是疼痛难忍，也认为不能再拖，手术要能彻底根治就好了。但还是担心我，生怕手术有什么纰漏。我告诉你主刀大夫是科主任，又是学生家长，不会有事的。你叮嘱我一定要在医院多住些时日，等彻底养好了再出院。

而我最担心的则是家里。我住了院，家里就你一个大人，身体又不好，既要照料孩子上学，又要照顾我，还得上班，每天服装厂、家里、学校、医院几处跑，怎么能受得了？而且，我手术后还得养好长一段时间，要是把你累垮了，岂不是鼻子比脸都大了！你却说，顶多也就一个月，哪能就累垮了呢？

过了几天，我妹妹听说了，来城里看我，见你忙得不可开交，便主动提出留下来照顾我。我也真怕你累垮了，便同意让妹妹留下来。手术进行得很顺利，做得很好，一周后我便能下床，在医院住了十几天便出院了。

我的病经手术彻底根治，而且以后再未复发，便想到了你。你和我一样，痔疮也很厉害，发作起来疼痛难忍。我劝你也去做手术，但你总是说你的病还没发展到非做手术不可的地步，我也就没再坚持要你去做，你的痔疮病则不时发作，始终未得到根治。你对自己真是想的太少了，我对你的关爱真是太欠缺了，我真是愧对你啊……

(五十九)
异化的别墅梦

我和孩子们早就商量好，再去天山陵园，根据上次看过后形成的几点原则性意见，再有重点地认真详细考察一下，确定几个备选方案。下一步我就无须再去，交由大冬他们具体运作就行了。

因为大冬上午还在加班，我们约好，11点我和二冬从家里出发，先到大冬上班的公司售楼处转转，在他那儿吃了中午饭后，再一起坐地铁，去陵园。

上次来京，我们从未到过孩子们的公司，这次来以前咱们就说好一定要去孩子的公司看看他们工作的环境。可是今天，你却……

大冬公司的"售楼处"设在繁华的大望路万达广场。我们乘电梯上去一看，啊，这哪是我想象中的"售楼处"呀，其豪华程度真让人惊叹。大冬告诉我，来这里购买他们别墅的都是高端人士，所以公司有意把"售楼处"完全设计成高级咖啡厅的样子。

我们先休息了一会儿，喝了杯饮料后，售楼小姐引我们到模型前专门为我们作了讲解。看着眼前的别墅模型，我的眼眶不由得湿润了——当然，在售楼小姐面前我必须强忍着，不能让她看出我心底的悲伤。

一个多月前，大冬回来告诉我，公司划拨出20套别墅，他们可按八五折的优惠价购买，问我咱们用不用买。我说：

"要是此前，咱们肯定买，就是借债也要买，可是现在……"

"是啊……"

我们父子都哭了。你知道，我们这是伤心的哭，是悲痛的哭！往日的别墅梦今天已完全异化，我们现在没一点心思谈论买别墅的事，却不得不怀着悲痛的心情去看墓地。真真痛煞人耶！

吃了午饭，已经快下午一点，我们匆匆乘上地铁向天山陵园赶去，进行实地考察。我们选好棣棠园平台6和平台11的几座墓后，下到陵园办公接待室，准备先问一下价格，然后再做决定。接待室人员说，如果你们现在能确定的话，今天可以先预定了，至于具体价格可以再和陵园主任细谈。我和孩子们商量后，觉得如果不及早预定，怕到时咱选定的没了，便说现在确定也可以。

于是，我们又权衡了一下，最后确定平台11的55号墓。因为平台11的墓碑比平台6的更高大典雅，墓的数目相对少一些（平台6的120个，平台11的96个），且空的比较多，选择余地大。我们便选了一个位置适中、稍靠后排且紧靠一棵棣棠花树的。原先选的是树左面的54号，考虑正和你的享寿吻合，但54号已有人预定，便选定右面的55号，这个号纯为单数，较吉利，又好记。但平台11的比平台6的价格要高一些。

"高就高一些吧……心里也…"我也不知道这话是对孩子们说的，还是对你说的，抑或是对我自己说的，反正我已经哽咽得无法再说下去了……

（六十）

调动难，难于上青天

1983 年机构改革，新班子完全由校长一人组阁，原先的校级和中层领导有的高升，有的退居二线，几乎全部离开。我本来也想调走，但由于种种原因，未能如愿，好像一下子被甩到一座孤岛上，一种失群孤雁的落寞感袭扰着我。

我本想把教导副主任辞了：虽说这个副主任也不算什么官，但毕竟和领导打交道比较多，容易发生一些摩擦，还是无官一身轻，一心一意当个好教师算了。但新校长一进校，你就提出辞职，人家会怎么想？学校的老师们又会如何看？我犹豫再三，还是没直接提出来。

这时，新校长来找我了，直截了当地说：

"你给我当教导主任吧。"

"我不是当官的料，你就让我当个普通教师吧。"我则顺势提出自己的想法。

"怎么，嫌官小？我知道，有的老师说你当副校长都绰绰有余，他们说的也许没错，可那是越级提拔，很难的。"

"不，我没那想法，我只是……"

"还'只是'什么，你不当，那就是给我难堪！"

"这……"

"不用推辞了，我不会亏待你的。"

"……"我无法再推，只好默许了。

既然答应下来，就绝无退路，我只有为提高教学质量竭尽全力。但我非常明白，这个差事不好当：出了成绩，是校长的功劳；出了问题，板子却首先打在教导主任身上。我深知，自己不是新校长圈内的人，对领导又从来不会蹓须拍马，所以心里总是忧心忡忡。

你则对我说：

"领导总是喜欢既有能力又肯实干的人，你初来这学校时，一个领导也不认识，结果每个领导还不是对你都挺好的吗？"

我也在尽力打劝着自己。但很快，便感觉到新校长与以前的领导在为人处事上有着很大的不同，工作越来越难做，处处掣肘，时时如履薄冰，神经较以前更紧张了。

好在功夫没有白费，第二年高考，达线人数又上了一个新台阶，首次突破100大关。地委决定在大礼堂召开声势浩大的表彰会，为模范教师和先进工作者披红戴花。

经全校教职工民主评选，我毫无异议位列先进工作者之中，但在上报地区时却差点儿被刷了下去。事后，我才了解到，是校长要照顾他的一个亲信，想把我换下来，最后还是主管教学的副校长提出重奖高考有功的人，却把教导主任放在一边，实在说不过去，这才勉强放到了最末一等。

我对"模范"这东西向来并不看重，评上评不上也无所谓。但表彰名单是由全校教职工评选决定的，怎么能一个人想变就变呢？这让我的心境陷入一片迷茫，隐隐感到自己今后在学校的处境将十分艰难。但此时的我，除了沉默，又能如何？

随着年龄的增大，你的身体越来越虚弱，缝纫工作对你越来越不适合，我开始想方设法把你调到一中来，换个轻松一点的工作。

但你所在的单位服装厂属集体所有，不是全民所有；你的身份是工人，不是干部。那时二者的区别犹如楚河汉界，要调动工作，这两道坎儿是很难跨过的。起先，我实在不好意思向领导开口。后来，因为学校有了当工人的教师家属调进来的先例，我才去找领导。谈说了几次，学校领导表面上答应，但又告诉我必须征得地区教育局同意。我只好去找地区教育局长，局长说集体工不归教育局管，让我还是回去找学校领导。我又返回来找学校领导，学校领导说教育局不管，那他们也没办法。就这样，上上下下往返了几次，却又回到了原点。这时我才明白：原来他们是在踢皮球！

可为了你，我只能打掉门牙往肚里咽，没办法，只好找在地委、行署以至省教委工作的同学和朋友，请他们给局长说说，看能不能通融通融。结果，说倒是说了，但事情还是无法办成。真是调动难，难于上青天啊！

我知道，根子还在学校领导身上。为了你，只能再三番五次地找他们。最后，找的他们都有些烦了，觉得这事前面已有了先例，不办实在说不下去，才总算勉强同意调进校办工厂，但又告诉我大部分的门槛还得自己想法跨越：

第一步，给地区教育局说学校只是同意调到校办工厂，并不通过局里办手续，请局里不要阻拦追究。应该说这一点难度不是很大，因为这不仅符合局长关于集体工不归他们管的意见，而且我的同学朋友已经找过他，与他无关的事他只要不追究，便等于是做了顺水人情。但我还是怕有麻烦，备了比较重的礼品，心里忐忑不安地去找局长。这次态度还不错，不仅我一说便爽快地答应，而且事后还把我送的礼品退了回来。

第二步，和服装厂及其主管部门二轻局说好同意调出。这事也应该比较好办，因为有人调出，空下名额，二轻局领导和服装厂厂长正好能安排自己亲近的人。但我还是不敢大意，为此又专门找了人，还不得已送了礼。

第三步，才是具体办手续。先由学校作为集体所有制校办工厂的主管单位向集体所有制的服装厂的主管部门二轻局发函表示同意接收，然后由集体所有制的服装厂把工作关系开回二轻局，再由二轻局把关系转到也属于集体所有制的学校校办工厂。

人总算是调进来了，但却进不了学校编制，学校发的福利、补贴等，统统没你的份。说是调到校办工厂，但所谓的校办工厂早已名存实亡。校办工厂停办后原来的人员都到了学校临街门市的小卖部，你也只能到那里，由缝纫工变成了售货员。

当时我总想着，不管如何，你上班比以前近了，工作也稍稍轻松了些，我们还是该高兴才对。学校总比工厂强，你进了学校，以后总会一步比一步好的……

真不知道，我费了九牛二虎之力把你调过来，对你究竟是福是祸？我在学校的处境越来越艰难，你到了一中，下一步会是什么样子呢？

（六十一）

我真担心会熬不过这一关

　　晚饭后，妹妹和二冬在起居室看电视，但我却没一点心思，到卧室躺下了。我怕又控制不了自己，随手拿起旁边桌子上的念珠闭眼默默地数着数，但眼泪还是控制不住，只好任其放肆地涌流……

　　二冬见我不在起居室看电视，不放心，到卧室来看，见我躺着，问我怎么了，我说不怎么。他可能是发现我在流泪，没说什么，便靠在我身旁陪我躺下了。

　　父子俩低声叙谈着：

　　今天有新消息，限价房有望在五月份开始接受申请，我们该早做准备；墓地的事快定下来了，刻碑、安葬的事宜也该考虑了；我以前给你买的玉手镯、二冬给你买的珍珠项链等都还在家里，得在安葬前取来，一并放进墓穴里；家里还有什么需要安顿的，哪些东西还需要赶紧带来……

　　二冬在刻意地抚慰我，让我一定要想开，要往好处想，要常到外面转转，注意保重身体……

　　我又何尝不想如此呢？为此：

　　我极力地侍弄室内的花卉，经常为之喷水、剪枝。噢，对了，我忘了告诉你，那次我随意提起，去年春夏，你我转了好几次花市，想给他们买一盆君子兰，结果不是品种不好，就是价格太贵，始终未能如愿。大冬他们为我养花，特意从莱太花卉市场买回一盆正在开花的硕大的君子兰，好看极了！还有，我们这次从家里带来的吊兰和嫁接的蟹爪兰也都成活了。室内的所有花卉在我的照料下，棵棵都长得分外茂盛……可你却……

　　我也曾六点钟就早早起来，和二冬一起出去，看着他上了公交车后，我沿

街疾走，穿过小树林，过了四环桥，又沿朝阳公园墙边小路一直走到东门口才往回返。不停地走了近两个小时，直走得腰酸背疼，腿软身麻，眼冒金星……只要心痛与悲伤能稍许减轻，身上再痛也便值得……

但实践证明，这一切并未能丝毫减轻我失去你的心痛和悲伤。随着你离开"百日纪念日"的临近，我的这种心痛和悲伤更是与日俱增。即使一个小小的触点，也会引发我的剧烈心痛，甚至嚎啕大哭。三个多月的实际体验让我越来越失去信心，我真担心自己会熬不过这一关。我知道给孩子们讲这些，会让他们为我担心，影响他们的工作和生活，但你的突然离去让我痛感生命的极度脆弱，我对死已无多少畏惧，如能突然离开也是一种彻底的解脱。但此前必须让孩子们逐渐明白这一点……

十点多了，我觉得太累了，眼睛都似乎睁不开了，神志昏昏地脱了衣服，睡了……

也许是太伤感了，从来没有在 11 点前睡过觉的二冬今晚破例地在 10 点半的时候便和我一起熄灯睡觉了。

一觉醒来，看了看表，三点二十六分。

今夜再无眠……

（六十二）

直道途穷

获得地区授予的"模范校长"称号的新校长一心想成为省级模范校长。但省级模范校长有一个过硬条件——必须要有一篇获奖论文。

快到期末的时候，他主动找到我，和我谈心：

"上次评模的事，让你受委屈了，你千万不要挂在心上，我是想咱们当领导的应该姿态高点儿，这对你以后的升迁有好处。"

"没什么，都过去了。"

"现在有个机会，正好可以弥补一下。"

"没那个必要。"

"不，很有必要，你是搞教学管理的，是不是模范不要紧，但这东西可不能没有，它对于你的升迁是至关重要的。"

"我听不懂你在说什么。"

"是这样，地区教育学会要评选优秀论文了，你可以写一篇有关学校科学管理方面的论文，署上咱们两个人的名，报到地区，一定可以获奖。"

"不瞒你说，这几年在教育教学科学管理上我倒是有些心得，也想总结总结，可是，我写的，署你的名，这不大合适吧。"

"这有什么不合适的？校长和教导主任联名写学校管理方面的论文，天经地义呀！"

"那……我先试试？"

"你就赶紧开始吧，时间已经很紧了。"

"好吧。"

我连续加了十几个夜班，暑假前便写了出来，题名为《中学管理若干问题初探》。因为是校长交代的，署名时自然便把他的大名写在前面。经他看过

后，便报到地区教育学会。不久，这篇论文便获得了地区一等奖。

到年底，省级模范校长的证书终于发了下来。印发的《模范校长论文集》中《中学管理若干问题初探》一文赫然在目，而且是校长的单独署名。

大校长写了大文章，还专门出了书，职工们不知就里，到处宣扬，夸他们的校长就是有本事。但教师们却议论纷纷，有的人还把书上那篇论文在我面前展开，专门让我看。开始我也没觉得什么，但后来却越想越有一种被人玩弄的感觉。

但我没有对任何人讲，而是默默地又精心构思写出了一篇《关于重点中学办学模式的思考》的长篇论文，在暑假前自费打印后，悄悄报送到地区教育学会。

这篇论文在地区引起强烈反响。不仅被评成特等奖，而且以地区教育学会的名义推荐到省教育学会。省教育学会的专家对这篇论文给予高度评价，一致投票评此文为一等奖，并决定以省教育学会的名义报送中国教育学会。一级一级的大红证书发到了我的手中。我也被邀请参加了全省以至全国的教育学会和教育管理研究会等学术年会，在会上宣读了自己的这篇论文。

我的那口闷气终于出了。我的这一着也许真的击中了校长的"七寸"，他恼羞成怒，也在预料之中：

按学校规定，获得省级以上论文奖的教师要给予重奖，但对我，却不是重奖，而是重"罚"。我的教导主任职务被完全架空了。这反倒让我腾出大量的精力，我的论文频频获奖，各种与教育有关的报章杂志上经常出现我的名字。我被推选为省教育管理研究会理事，这虽纯粹是个荣誉性的职务，但却是校长梦寐以求而无法得到的。

他更加老羞成怒，对我的各种打击报复接踵而至。一次，省教育学会会长来校考察，在学校中层以上干部和教师代表参加的座谈会上竟没有看到我，甚感意外，问我因何未来，校长谎称我有急事出去了。会后，会长点名要见我，这下校长没辙了，只好派人把我叫去。在校长办公室，会长当着众人的面说：

"你对高中教育可是有不少真知灼见啊，以后要多给校长参谋参谋……你们学校领导也要多听听他的意见。"

在会长面前校长自然谦恭答应，但等会长一走，立即露出庐山真面目。有人告诉我，事后校长曾恶狠狠地说：

"他别以为弄出一篇论文来，获得了国家大奖，就压过了我。不要忘了，县官不如现管，漫不说一个省教育学会会长，只是个退了休的教育厅长，就是现任教育厅长，也保护不了他。在一中这一亩三分地儿，我是校长，他是下

属，就算他是孙悟空，也跳不出如来佛的手掌心！"

我想起了鲁迅先生的两句诗："世味秋荼苦，人间直道穷。"既选择了宁折不弯，即便途穷终生，亦将九死其犹未悔，对此我是有心理准备的。听到此话后，我淡然一笑，但嘴里——不，心里——还是深深地咀嚼到了世间秋荼的咸涩苦味……

（六十三）

殃及池鱼

由于我在教育教学管理研究方面的突出成绩，也由于我在学校的艰难处境，地区教育局把我调到新成立的教育督导室工作。

我离开了，我与校长的矛盾理所当然也该结束了。你只不过是学校最底层的一名普通工作人员，对校长的权威不构成任何威胁，在我与校长的矛盾中也从未帮我做过任何事，此前也从未单独与他发生过任何冲突，依照一般的逻辑，他应该不会对你怎么样的。

但让我万万没有想到的是：我的离开，却给你带来无穷的灾难。我离开后，他伙同他组阁的那个分管后勤的副校长把对我的私愤与不满疯狂倾泻报复到你一个柔弱女人身上。你完完全全是被无缘无故殃及的池鱼啊！

学校迁到了新校址，临街的门市没了，你售货员的工作也没了。原先和你在一起的，有的去了总务处，有的去了伙管室，都是后勤上比较轻松的岗位，而你却起先无着落，后来学校新办幼儿园，其他工作人员都是临时工，只把你一个正式工安排进去。你身体不好，不能长时间走动，但在这里，整日不能坐一下；你怕嘈杂，但在这里耳朵根儿时常充满幼儿的嘈杂声；这里，没有星期日，没有节假日……由于太过劳累，你的身体状况急剧下降。

身体的折磨尚在其次，心灵的折磨更让你无法忍受。学校实行教职工上下班签到制度，你们幼儿园大都是临时工，又是倒班制，别人都无须签到，可那位副校长说你是正式工，必须和后勤上其他正式工一样签到，而且要求必须到他的办公室去签。这显然是在有意报复，但你却不得不服从。签到就签到吧，反正你每天按时上下班，也不怕签到，可又为什么非要到他的办公室签到呢？你真是不想看他那张叫驴脸哪！可又不能不去，每次去签到对你都是一场折

磨。你不去，他要骂："为什么不签到，不签到就扣你工资！"；你去了，他还会骂："你长得又不惜人，老在我眼前晃什么！"这不明显是欺负人吗？

对你欺负还不算，还要延伸到我们的孩子身上。你曾经气愤地告诉我，大冬上了高中以后，一次，你下班回家，已经走出校门很远了，作为校长的他还从后头赶上来，故意气你说："别指望了，你的孩子一辈子也考不上大学！"

大冬上高中后为放学回家时带你，想把自行车放进教职工车棚，以便放学后好取，其他教职工的子女也都是如此。但他们却专门指示传达室的人不准孩子放，当大冬说是本校教职工子弟时，传达室的人故意问："你是校长还是副校长的子弟？"

这些，让你和孩子备受侮辱和欺凌。记得我当时给孩子讲了韩信"胯下之辱"的故事，对他们说：

"你们一定要为你妈争气呀！他说你们一辈子考不上大学，你们就考个好大学让他看看！"

一中迁到新校址，原校的一切建筑设施包括家属宿舍楼都划归六中，行署决定由地区财政直接拨款在新校内为教职工建四栋家属宿舍楼，全体教职工甚至合同工、临时工均有资格分房。你是学校正式职工，当然应在此列。按照学校拟定的分房方案，你的工龄在职工中算比较长的，应该能分到一套面积比较大的房子。但因你有病，爬四楼越来越觉吃力，对这次分房我们想的是哪怕面积小点儿，但楼层最好低点。而人家多数人则主要看重面积，楼层低还嫌视野不开阔光照不好而不想要呢。所以，这个想法，只要提出来，肯定会满足的。

这本是合情合理的事情，但万万没有想到，不用说满足我们这点可怜的要求了，就连分房的资格也被校长莫名其妙地取消了。我们去问为什么，借口是我们在这面有宿舍。可我们这面的宿舍不是也和其他教职工的一样一起转给六中了吗？更何况包括他那个管后勤的副校长在内的不少人都在其他单位另有宿舍，为什么其他人都能分，偏偏就卡住你呢？这不明显又是借机刁难吗？

但人在屋檐下，不得不低头，开始时我们强忍着气愤，几次三番的找领导，低声下气地求人家。但你越这样，他好像认为你是怕他，越不把你当回事儿。到后来，我们便不得不与他据理力争，说得他无言以对。而他竟然完全不讲理了，公然说："我就是不给你分，看你能把我怎么样？"最后，我实在忍无可忍，便与他在办公室争论了起来，说话的嗓门也自然升高，引得全校教职工都跑过来围观。我真的出离愤怒了，以前的一切都涌上心头，便把我与他矛盾的前因后果以及你所受的池鱼之殃全都一股脑儿带着强烈的感情当着大家的面讲了出来。起先他还色厉内荏地强辩，后来也许是从围观教职工的神情中看

出形势对他不妙，便灰溜溜地离开。我则继续在室外向围观的人诉说着多年的积愤，侃侃而谈……

事后，有的教职工见了我，不无兴奋地说：

"真不愧是语文老师，你那真可谓是一次精彩的辩论和演讲，声情并茂，说出了大家多年来窝在心里不敢说的话，替大家出了气了。那天，你莫非是有备而来，事前就想好要和他干一战啊？"

"什么有备而来呀？那天，我真的是气急了，忍无可忍啊！"

是啊，那次是出了我们多年来的一口怨气和闷气，但胳膊终久还是拧不过大腿，我们分房的愿望也因此彻底告吹了。

由于身心不断地受到双重折磨，你的病情越来越重。到北京大医院做手术的事，不能不提到我们的议事日程上了。

(六十四)

你离开我已经整整一百天了

你离开我已经整整一百天了。

一百天了，你为什么连一次也不在我的梦中出现呢？你到底跑到哪儿去了？难道你真的把我全忘了？你对我的一切真的不再关心了吗？你可知道，我这一百天是怎么过来的吗？

一百天来，我无时无刻不在想着你，日日心油洗面，夜夜辗转无眠。茕茕孑立，叨叨戚戚，咀嚼孤独，吞咽悲伤，满口满腹，酸辣苦咸。寒冬腊月，满目愁云惨雾，朔风紧，飒飒心田。冬去春来，花溅泪，槁木泣对雨燕……

今天，我和孩子们五点多便起来了，默默地为你准备着一切：墓地的事基本定下来了，这可能是我们最后一次到殡仪馆祭奠，该把家里保存的祭品拿去焚化；"百日"是大祭，我们为你准备的祭品特别丰盛，两束黄白菊花娇艳欲滴，时鲜珍果、菜肴点心、香烛纸钱应有尽有……

七点多，我们和你在怀思室"相见"了。孩子们为你上香，摆供，行跪拜礼。佛乐声中，香烟袅袅，你看着我们，我们看着你。我啜泣地告诉你，你很快就会有新的家，可以回归大自然了，天山陵园山环水绕，松柏苍翠，花香鸟语，墓边还有一棵葱绿的棣棠花树，你一定很喜欢……

妹妹流着泪告诉你，过了五一，她就要回去了，这是临走前最后一次来看你。她本想留下来参加你的葬礼，但离端午还有一个多月，家里有很多事等着她回去处理，她实在不能再住下去了，你的墓地她也和我们一起看过，很满意，她也就放心了……

时间到了，我们得离开了……因为端午节你要从这里正式移灵到新的家，我们这次还得把移灵过程中的一切程序和礼节都询问清楚，好早做准备……

珊瑚梦

　　以前几个祭祀的日子，也许因为在怀思室对着龙凤盒，看着你的遗容，放声大哭一阵，多日积聚的悲痛可以得到一次释放，所以返回家后心情似乎会稍稍好一点。不知为何，今天虽然多日积聚的悲痛同样得到一次大的释放，但心里却好像更感觉堵得慌，回来一躺到床上，便又无法控制地嚎啕大哭起来。

　　我想起了母亲突然离开我后的那个"百日"：

　　那时我已返校上班，无法亲自到母亲坟前祭奠，白天又忙于上课，不能多想其它，等到了晚上，家里只有你和我的时候，我实在无法控制自己，趴在床上大哭起来。你在我身边百般抚慰，后来竟和我一起哭了起来，动情地说：

　　"看到你哭得这么伤心，我真是心疼！"

　　我和你谈起你不在我身边的那段悲伤的日子，打开《哭母集》，提起笔来，写下那首《祭母诗》：

　　　　慈母仙逝百日中，
　　　　父子三人半死生。
　　　　梦中依依几多情，
　　　　室内空空少一人。
　　　　泪湿锦被夜难明，
　　　　长眠南莹永不醒。
　　　　遥望坟头草青青，
　　　　飞泪化作杜鹃红。

　　还专门在诗后作注："慈母仙逝一周后，父亲即病倒，神志恍惚，便溺不能自理，母亲出殡之日正是父亲病危之时。悲中加悲，愁上加愁，兄妹二人，如何承受？父亲病二十余天渐愈，然母亲'五七'之后，我与妹妹又双双同时病倒，卧床不起。老父一人护理奔波，劳神担忧，大病初愈之人如何经得起？母亲仙逝，我父子三人亦小死一遭矣！"

　　你则一直趴在跟前看着我写，临了，又不住地翻着看，当看到《祭母文》中我写到"慈母生我时，卧土铺冰；慈母育我时，推燥居湿；慈母爱我时，心无旁顾；慈母亲我时，刻骨剐肉"的话时，深情地对我说：

　　"你母亲不在了，但还有我啊，我虽不能像你母亲一样生你育你，卧土铺冰，推燥居湿；但我完全可以像你母亲一样心无旁顾地爱你，刻骨剐肉地亲你。"

　　你的这句话，让我感到莫大的欣慰，心情渐渐平静下来。三十多年来，你身体力行，对我的爱完完全全做到了心无旁顾，你对我的亲非但不折不扣地做到了刻骨剐肉，甚至到了舍生忘死的地步。我则对你的话刻骨铭心，没齿难忘。今天，你离开我也已百日，我们父子三人又同样地"小死一遭"，此时此刻，我又想起了你的话，怎能不让我悲上加悲，痛上加痛呢？

这两个"百日"，是我一生中最悲痛的两个"一百天"。在那个"百日"里，我跟前有你，你劝我说："父母总不能跟我们一辈子"。是啊，父母是不能跟我们一辈子；可配偶呢？夫妻是该白头偕老，齐年尽老的呀！你怎么能在眨眼之间就匆匆离开我呢？父母之后有你一辈子陪伴着我，像母亲一样，爱我时心无旁顾，亲我时刻骨剐肉；可你之后，还能有人一辈子陪伴着我，像你一样，爱我时心无旁顾，亲我时刻骨剐肉吗？

（六十五）

第一次北京之旅

1989 年春，我调到地区教育局督导室工作，9 月份开始在北师大教育管理学院参加督导培训三个月。

这次赴京，我有一个重要的想法，就是想利用这次在京时间比较长的机会，找我的同学详细咨询一下关于你先心病手术的事。

他和我是同村老乡，又是从小学到高中一直在一起的同学。高中毕业后考上医科大学，毕业后一直在东北工作，听说前两年调回北京，在中日友好医院工作。但两人自高中毕业后再未见过面。

那天没课，培训班安排个人自习，我便专程去找他。虽多年未见，但还是一眼便都认出了对方。老同学久别重逢，都特别高兴，谈的话题自然很多。渐渐谈到了各自的家庭，我便向他谈了你的病情，询问他该不该动手术。他的回答非常坚定：治疗先天性心脏病，药物根本不起作用，手术是唯一的选择，而且越早越好。而要动手术，最好就到他们医院，他们医院的设备是最好的，医院里有他，保证能请到最好的专家，其它什么事都好办。我非常感谢他肯帮忙，但心脏手术是大手术，我还是非常担心，怕有万一。他给我解释说，在先心病中，房间隔缺损不是太严重太疑难的，一般不会有问题，当然不能说没有丝毫风险，要我赶快拿主意。一拿定主意就通知他，他立即联系，事先把一切都安排好，一来就住院，尽早实施手术。我又向他详细询问了住院时间、医疗费用、术后康复等有关问题，告诉他等培训一完，我就回去和家里商量，决定了何时来京动手术后，就和他联系。他满口答应，并一再嘱咐我要尽快决定，千万不能耽搁。

这次赴京，我还有一个重要的想法，就是你还从未去过北京，这是一个难得的机会，我一定要带你去北京游玩几天。我们联系好，让妹妹去咱家照看孩子们，10 月份你到北京我带你游玩一周。

那是一个非常的年份，当时天安门广场还在戒严，我安顿你动身前一定要从教育局开上证明，这样我们才能进入广场。还记得吗？那天，我们一早便从北师大出发，早早来到广场前，但前面不让进，有证明的也只能从后面正阳门那里进入。好在我来过几次，那里的路还比较熟，我们绕了一个大圈，经过几次检查，才进入广场。由于卡得严，广场内人很少，完全没有以往人流如织、熙熙攘攘的景象。不过总算还有一家照相的，我们才留下了那张珍贵的合影。

我原本计划从广场出来就带你去故宫，但由于前头耽搁了时间，转完广场，太阳已经偏西，故宫肯定看不完，只能改日再专门去了。于是，我便带你去了中山公园、劳动人民文化宫和北海公园。从北海公园出来，天已经黑下来了，我们只好准备乘车回去。

这时正赶上晚高峰，几趟车都没能挤上去。没办法，我只好先在后头用劲儿把你一个人扶上去，然后我再上。谁料正在这时眼镜被挤掉了，我大叫着：

"我眼镜掉了，得下去找，你先回去吧，记得，北师大下车！北师大下车！"可车子已经开动了，你根本没听见。

我下了车，眼镜是找着了，但镜片已被踩得粉碎。镜片碎了，还可以重换，让我最担心的是你第一次到北京，千万别坐过了车，下错了站。要是那样，这么大个北京，我可到哪儿去找你呀？

我急得团团转，赶紧挤上下一辆车。跑回宿舍一看，你已在床上坐着，提到嗓子眼的心这才放了下来。

经过这次教训，以后我们只好早早就准备返程，便再没发生两人不能同时上车的事。

那次虽然只有短短一周，有时我还有重要课无法请假带你出去，但还是带你游了不少地方，不仅最有名的天安门广场、故宫、颐和园等都转过，而且上次和你絮语时已经提到连新修成的大观园都游过了。你回的那天，我把你送上火车，你高兴地对我说：

"这辈子跟了你，还上北京游玩了一次，也算有福了！"

（六十六）

这群鱼里有你吗？

今天，大冬要去廊坊集团公司，五点多就走了；二冬则每天6点50分从家动身。我呢，四点多就醒了，再也睡不着，也便早早起来了。

孩子们老劝我早上出去转转，我呢，怕去小区，看花溅泪，睹木伤心，总是推推托托。我在起居室里踱步，寻思着：要不，今天试着出去一次？

我和二冬相伴从北边大门出去，目送他上了车，待车开动后，我慢慢顺马路往南走。你仿佛还在我身旁，我怕你跟不上，走得出奇的慢——我现在也和你一样，紧走几步，就气喘吁吁。

我去小树林转了一圈，到四环边时，便觉腰酸腿困，本想过桥那面再转转，也只得作罢。我在马路边的水泥台阶上歇了一会儿，然后从原路返回。到小区南边大门口时，看了看表，竟快九点了。就这么转了一小圈，竟用了两个钟头！

小区正对大门的广场就在咱们住的楼旁，可谓近在咫尺，但我却好多天没踏过它一步了。变化真大呀！广场中央已布置好一个花坛，五颜六色的鲜花正迎着朝阳灿烂地开放，正对广场的小湖泊周边葱绿一片，花团锦簇，连湖中的木桥两边都摆满了一盆一盆的鲜花，湖里已放满了水，朵朵莲花在湖中怒放（也许是人工做的吧，节令尚在春末，莲花怎么会开呢？），一群色泽鲜艳的红色金鱼在水中自由地摇头摆尾，游来游去……

噢，明天就是五一节了，整个北京奥运的气氛越来越浓，今年不比往年啊！小湖泊周边是整个小区的精华所在，是你我最喜欢的地方，这里，留下我们多少美好的记忆啊！今天，如果你还在……我们一定会……

我的眼前模糊了。水光潋滟中，我恍惚像来到大海边，目不转睛地看着海底一群自由遨游、色泽鲜艳的金鱼，竭力想找出那条曾不分昼夜用舌头舔吻我身上伤口、以一颗温柔善良的心抚平我心灵创伤、几十年来与我同游同憩相濡以沫的珊瑚鱼⋯⋯

那是你吗？这群鱼里有你吗？

"那条就是你！是你，一定是你！"我几乎喊出了声，我几乎跳进了水，我好像升空了，又好像沉底了⋯⋯

"怎么可能呢？"我又不得不回到现实中来。我们的事，天庭知道了，你早在100多天前就被无情地从海底掳走，至今杳无音讯；而我则被逐出海底，曝晒于烈日之下，不仅眼圈里的泪水，就连心底的脂油都快被烤干了⋯⋯

（六十七）

历时三年方决断

和我的同学谈叙时，我恨不得马上就带你去北京动手术，但到真要决策的时候，还是犹豫不决，难下决断。所以，当你来到北京，我带你游玩时，怕这事儿影响你的心情，便没有把找我同学的事告诉你。

新年时，我培训完回到家，才把与我同学叙谈的情况对你详细讲了，问你有什么想法。你问我：

"手术有危险吗？做了手术真的能像正常人一样吗？"

我告诉你：

"我同学说，医院有他，可以请最好的专家，手术没太大风险，像你这种病，做了手术，就和正常人一样了。"

你急着问：

"那得多少钱呀？"

"这我也打问过，大概也就两三万吧。"

"要那么多呀！"

"只要能治好你的病，花多少也值得！再说，你现在有公费医疗，大部分是能报销的。"

"噢……既然是这样，那……我听你的。"

你眼圈湿润了。

我又和你父母和弟妹们讲了此事，征求他们的意见。他们也同意了……

我又找了当医生的同学，请他从医生的角度考虑。他也主张做……

我又通过在省城工作的同学带你专程去省城的大医院做了检查……

我们终于决定去北京大医院做手术了。

我与我的同学联系，请他在中日医院做好准备。

这里，我向局长请假，同时请求借款。局长当即答应，并亲自指示局里借给一万，并让副局长给学校校长打电话，让学校也借款给一万。但学校那二位却以为这正是报复我们的机会，推三阻四就是不答应。副局长没办法，只好说：

"你们不听我的，可以，但我告诉你们，这可是局长亲自交代的，你们要不听，那可就是不给局长面子，你们看得办吧。"那二位听了，才勉强答应。

我又通过我的同学和他在专医院工作的姐姐联系好手术报销的问题。

请你妈来家照看大冬和二冬，与你的弟妹们说好，需要时请他们去帮忙照料。

为了能让你旅途舒服些，我又专门找了当时任地委政法委书记的我的校友，请他帮忙买下两张卧铺票。

一切准备就绪，我带着你终于在1992年9月动手术最适宜的秋季乘上了开往北京的列车。那时，我们有着多么美好的憧憬啊！

（六十八）

希望之巅，绝望之渊

1992 年 9 月 21 日，列车在北京站停了下来，我们乘公交车直奔中日医院。我的同学立即带我们去见心外科主任。

我把那些年在家乡医院检查的病历拿了出来，递给主任：

"像我爱人这种病，做手术把握大吗？"

"如果确诊的话，手术没问题；先住院，进行一下常规检查。"

"好。"

主任简单询问了一些基本情况，便让我们去办住院手续。手续很快办好，你便住进住院部 12 层的心外科病房。哇，好高级啊！一间病房只住两个人，室内生活、医疗设备齐全，能直接吸氧，还有卫生间。

三天后，检查结果出来了。主任把我单独叫到他的办公室。

"你们那里原先的诊断是错的，你爱人的病不是房间隔缺损，只是导管未闭，这种病不用在心脏上开刀，只要导管封堵就行。"

"真的？那太好了。"

"可是，你们已经误过最佳时机，现在已经并发肺高压，这就麻烦了。"

"那该怎么办？"

"得做一下全面检查，等检查结果出来后才能定。"

"噢，是这样，那就检查吧。"

"为了更准确地诊断病情，最好做一下心导管检查，这项检查，费用很高，还有一定风险，你看，是做还是不做？"

"钱倒不是问题，只是……风险有多大？"

"一般不会有问题，只是导管要通过心脏，为慎重起见，还是先给家属说清楚，医院规定，检查前需要家属签字。"

"如果是这样，那就做吧，我签字。"

"好，那我立即安排检查。"

"全靠您了。"

"你们是所长介绍的，还客气什么。"

10 月 7 日你被推进了检查室，我忐忑不安地在门外等着。

两天后，我又被单独叫到主任办公室。主任神色凝重地坐在桌旁等着。

"怎么样？"我的心咚咚地就要跳出胸膛。

"你先坐下。"

"噢。"

"是这样。你爱人的病比我们想得要严重得多！"

"怎么会这样？你快告诉我，到底严重到啥程度？"

主任指着你的病历说："经各项检查，诊断为：动脉导管未闭、双向分流（右向左分流为主）、肺动脉高压（肺主动脉压力为 150/80，正常为 30）（肺阻力 $=100/1 \cdot 5 \times 80 = 5333$ 达因·秒·厘米 -5）艾森曼综合症。肺功能检查诊断为：小气道通气障碍，RV/TLC 增高。因有肺动脉高压，不宜手术。"主任一项一项地说着，并随时强调其严重性：

"你看，肺动脉压一般是 30，而她的是 150，比主动脉压都高很多，是正常人的 5 倍呀！"

"肺高压？！这究竟是一种什么样的病啊？怎么以前从来没听人说过呢？"

"噢，是这样……"主任开始给我比较详细地讲起来：

肺动脉高压是一种肺血循环系统的高血压病，一种随时会引发心脏衰竭的血栓，没人说得清中国一共有多少肺高压病患者，因为国内很多医院和医生根本不知道还有这种病，致使大部分患者被误诊，据专家推测，国内目前每年新增病例应在 2500 至 5000 人之间。肺高压是目前世界上已确认的 5000 多种罕见病（世界卫生组织将"罕见病"定义为患病人数占总人口比例在千分之一以下的疾病，约占人类疾病的 10%）之一。

肺动脉高压的定义是平均肺动脉压在休息时较正常值高 25mm Hg 或在运动时较正常值高 30mmHg。肺高压分为原发性或次发性。次发性肺高压的发现常与已知的疾病有相关，如实质性肺部疾病、胶原性血管疾病及和左侧腔室或与瓣膜有关的心脏病。而原发性的肺高压，换句话说就是原因不明。原发性肺动脉高压（PPH）的发生率每年约为百万分之一至二，好发在 30 – 40 岁女性和成人，平均被诊断出肺动脉高压的年龄约 36 岁。如果不治疗，PPH 病患平均存活年数约为 2.8 年。

肺动脉高压最初最常见的临床表征有呼吸困难，最常出现在用力或运动时。全身疲倦同样也是常见的临床表征。其它较少呈现的症状反映出右心衰竭或是右心室缺血，可能的症状还包括胸痛、心悸、晕厥或近乎晕厥症状、水肿与末梢发绀。常见的心脏检查发现右心室肥大及右心瓣膜闭锁不全，可能的症状有右心室跳动明显、三尖瓣逆流杂音及在左胸骨附近可以听见第三及第四心音。

……

"那……我爱人的病是属于原发性，还是次发性？"

"这个，单靠现在的检查还无法确定，她是有先天性的导管未闭，有可能引起次发性肺高压，但一般不会有这么高，从她自小就犯过病等方面分析，原发性的可能比较大。从治疗角度讲，现在区分原发或是次发意义已经不大，关键是看严重到什么程度。"

"那……那，肺高压有什么办法降下来？"

"坦率地讲，现在还没有任何有效的办法，只有换肺，但这项技术目前还很不成熟，国内也从未做过……"

"那怎么办？难道就……"

"只能回家养着了，可以做一些保守治疗，有条件的话，买个供氧器，天天吸氧。"

"再发展，会怎样？"

"如果保养得好，也许还能多存活几年，恐怕到 45 岁以后就……最常导致肺动脉高压病人死亡的原因是进行性的右心衰竭和猝死。"

"你说什么？"

"我也不想这么说，但我是搞医学研究的，得尊重科学，我只能向你表达歉意和同情……"

"我理解……我理解……那……请您不要向我爱人……"

"这行，我答应你。"

"唉，这个弯儿又该怎转呀！她本来是不想做手术的，一家人好不容易劝通了，现在却又……您看，能不能再住几天院，诊治诊治，缓冲缓冲……"

"我理解你的心情，这样吧，转到中医科再住一段儿，调理调理，你们何时准备出院了，给我说一声。"

"好，太感谢您了。"

"到 45 岁以后就……到 45 岁以后就……"我口里喃喃着，连自己也不知道是怎样走出主任的办公室的。

"医生怎么说？"回到病房，你急着问。

"噢，主任说……不能做手术，只有保守治疗了。"我强令自己清醒过来，装出轻松愉快的样子。

"保守治疗？"

"对……就是让中医诊治……"

"不是说，我这病中医治不了吗？"

"试试吧。"

"我就说不用手术，你们非要把我弄来，现在准备着挨一刀了，又不用做了，你说，咱这是闹什哩嘛！"

"我……"

"咱们这就回去！"

"那怎么行？我已经和主任说好了，转到这里的中医科去，让中医专家给看。"

"我不去！要看，就回咱那里找个老中医看。"

"你这病哪能回去呢？"

"你不是说我的病问题不大吗？"

"对……对……不大是不大，可……"

"你这是怎了？结结巴巴的。"

"不……不……我是说，到医院，就得听人家医生的，这可是主任安排的，咱们怎么能……"

"那不是白糟蹋钱吗？"

"怎么是白糟蹋钱呢？既然来了，总得好好治一回吧。"

"行，行，反正你总是有理，就听你的。"

"好，好，咱们这就转到那面去。"

好不容易把你安顿好，你静静地躺下，慢慢睡着了。

一弯残月斜挂在阴冷的夜空，十几层的住院部大楼伫立在医院中央，显得空旷而孤单。楼内，昏黄的灯光映照着苍白的四壁，宁静中透着寂寞与凄凉。

病房里，夜色如墨，愁云惨淡。我独坐窗前，用最大的力量克制着自己，压下心油燃起的阵阵火苗，想静下心来，什么也不再想，好好地歇一会儿。大脑停止了氧的供应，变成一片空白，心油隔绝了空气，明火渐渐熄灭了。但灰烬却仍在冒着浓烟，穿过五脏六腑，从五官七窍中钻了出来，烟熏火燎地让人更加难以忍受。

珊瑚梦

在那段时间里，最让你我无比激动而又无限伤感的莫过于等孩子的电话了。那时，我们家里还没安电话，不过我单位的办公室里安上了。动身前，我给孩子们留下我办公室的钥匙，嘱咐他们在我们走后第三天晚上八点去办公室等我的电话。他们俩早早就去了，我在电话里告诉他们：你已经顺利住院，待做完各项检查后就可动手术，同时告诉他们病房医护办的电话，约好以后每星期六晚上八点给我们打电话。他们听了，自然很高兴，每到星期六便兴冲冲地去打。可谁知人家医院规定不准外面的人给住院病人打电话，有了电话也不给叫。害得几次，我们和孩子都不知出了什么事，在两地急得团团转。后来才弄明白是这原因，我只好向人家医生护士求情，请人家有我电话时叫一声，但人家说这是规定，他们也不敢违犯，只勉强给叫了一次。没办法，以后我只好到星期六晚快八点时，专门到医护室门口等，听见电话铃响，就赶紧进去，是的话就接，不是的话，就退出来继续等。而你则更只能在病房里一个人默默地等了。苦苦等待时无限伤感，与千里之外的孩子通话时又无比激动，那种酸楚心痛而又甜蜜欣慰的复杂心情，只有你我心底明白。

尽管我们这次赴京就医是由希望之巅跌到绝望之渊的一次伤心之旅，但我毕竟带你到北京的大医院住了一个多月，在当时工作繁忙、孩子尚小，整天忙忙碌碌的时候，把其它一切都推开，专门陪你进京，在医院侍候了你三十多天。你一定还记得，你住院后，我找住处的事吧。我的同学告我说他可以帮忙联系，医院隔壁的旅社有认识的人，房费可以便宜一些，住得近也好照料你。我问最低得多少钱，他说四人一间，不会高于二十元吧。我一听，还是觉得太贵，问他附近可有再便宜的。他说那就只有到村里去找了，可村里条件太差了，简直没法住。我说咱又不是来享福的，早就做好吃苦的准备。他看我态度坚决，叹了口气，没再说什么。于是，我跑到几里之外，在一个与医院隔着一大片树林的村子里，找到一家小旅店，住到一个八人的房间，除一张床、一套被褥外无其它任何服务，每晚五元钱。

在你住院的一个多月时间里，我每天晚上都是在十点多安顿你睡下以后，才依依不舍地从医院出来，穿过那片黑魆魆的树林回到旅店。特别是自你确诊不能做手术后，我晚上常常彻夜难眠。但为了能让你在这里也能喝上咱家乡的特色小米稀饭，每天总是天不亮便起床，用我们事先带的小煤油炉煮好，带上匆匆赶到医院。一见面总要问你："晚上睡得好吗？"你则总是说："我这儿和家里一样，睡得挺好。倒是你住那儿，条件差，一准睡不好吧。"我说："我也和家里一样，睡得很好。"我永远不会忘记，每天傍晚我们在医院小花园里牵手漫步，观金鱼嬉戏，赏秋菊绽放，亭台并坐，促膝谈心，喁喁私语的情景，那种相互关心、相互体贴的温馨让我至今想起来仍宛若目前。

而此次，在你真的离我而去的时候，我却不用说一个月，就连在医院侍候你几天的机会都没有，甚至没能和你再说上一句话，真真痛煞人耶！

你一定还记得我同学请我们吃的那顿饭吧。当时我和他高中时的闫老师因患癌症也正通过他的关系在中日医院治疗，所以那天他同时请我们两家。我们和闫老师夫妇先后到了。闫老师夫人王老师也是我们的老师，和你我都很熟，席间我们自然谈到你和闫老师的病情，心情都很沉重。他安慰我们说，什么病也是三分治疗，七分保养，最重要的是要保持心情愉快。王老师特别讲到她带闫老师来京看病，专门带了照相机，那天两人相伴从王府井走到天安门广场，一路上边走边照，心情好，精神自然就好了。我便想到，反正你现在住在中医科病房只是早晚服一次汤药，整个白天都没什么治疗措施，你上次来京因为时间短好多地方没有游到，还不如乘这个机会我带你再好好在京城游一游吧。

于是，第二天，我便开始有计划地带你外出游玩。由于医院规定住院病人必须穿病号服，不能随便外出，顶多只能在医院门口走走。我们只好每天等出了医院大门后，你到一个僻静的地方赶紧把病号服脱下来，换上自家的衣服，然后匆匆离开，待下午回来走到大门口时再到僻静的地方把病号服换上。

你一总还记得吧，我们真是游了不少地方啊，除了八达岭长城，我怕你的身体吃不消没去游外，我当时想到的能去的、该去的有名的地方应该都去过了。这次游和上次游差不多都在十月份左右，但我们的心情却大不一样。

上次游，我想的是：这回游不了，以后还会来的；这次游，则想的是：这，也许是最后一次来游了。所以，上次，不能游，就算了吧；这次，则是不能去游，想尽办法也要去游。

希望之巅绝望渊，天昏昏兮地冥冥。牵手游遍京名胜，落英片片脉脉情……

（六十九）

鸳鸯之树寄哀思

这一段，每天清晨起来，我的第一件事便是给花喷水，只有这样心境才会平静一点。

今天立夏。我向窗外一瞅，小区已是一片葱绿，但我不敢再多看一眼，立即把视线转回到家里来。家里的花木同样是一片生机勃勃。我们这次来时带的吊兰，我把它们分栽进两个盆里，都已长出老长的枝条，枝头开着白色的小花；嫁接到仙人球上的蟹爪兰有一苗成活了，比原来长高了许多。可是，你却……我的眼睛又模糊了。

泪眼模糊中我的视线停留在那两盆去年过年时大冬从公司带回来的小榕树上。由于我们不在，他们弟兄俩顾不上剪枝，这两株小榕树一年疯长，虽然长得老高，但没有一点造型，今春我和二冬便根据网上下载的图片资料把它们的枝条全剪短了。以后我又根据它们各自的特点把枝条绑扎，让它们一棵向左长，一棵向右长。现在已长出一簇一簇的嫩枝细叶，煞是好看，特别是根部都形似人参，一棵显得高大，另一棵则比较矮壮，更是风韵独特，各有千秋，两棵榕树好像也比先前靠得近了……

我的脑海里突然浮现出你我相互依偎的情景，想起了那首流传千古的诗："孔雀东南飞，五里一徘徊。""东西植松柏，左右种梧桐。枝枝相覆盖，叶叶相交通。中有双飞鸟，自名为鸳鸯。仰头相向鸣，夜夜达五更。"……

于是，我在心底把这两棵榕树命名为"鸳鸯树"，以此寄托对你的无穷思念。我会用我全部的心血培育她们，让她们长得"枝枝相覆盖，叶叶相交通"，让象征你我的这一对"鸳鸯树"常绿常青，永远生机勃勃。让她们在我以后的岁月中时时刻刻陪伴着我。让我随时都可以看到她们，一看到她们就会想到你我相濡以沫、相互依偎的温馨情景……

（七十）

无人知晓那几年我是怎么过来的

1992 年 11 月，我们从北京回到家乡。

亲戚朋友问我，我只淡淡地回答：

"检查说有肺高压，不能做手术。"

但我内心深处却陷入深深的焦虑与惶恐。

医生的话时时在我耳边响起：

"肺动脉压一般是 30，而她的是 150，比主动脉压都高很多，是正常人的 5 倍呀！"

"平均被诊断出肺高压的年龄约 36 岁，如果不治疗，平均存活年数仅为 2.8 年。"

"如果保养得好，也许还能多存活几年，但恐怕到 45 岁以后就……"

"你还不到 40，莫非再……就……"我的脑子都快爆裂了。

多少次，我设想你病情以后发展会是什么情形：你可能气喘得不能走路，得坐轮椅；你可能连床也下不了，得长年卧床……这些我都不怕，我已经做好了思想准备，侍候你一辈子……只要你在我身边，我们的心仍跳在一起，让我做什么都可以……

多少次，我从噩梦中惊醒：梦见你突然在我面前……甚至，当我不在你跟前的时候，突然……每当此时，我总会惊出一身冷汗，赶紧拉着灯，见你睡得正香，这才放下心来，目不转睛地看着你：

"你好好的，怎么会……"

我反反复复地问自己：

"会不会是医院检查错了呢？"

我心里祷告着，盼望有奇迹出现。

有时候，你醒了，看着我的样子，诧异地问：

"你这是怎么了，半夜三更的，拉着灯，发什么呆啊？"

"没什么，做梦了。"

"梦见啥了？"

"梦见你的病彻底治好了。"

"梦是反着的，我的病没治了……"

"不，不，我梦见……"

"你梦见我……噢，我知道了，你一定是梦见……"

"别胡说，快睡吧……"

我们又都躺下了，不再说话。我们都知道对方心里在想什么，我们再也睡不着了……

从北京住院回来，局长安慰我：

"不能做手术，就好好养着吧。"还专门对我说，"知道你一定花了不少钱，家里困难，还款的事，不着急。"

"多谢局长。"我从心底表示感激。

但学校对你却完全是另一种态度。从回校的第二个月开始，便把你每个月的工资一分不剩地全扣光了。你很气愤，我安慰你说：

"反正总得还，扣就扣了吧，这样更逼着我们俭省。"

不久，学校决定自办一所中学，起名"希望中学"，但不是专为贫困生办的那种免费学校，而属于民办性质。由教职工出资入股，筹集经费在校内盖一座教学楼，开始招收新生，学费相对较高，独立核算，然后按股分红。当时地区还没有一所私立学校，凭一中的声誉，招生绝对不成问题，所以这样的投资入股几乎没有风险，是保赚不赔的买卖，等于是学校给教职工谋的福利。所以全校教职工对此都趋之若鹜，最后学校决定只有正式职工才有权入股，而且一人只限一股，每股 5000 元，必须在三天内交款。

这可给我们出了个大难题。入股吧，现在还欠着一屁股债，再到哪儿去筹钱啊；不入吧，这么好的事，误过不是太可惜了嘛，这点股本也许一年就可以返回来了。

正在为难之计，我的一位亲友听说了，主动找上门来说：

"不就 5000 元吗？我借给你，快去交吧，可别让耽误了！"当场便把钱留下匆匆走了。

此举让我大受感动，送走他后，我便赶紧跑到学校，可工作人员已经下班，我怕耽搁了，就直接跑到总务主任家把钱交给他，请他转交。入股的事总算办成了。

起先我们并不知道其间还有令人难以置信的曲折，后来还是在和一位同事聊天时，才偶然听说了总务主任因此被免职的事。

原来，总务主任代我交款时，被那位管后勤的副校长拦住了：

"她还欠着学校的钱呢，怎么能入股呢？这钱先顶了债，要想入股，先把借的钱全还清，再交那入股的5000元。"

"这……不太……再说我都答应人家了。"总务主任觉得有点过分，委婉地说。

"你说了算，还是我说了算？"

这位总务主任是经这位副校长介绍调进学校并一手提拔起来的，出于好心，劝他说：

"冤家宜解不宜结，你大人大量，就放她一马吧……"

当时不少人在场，也都帮着劝，他最终总算答应，大家以为这事儿就过去了。可谁知背后他却恶狠狠地对人说：

"哼！我提拔起来的人竟然为我想打压的人说话，还真不如一条狗！既然他为她说话，那总务主任就别当了。"

听到这话的人还以为那只是他一时的气话，谁知，没过多久，总务主任的职务果真被免了。

知道这一切后，我们心里愧疚极了。我们想向总务主任说句"对不起"，可光一句空洞的"对不起"能挽回人家的职务吗？但我们又能如何呢？

一年后，我们听到了闫老师在中日医院病逝的消息；第二年，又传来我大学时的一位同学因尿毒症换肾后病逝的消息，我们在京城住院时，他正在协和医院动手术，我还抽时间去看过他。在为他们英年早逝悲伤的同时，我不能不想到你，我的心揪得越来越紧……

你一定还记得吧，那年冬季的一个星期天，我下窖取土豆，也许是由于天阴，愁云惨雾，勾起我心中的悲怆，突然伤感起来，想起母亲生前一直是自己下窖取土豆，从来不用儿女，最后那天下窖取土豆定是突发急症的一个重要原因，更由此想到你身染重病，但仍在忙里忙外，又对你的病情担忧起来，胸脯憋得异常难受，特别想大哭一场。但要是我在家里大哭，那不是又徒增你的伤感，会加重你的病情吗？

于是，我回屋一放下土豆，便匆匆下楼，骑上自行车一路向西飞奔而去。你大概是看出了我的异样，不知发生了什么事，怕我有什么闪失，赶紧让大冬骑车跟了去。到了几十里外的父母坟前，我再也忍不住了，趴到父母的坟头嚎喗大哭了很长时间。最后还是大冬怕我哭坏身体，苦苦劝慰，强拉硬拽，我才离开坟地。完了，嘱咐大冬，回去千万不要把我大哭的事告诉你。

可你却好像全都猜到了，我们回去后，你绝口不谈那些让人伤感的事，还说了很多诸如你看孩子多懂事、多关心大人呀，咱们一家在一起多幸福呀等宽慰我的话，那天中午你为我们做了一桌丰盛的饭菜，我们一家在一起其乐融融。

可越是感觉在一起的幸福，越让我胆战心惊，唯恐这一切在我不经意的一瞬间丧失⋯⋯

（七十一）

母亲节的特殊礼物

昨天妹妹启程回去了。她已经陪我住了八十多天，时间不短了。妹妹有自己的家，哪能老陪我这个哥哥？我是被判了无期的人，不能把她老拴在我身边呀！

今天，5月的第二个星期日，国际母亲节。还记得吗？前年的母亲节是5月14日，我们正好这一天来到北京孩子的新家。一进门便看到迎面窗台上花瓶里插着盛开的"康乃馨"，花瓣如绢，镶边叠褶，匀称地包卷在筒状的花萼之内，馨香满屋。那是孩子们在母亲节来临之际专门送给你的。去年的母亲节是5月13日，我们正好这一天从北京启程回家。孩子们又要给你送"康乃馨"，你说："如果一定想表示孝心的话，还是买些实用的吧。"于是孩子们专门给你买了孝子手、搓脚滚板等休闲健身器械，当晚把我们送上火车……可今年的这个母亲节呢？你却离我们远去……

今天，孩子们和我一起来到天山陵园——为的是要确定你的墓地、碑刻及一切安葬事宜。

夏日的天山陵园青山绿水，鸟语花香，环境真的十分优美。你的墓地最后确定为：棣棠园第11平台，55号墓。序数吉利好记，紧靠一棵枝繁叶茂的棣棠花树，花岗岩栏板龙凤碑高大典雅，是除高档墓和艺术墓之外最好的墓地。

这是孩子们送给你的一份特殊的母亲节礼物。在波光如镜的生命湖面上，逝者的安置方式，不正是生者境遇状况的反相倒影和未来隐喻吗？

为你墓碑上的碑刻，我和孩子们已经思谋上好久了。

在《寄语天堂》里，我第一次告诉你，我的生辰八字里有一个"孤"字，还有一个"寿"字。对这个"孤"字我真的很害怕，我常常想，要是这生辰八字真的灵验的话，我情愿折我的"寿"去消除"孤"，让我们齐年尽老。你我一生向善，我的这个含泪的无奈请求老天该不会不加考虑吧。谁料竟遭到无情拒绝。悲愤之中，我在那首《悼爱妻》的诗末写下这样两句："天不佑善无理喻，倾尽心油亦枉然。"

在镌刻碑文时，我真想把这两句诗刻上，以昭示对天地不仁的无比悲愤。但我又真的害怕老天会记恨报复，不得不承认人在它面前是渺小无力的。如果它的报复仅仅针对我而来，倒没什么可怕，但我怕的是它在那面针对你，在这面针对我们的孩子和亲人。最终，我骨子里温良恭俭让的中庸之道还是占了上风，不情愿地将前一句改成了"弦断音绝情何堪"。镌刻于墓碑背面上方的碑文如下：

悼爱妻

三五牵手共枕眠，相濡以沫盼齐年。
铄骨始梦珊瑚鱼，焚心终托啼血鹃。
蚌经病痛凝成珠，玉至纯美碎化烟。
弦断音绝情何堪，倾尽心油亦枉然！

中间是孩子们拟写的一副挽联：

慈恩永铭

萱堂在望寸草未酬春晖德
慈容萦怀人心难遂天伦乐

山，没有母爱高；海，没有母爱深；天，没有母爱广阔；地，没有母爱包容；太阳，没有母爱温暖；花朵，没有母爱灿烂。"今朝风日好，堂前萱草花。"（王冕）"慈母手中线，游子身上衣。临行密密缝，意恐迟迟归。"（孟郊）……

寸草未报春晖德，慈恩永铭憾一生！

（七十二）

白昼梦魇

　　孩子们都上班去了，偌大的家里就剩我一人，我又不由得悲从中来。只有打开电脑与你絮语，特别是回忆我们三十五年的婚姻生活，才能稍稍平静一点。

　　电话铃响了。大冬告诉我，下午五点左右，补课的孩子过来，让我到菜市场买些水果准备他来时招待。事情是这样的：孩子们觉得我一个人整日待在家里，太孤独寂寞，时间长了对身心很不利。正好有位朋友大哥的孩子今年要中考，便想让我给补补课，一来对孩子会有些帮助，二来我也有点儿事做，可以排遣一下心中的伤痛。他们一起征求我的意见，我对孩子们的关心甚感欣慰，难得他们想得那么细，觉得这是两全其美的事，便爽快地答应了。上星期六他们一起带孩子过来，说好补课从今天开始。

　　"咦？倒两点多了！"我的心灵完全沉浸在我们那些愉快而温馨的往事中了，以致全然忘记了时间。

　　我匆匆在微波炉上把昨晚的剩饭热了热，胡乱吃了一点，看看表，已快三点，赶紧带上提包出了家门。

　　一走进电梯间，一位中年女士便问我：

　　"在家里感觉地震了吗?"

　　"没有啊！怎么，地震了?"

　　"我们这楼上好像没什么感觉，听说国贸那边感觉可强烈了，人们都惊慌得跑出来了。"

　　"噢，是这样！没有伤人吧?"

　　"没有，好像不太厉害。"

说着，电梯已下到一楼。听说是小震，我也就没把这事儿放在心上，匆匆地到了菜市场。菜市场一切正常，人们好像对刚才的地震都没有感觉，连一点议论都未听到。我也和平常一样，走到各个摊位前开始买蔬菜和水果。

口袋里的手机铃声又响了。我赶紧掏出来，一看：是大冬打来的。刚刚打过，又有什么急事？我愣了一下，开始接听：

"爸，刚才感觉地震了吗？"

"没有，在电梯里听说……"

"四川发生了7.8级地震……"

"什么？7.8级地震！"我脑子里"轰"的一声：

"当年唐山地震不就是7.8级吗？……"

我顾不得在菜市场多停留，匆匆买上菜和水果便往回走。一路上，脑子里全是当年唐山地震的影子……

回到家里，把水果洗净放在茶几上的盘子里，拿出我从网上搜索并让二冬复印下的中考复习辅导资料看了起来。但不知为何，总是静不下心来，脑子里老在想着：

大冬说，四川发生了7.8级地震，是正式消息，还是谣传……

五点多了，那孩子还没来，我便打开了电视。中央电视台已开始直播：

"5月12日14时28分，四川省汶川县发生里氏7.8级强烈地震……"

"胡锦涛作出重要指示，温家宝正赶赴灾区……"

真的！是真的！

六点多，孩子来了，我关了电视，开始辅导。快十点时，辅导结束，他走了，我又立即打开了电视：

国务院成立以温家宝总理为总指挥的抗震救灾指挥部……

军队紧急启动应急预案……

国家地震局启动一级应急预案……

地震局新闻发言人介绍地震情况，震中汶川通讯交通完全中断，地震波及重庆、贵州、甘肃、陕西、上海、北京等20多个省、市、自治区，人民生命和财产遭受重大损失，截止到22时，全国已有近9000人遇难……

惨不忍睹的画面，让人在白昼陷入可怕的梦魇；死亡真的是一种强大的催化剂，令互不相识的人彼此报以同情的泪水。这一晚，我一夜无眠，脑子里老在萦回：

2008，到底怎么了？"8"不是最吉利的数字吗？为什么2008，你竟在眨眼之间离开了我……

　　如果说，你的离开，还只是咱们一家的事，是我们得罪了老天爷，那为什么一进2008，南方就遭受了百年不遇的雪灾？为什么4月又发生罕见的火车相撞事故，70多人无辜遇难？为什么5月四川又发生7.8级的大地震，估计会有几万人又无辜遇难？唐山大地震就是7.8级，遇难人数达20多万哪……

　　我想起了老子《道德经》中的话："天地不仁，以万物为刍狗。"又喃喃地念起我的那两句诗来："天不佑善无理喻，倾尽心油亦枉然！"

　　老子的话真乃至理名言，而我的两句诗只不过加进了自己的切身感受和心中的悲愤而已。可怕的2008，有多少人在噩梦中渡过啊……

（七十三）

我真的快挺不住了

从早上一睁眼到现在，我又孤独地度过了八个多小时：孤独地穿衣，孤独地迭被，孤独地洗脸，孤独地刷牙，孤独地擦地，孤独地浇花，孤独地做饭，孤独地吃饭，孤独地涮碗，孤独地洗锅，孤独地打开电脑，孤独地敲击键盘，孤独地看看四壁，孤独地望望窗外……

我孤独得两眼发黑，孤独得心里发慌，孤独得全身发麻……

我看了看表，已快下午两点……

我关了电脑，打开电视——这几天，也许只有电视才能攫住我的心……

电视里正在播送国务院公告：

为表达全国各族人民对四川汶川大地震遇难同胞的深切哀悼，国务院决定，2008 年 5 月 19 日至 21 日为全国哀悼日。在此期间，全国和各驻外机构下半旗志哀，停止公共娱乐活动，外交部和我国驻外使领馆设立吊唁簿。5 月 19 日 14 时 28 分起，全国人民默哀 3 分钟，届时汽车、火车、舰船鸣笛，防空警报鸣响……

这事儿，前几天的报纸上已有呼吁，我和孩子们曾谈论，国家也许会采纳民众的建议，没想到真的实现了。从某种意义上说，这是政府为全体汶川地震遇难者举行的国丧。

时间快到了，我顾不得中午饭还没做，更没吃，便早早地站起，等待那一刻的到来……

在天安门广场，在新华门前，在全国各地，在驻外使领馆，五星红旗第一次为普通死难者降下；在天空之下，在江河之上，在山川之巅，在街巷之间，汽笛、警笛、防空警报凄厉地鸣响……

我和全国十几亿人一样，肃立默哀；但也和大多数人不一样，在这个偌大的起居室里，只有我一人。我和全国十几亿人一样，同悲同泣；但也和大多数人不一样，我是悲上加悲，我的眼泪已快流尽……

我痛苦地闭上眼睛，恍然又看见电视上那些惨绝人寰的画面：山崩地裂，墙倒屋塌，呼天抢地，腿断肢残，肝脑涂地，魂飞魄散……我又回到那个悲惨的时刻：你在痛苦的抽搐，脸色一下子变得铁青……

我听得电视里，天安门广场上的人群还在高喊"汶川挺住！四川挺住！中国挺住！"但我却怎么也挺不住了，颓然地躺倒在沙发上……今天是全中国的人放声大哭的日子，我当然更要放声大哭一回了……

我不能不想到你：你那么爱哭，看到任何人哭都会陪着掉眼泪。要是今天你还在，我真怕你看了这几天的电视，身体会受不了的。以前我一直认为是由于你的病导致心脑缺氧，控制不住；现在我才明白，那是由于你心灵上的创伤太多太重，一遇上伤心的事便会立即触发。我现在又何尝不是如此呢？常说"男儿有泪不轻弹"，我自信也算是一个坚强的人，可我现在为什么就老控制不住自己呢？

好不容易熬到下午六点，孩子们快回来了，今天的孤独生活又快解脱了。我中午饭还没吃，便开始准备做晚饭。

一会儿，二冬来电话说：

"今晚有事，九点多才能回来，不回家吃饭了。"我心灵孤独的伤口上被重重戳了一下。

不过还好，一会儿，大冬来了电话：

"今天早点回去，现在已在路上，估计七点多就可到家了。"我心灵孤独的伤口上敷了消炎药。

我开始紧张地忙活起来：洗菜，解冻肉，切菜，切肉，淘米，煮饭……

"怎么？快八点了，大冬还不见回来？"

一会儿，电话铃响了。我赶紧拿起话筒：

"公司有事……得迟回去一会儿……"

"一会儿？一会儿！一会儿是多会儿啊！"一股难以抵挡的孤独感顿时袭来，我真的快挺不住了。

但我还是紧张地准备着饭菜，心里在对自己说：

"不是说就迟回来一会儿吗？"

九点多了，还不见人影儿……

米饭早焖好了，就等他回来炒菜了，但还是不见他的人影……

珊瑚梦

　　我真的挺不住了，一下子关了电视，拉灭家里所有的灯，趴到床上大哭起来……

　　我突然想起前一段妹妹在时，她和我一起接着看咱们去年冬天没看完的那部台湾长篇电视剧《意难忘》里的一个情节：丽卿得了癌症，已到晚期，她和心爱的丈夫赖天佑商量后决定，不再在医院治疗，也不告诉家里任何人，两人躲到海边的一所房子里想平平静静地度过最后的时光。一天，丽卿晕过去了，年迈的天佑以为她再醒不过来了，觉得要是丽卿不在了，他一个人孤独寂寞，是没法活下去的。便吞服了大量安眠药，与丽卿躺到了一块……

　　我此时的心境和赖天佑何其相似啊！可她还能躺到爱人的身边，而且后来丽卿又醒过来了，而你却早已离我而去，再也醒不过来了……

（七十四）

珠玉陪你到永远

为了给你取玉镯、项链、佛珠等物，二冬专门动身回老家一次。与此同时，大冬又专门去天山陵园看了一次，碑刻已完工，正式决定在端午节下葬。

今天，他们都上班去了，我在你的遗像前，默默地整理着天然玉镯、珍珠项链和翡翠佛珠……

还记得 1998 年我外出打工，在省城一所私立学校任教，暑假期间学校组织教师到承德避暑山庄旅游，我给你买的这副天然玉镯吗？精致的红色盒子，上面是"天然玉镯"四个金字，扳开小巧的金色搭扣，黄布衬里，一对晶莹剔透、色彩艳丽、翠绿欲滴中带有丝丝文理的玉镯跃然眼前。

想起来了吧，记得你当时还说：

"买这么贵的东西干什么？"

我说：

"难得出去一次，总应该给你买点儿稀罕的吧。"

你笑了，看得出对这副玉镯特别喜欢，立即戴在手腕上。看到你喜欢，我非常高兴，也笑了：

"喜欢就一直戴着吧，人家说戴上它，对身体有保健作用。"

可是，你只戴了几天，就舍不得戴，放起来了。以后还时不时地拿出来看看。

这是二冬大学毕业到青岛实习时给你买的珍珠项链，是孩子第一次给你买的礼物。记得我当时问你：

"知道珍珠是怎么生成的吗？"

你说：

"不知道。"

我就给你讲：

"《淮南子》上说：'明月之珠乃蚌螺之病，而我之利也。'珍珠就是蚌体内生出的肿瘤，对于蚌来说，是一种病痛，对于人来说，却是至宝。过去的天然珍珠，是蚌自然得病而生成的；如今人工培育的珍珠，是人故意让蚌染病而得到的。你就像这串晶莹透亮、纯洁无瑕的珍珠一样，是经多年身体与心灵的双重伤病煎熬而成的。"

你笑着说：

"我没有你说的那么好，但一生下来就多病倒是真的，那是从娘胎里带来的，但也有的是心病，是命运捉弄人的，如果我真是一颗珍珠的话，那是天人合力作用的结果。"

"人生就是一次苦旅，它可以让人的心灵得到净化和升华，你戴上二冬给你买的这条珍珠项链，就可以变苦旅为乐活，感受苦难人生过后的幸福与美满了。"

我把珍珠项链亲手给你戴到脖颈上，你高兴得对着镜子看了又看。但你同样没舍得常戴，过了一段时间便收起来了。

去年来京，我们一家四口一起到潘家园藏品市场游逛，看到那么多的奇珍异宝，大大开了眼界。我早就想买一串佛珠，孩子们便一并给你我都买了一串。我的那串珠珠大些，呈深咖啡色，你的这串珠珠小些，呈翡翠色。自买回来后，我们就天天数玩；回家乡时又把它带回家里，常常放在身边数玩……

言犹在，人已走，物是人非事事休，欲语泪先流。我默默地把天然玉镯、珍珠项链和翡翠佛珠放在一起，并在那衬里的黄布上用墨笔工工整整地写下两行八个隶书大字：

蚌病成珠
美玉胜金

让她们永远陪伴着你，就当是我和孩子永远和你在一起……

（七十五）

疑将棣苑当桃源

你一定早急不可耐了吧？我知道，你是爱跑逛的人，这几个月来，一定憋屈坏了。在这面时，你本来身体不好，可还是爱经常往街上跑，又怕我担心，有时竟悄悄骑车走了。可我生怕你有什么意外，要是十分钟看不到你，就先跑遍左邻右舍家满院地去寻，要是不在，就骑车满大街地去找。在哪个商店门前看到你的自行车，就跑进去找你。什么时候看到你了，什么时候才放下心来。现在你到了那面，身体好了，一总更想到处跑逛，可这几个月来却被关在那么狭小的一个格子里，我每次去看你，都觉得分外心疼。今天总算一切就绪，你马上就可以搬进我和孩子们为你——也为我——选定的新家了。这个家是我和孩子们考察了好几次，托了人，花了相当高的价钱才置办下的，很满意。我想，你也一定会很满意的。

今天端午，是祭祀屈原的节日，北京有在这天祭祀先人的传统习俗。特别是今年，国家新规定端午节放假三天，孩子们不用专门请假；你的新家又是55号，与五月初五正好相合。所以，我们特别选定在今天为你举行安葬仪式。你的弟妹们昨天专程从家乡赶来了。大冬的两个发小也专门来参加你的葬礼。

我们一早便来到殡仪馆，把你请了出来，把玉镯、项链和佛珠等细心地放进你的怀里，为你举行了庄严隆重的移灵仪式。孩子们专门为你租了一辆高档的别克轿车，由我和孩子陪护着你，亲友们则乘坐另一辆车，一起向天山陵园驶去。

这是我最后一次这么近地陪着你了，一路上，我看着你，护着你，想着你，任由泪水止不住地往外涌流……

到了。

看见了吧，后面群山环抱，郁郁苍苍，大门古色古香，庄严肃穆，两旁苍松翠柏，草绿花红，整个环境幽静祥和，犹如花园。接灵人员已经在那里迎候你了。

我们陪你一起进入庄严肃穆的大厅。司仪人员不仅把你原来的灵位、金童玉女、金银元宝、紫玉小花圈等，一并放入新的白玉匣中，还为你重新铺上金被，衬上莲花垫，装上七星玉，放上孩儿枕、吉象、貔貅等，最后盖上银被，一切都做得尽善尽美。

然后，恭敬地把你请上灵堂的瞻仰台，盖上玻璃罩。我和孩子以及众亲友都一一向你行鞠躬礼，从你身边走过，垂首默哀，与你最后告别。

瞻仰仪式结束后，由四位司仪人员为你盖上花冠，抬起金轿，庄严地正步走向陵区大道，然后步步登高，缓缓向棣棠苑走去。我们则紧随其后，缓缓而行。一路仙乐声声，泪光点点……

终于来到棣棠苑前，司仪把灵盒恭敬地交到大冬手中。大冬捧着你的灵盒缓步来到平台11第55号墓前。

墓穴周围已经过清扫整理，支起一把偌大的遮阳伞。伞下，司仪为你的墓碑擦拭后，行跪拜礼，由仪工揭起墓石盖，司仪恭敬地把你的灵盒放进墓穴，再恭敬地盖上，然后由仪工用和好的水泥仔细地把缝隙抹严。再由司仪放佛乐，行礼，主持安葬仪式。

这一切结束、陵园司仪人员撤走后，我们先把带来的一对汉白玉石狮放置在墓穴前的石栏杆中间，并用胶水粘牢；然后把你的遗像放置在墓碑前正下方；把新鲜黄白菊花、供品等放在墓碑前的供桌上；把黄绿塑料菊花花束缠挂在墓碑顶上和两侧；把玉兰花缠绕在那株棣棠花树上；最后我和孩子以及众亲友一一为你上香，行跪拜礼……

安葬仪式就要结束了，众亲友都离开了。按照习俗，这一天，离开陵墓后就不该再回头看了。这一刻，我最后注足，久久地凝望着你及周围的一切……我仿佛看见你就在我面前，可我却摸不着你；我仿佛听见你就在前面招呼我，我的灵魂已随你而去……

"你的今天就是我的明天！"一个声音从我心底发出。我的神智有些恍惚了，喃喃地问着自己：

"这里到底是隐者与外界隔绝的世外桃源呢？还是人世与天堂隔绝的棣棠苑呢？"

（七十六）

生命何以如此顽强，又如此脆弱

今天，6 月 12 日，汶川大地震过去整整一个月了。

这一个月，中央电视台每天 24 小时不间断地直播汶川地震，此事成为全国乃至全世界关注的中心，连我这个多时无心看电视的人也被深深吸引，时刻关注着地震救援的最新消息……

汶川地震的震级已由 7.8 级修正为 8.0 级，比 1976 年唐山地震的震级还高。地震专家称，震后第一天存活率为 90%，第二天便减为 50% – 60%，第三天则仅剩下 20% – 30%，此后存活就是奇迹。随着时间一天天过去，被埋在废墟下的人生还的希望越来越渺茫，但还是不时有奇迹出现。为此中央电视台专门开设了"生命奇迹"专栏节目：

一位六旬老太被埋 164 个小时后奇迹生还……

这个时间不断被刷新，甚至有超过 200 小时被成功救出的……

一位孕妇被从废墟中营救出来后，在送往医疗点的途中，顺利产下一名女婴，母女平安……

一位少数民族老人在唐山大地震中，被埋矿井 10 天，靠井壁上的水滴活了下来。这次汶川大地震中又被倒塌的房屋埋在下面，但仅受了点皮外伤，是擂鼓镇在塌方中救出的唯一身体完好的幸存者。他说："如果算上这次大地震，我已经捡回了 12 条命。"……

这样的消息让人倍觉欣慰，深感生命的顽强和坚韧。但被救出来的人脱离废墟后，有的却回天乏术，更让人无比遗憾，陷入极度的悲痛。我记下了下面的三个故事：

5 月 14 日，经过十多个小时的救援，下午 5 点多钟战士们在北川县政府大楼里救出了北川县常务副县长杨泽森。但短短几分钟后，他便突然神志模糊，生命体征逐渐消失，在被救出约十分钟时不幸逝去……

北川县曲山小学四（3）班10岁女生范泉滟，在废墟中坚持了近60个小时，但救援人员把她从废墟中救出来仅仅10多分钟后，她的生命之火却骤然熄灭。记者递过一件随身携带的新衣，范泉滟的父亲范全风连声道谢后给女儿穿上，拿起一瓶水给女儿洗了洗脸。在和亲戚耳语一番后，几个人将小姑娘的遗体抬到校外一个熊熊燃烧的火堆旁，亲戚们不停地给火堆加柴，范全风则不断揉捏着女儿的双手。"她刚走，身体还柔软，火烤一烤，要是她意志坚强，兴许还能活过来"，范全风的眼泪一滴滴落在女儿的脸上……

5月15日下午3点，来自江苏消防中队的救援人员发现了被埋在废墟下的陈坚。当时，他思维清晰，告诉救援人员自己已经被埋了72个小时。"我觉得我从死神的手中逃回来了，大难不死，必有后福。我不想放弃我家里的任何一个人，为每一个深爱我的人，一定要顽强地活下去。"快9点的时候，陈坚被救出来了，所有的人都激动不已。然而，就在他被成功救出废墟后十分钟，就不说话了。记者和队员大声叫着陈坚的名字，不停地给他做人工呼吸，但他却再也不说话了。救援队员咬着嘴唇哽咽："你这个傻子！都坚持这么久了！这个傻子……"心痛地转过头去。所有的人都泪流满面。女记者失声痛哭："你骗了你老婆，你说好要活下来跟她和和睦睦过一辈子的，所有人都以为你肯定会活下来的，你骗了所有的人……"

生命何以如此顽强，又如此脆弱？！

他们原来都是健康人，在突发的灾难来临时，是如此顽强，又是如此脆弱。而你呢？

你在娘胎里就种上了病根，一生下来生母便离你而去，生父又焉能顾得上你呢？你没奶吃，只喝小米糊糊，在襁褓中辗转于荒野山村，竟能顽强地活了下来，历经磨难，终于成人。我们婚后你以重病之体，柔弱之身，在不到五年时间里，闯过一道道险关要隘，竟为我生育了三个孩子，这难道不是生命的奇迹吗？

可为什么你在新年前还好好的，却在新年后的十六天那一刻突然就一下子不理我了呢？你的生命又何以如此脆弱呢？

（七十七）

耶和华能医好我这个伤心人吗?

这一段，大冬准备买家具，把客厅装点起来。我和他们先后跑了集美、宜家等家具城四五次。今天星期日，中午第一次送家具过来。按说这是件好事儿，我的心情应该好一点，但不知为何，心里却颇不宁静，连自己也说不清是一种啥滋味。

大冬、二冬难得睡一个懒觉，我早早起来，家里也没什么可做的，小区又步步溅泪，处处成悲，我真的"新履不敢踏旧痕"，只好一个人踱到小树林去。

多时未去，没想到往日的小树林今天已经成为"枫景文化广场"。记得去年我们来时，经常去小树林游逛，那时这里好像无人管理，显得有些荒凉，连树木都有点枯黄了。我们还曾抱怨说，名义上叫什么"枫景"，可实际上有什么"景"呀，无非就是一个破败的小树林而已。今年也许是为了迎接奥运会的缘故，对这里的环境进行了专门整修，新铺了宽阔的石板路和林木间的石子小径，枫林中的树木也都进行了剪枝和修整，又新添了不少休闲体育设施，俨然已是一处休闲娱乐的群众文化广场。我看着一对对老年夫妇或沿着石板路悠闲地散步，或在休闲体育设施上愉快地运动，不禁悲从中来：连这样几乎人人都可享有的幸福和温馨，如今却离我远去!

我的泪水就要溢出眼眶了，生怕人们看出我心中的无尽悲痛，不敢在这里久停，匆匆走到公路边上。

公路对面便是高高的基督教堂，由于是星期日，来这里做礼拜的人很多。记得去年也是一个星期日，我们也是从小树林过来后进去的。我们在里面听完讲经，出来时还买了一本精致的简释本《圣经》，并手捧《圣经》照了几张照片。

　　我一边想着，一边随人流走了进去。我走进副堂，里面正在唱《赞美诗》：

> 你们要赞美耶和华！
> 因歌颂我们的 神为善为美，
> ……
> 他医好伤心的人
> 裹好他们的伤处。
> ……
> 我们的主为大，最有能力。
> 他的智慧无法测度。
> ……
> 你们要赞美耶和华！
> 从天上赞美耶和华，
> 在高处赞美他。
> ……
> 你们要赞美耶和华！
> 向耶和华唱新歌，
> 在圣民的会中赞美他。
> ……
> 你们要赞美耶和华！
> 在 神的圣所赞美他，
> 在他显能力的穹苍赞美他。
> ……
> 你们要赞美耶和华！

　　由于我没带《圣经》，所以不可能一一记下《赞美诗》中的诗句，但我还是记下以上几句。全知全能的耶和华啊！能否告诉我，我的爱人为什么会在眨眼之间离开我？她到底到哪里去了呢？你真的有办法医好我这个"伤心的人"，"裹好"我的"伤处"吗？

　　我有点神魂颠倒地走出副堂，正准备上二楼去主堂听讲经时，手机响了。二冬告诉我，送家具的车，一会儿就到。我说，那我马上回去……

(七十八)

两个孩子一下长大了

耶和华没法医好我这个"伤心的人","裹好"我的"伤处",能医好我的"伤心"、"裹好"我的"伤处"的唯有我们的孩子。在我内心深处陷入深深的焦虑与惶恐,无人知晓是怎么过来的那几年,给了我无穷力量的正是我们的孩子。

我们都明显感觉到了,在我们从北京住院归来告诉他俩你不能做手术之后,两个孩子好像一下子长大了:

懂得帮大人做事了,懂得关心体贴大人了,你一病了,就不离左右地陪在你跟前;

由贪玩变得爱学习了,以前咱俩催着骂着也不好好学,现在不用人管一回家自觉就去学习了,学到很晚才休息,咱们不得不劝他们早睡,免得影响第二天的学习;

由淘气变得懂事了,交友只交品质好的、学习好的,和以前的那班淘气包很少在一起了;

良好的生活习惯渐渐养成了,以前吃饭桌上饭菜撒的到处都是,现在连枣核、鱼骨等也定会放在纸上,饭后收拾起来投进垃圾桶;

甚至连性格都变得温顺了,特别是二冬简直像完全变了个人似的,以前和大人说说呛声压气,现在变得低声细语了……

你一定还记得吧,那年6月的一天,我们像往常一样在家里忙着,快中午的时候,大冬和二冬回来了,手里拿着一个彩色的小盒子,很神秘地对我说:

"爸,你看,这是什么?"

我打开一看,是一对精美的电镀健身手球。诧异地问:

"你们买这个干什么?"

"送给爸的节日礼物。"

"送给我的?节日礼物?今天是什么节日?"

"今天是父亲节。"

"你们怎么知道还有个父亲节?怎么会想到给老爸送礼物?"

"前一段,我们在报纸上看到一篇文章,是写一对外国孩子在父亲节送给爸爸礼物的故事,很感人,我俩当时就商量好在父亲节时给老爸送礼物。"

"你们怎么会想到送一对健身手球?"

"为这事儿我们可费了脑筋了,最后才选定这对健身手球。爸,你现在就玩一玩,看感觉怎样?"

"咦?这还有音响呢,像在演奏一支悦耳动听的乐曲,又好玩,又好听!"我乐得笑开了花。

"爸,你不大爱运动,在家里,不是看书,就是写作,我们给你买这个东西,就是想让你身心得到放松,生活愉快,强身健体。"

"你弟兄俩想得还真细,孩子,你们长大了,爸今天很高兴,谢谢你们!"我的眼睛湿润了。

"孩子们长大了,会亲人了,看把你美的!"你笑着打趣地说。

"你不也一样吗?快,你也玩玩……"

我们都笑了,笑得那么开心……

(七十九)

那一刻，幸福离我远去

你离开我已经整整半年了。

这半年来，我几乎日日夜夜、时时刻刻都在想着我们的过去，想着铄骨焚心的那几天是怎么渡过的，我更加心痛地感到：就是从那一刻起，幸福倏然离我远去……

我抬头看看墙上，你在静静地看着我。我虽然收不到你的一点信息，但我确信，如果你真的地下有知，一定也很惦记我。你也一定会问，我在这面过得好吗？

我不想瞒你，老老实实地告诉你：我过得不好。在这半年里，我没有一个夜晚，没有一个午觉，能像以前一样，睡得那么安然，那么踏实……

我真怕会完全崩溃，拖累孩子们。为了让自己从极度悲痛中摆脱出来，有时我也会强迫自己向相反的方面去想：

"你已经抛弃了我，不再想我、关心我了，我又何必单相思地去苦苦想你呢？你什么时候想过你若离开会给我带来天大的悲痛，你要是想到这些就不会离开我了。你好狠心啊！我恨你！我恨你，我恨你……"

这时，我便会颓然地瘫软在床上，昏昏欲睡，似乎已从悲痛中摆脱出去。而两个孩子却惊慌地围拢过来：

"爸，怎了？"

"没事，爸不怎……"我虽这样说，但孩子们看到我眯眯瞪瞪的样子，更为我担忧了。

现在的人物质生活好了，但似乎却觉得距离幸福越来越远了，报刊、电视、网络上有关"幸福"的话题也似乎越来越多了。但一般以探讨年轻人的幸福为多，谈到什么是幸福，又大多以爱情为依归，在一般的意义上，这自然是没错的。那老年人的幸福呢？

记得我曾多次给你讲过，在所有亲戚中，我最羡慕我二姑家。两个儿子都在呼市工作安家，老两口到年迈时儿子把他们全接到呼市，单另有自己的住房。两个儿子特别孝顺，多少年来几乎天天中午都丢下妻儿，和父母一起吃饭，更不用说平时的照料了。每逢周末、节假日，两大家十几口子聚在一起，儿孙满堂，该有多么的欢乐温馨。老两口活到八十多岁，几乎是无疾而终，而且姑夫腊月辞世，二姑在正月便随夫而去，相隔不到一个月，可谓是真正的白头偕老。人生还有比这更幸福的吗？

为了追求这样的幸福，你我含辛茹苦培养两个孩子，尽最大努力，倾其所有，不惜代价，让他们能在一个城市工作。两个孩子都很争气，终于一起到了北京，圆了你我的梦。早在 2004 年，他俩刚刚一起到了北京，还在租房住，我们去了只能和他们挤在一屋的时候，一家子便开始谋划在京城置业安家的大计。为此，那年我和大冬一起到房展会参观，还乘坐看房班车实地进行了考察。

随着时间的推移，大冬买了房，二冬买房的事也提上日程，特别是兄弟俩事业都已小有所成，离实现我们向往的幸福只有一步之遥了。孰料，正当我们所企盼的幸福触手可及的时候，幸福却在一瞬间离我远去。天不佑善无理喻，怎不让人痛断肝肠！

夫妻恩爱，白头偕老，齐年尽老，便是人生最大的幸福。关于这一点，在近几年我们恩恩爱爱、形影不离的生活中我已有所体会。这半年来，我仔仔细细回顾了我们几十年的婚姻生活，深切地感受到：这几年——你 03 年内退，05 年退休；我 04 年归家再未外出打工，06 年退休。从那时起一直到 08 年元月来京，无论在地区，来北京，或者回你的家乡，你我没有一天分开过，真可谓是恩恩爱爱，形影不离。其间，虽也因你不时犯病晕厥，我时时提心吊胆，忧心忡忡，但终无大碍——是我们 35 年婚姻生活中难得的幸福时光。

这半年来，我在失去你的日日夜夜里，才真正懂得了这种幸福的精髓：

一个人，当他（她）离开这个世界的时候，如果有另一个人为她（他）铄骨焚心，为她（他）悲痛欲绝，在一个相当长的时期里时时为她（他）流泪，为她（他）悲戚，为她（他）食不甘味，为她（他）辗转难眠，总觉得没有好好照顾她（他），自感百身莫赎，总后悔没有好好珍惜她（他），老在愧疚自责，在整个有生之年会时时想着她（他），念着她（他），那么，不管这个人是富有还是贫穷，是显赫还是卑微，她（他）无疑是最幸福的。如果你真的泉下有知，这半年来咱俩人世与天堂间的心灵絮语你都了然于胸的话，你就会明白这半年来我是怎么过来的，你就会更加相信自己是有福的。在这一点上我真是羡慕你啊！你说，当有一天我离开这个世界的时候，还会有另一个人像我对你这样的对我吗？

（八十）

我们第一次有了自家的房

前天星期六，大冬想让我出去散散心，带我游天下第一城，打高尔夫球，结果把腰扭了，一动就疼——我现在真是喝冷水也塞牙！

昨天星期日，定做的家具全送来了，大冬和二冬收拾清理了一天，各种物件基本上都放到了该放的地方。

今天星期一，他俩上班去了，我忍着腰疼，又把客厅清扫擦洗了一遍，把书柜里的书也分门别类按大小厚薄重新摆放整齐。经过一上午的劳作，总算整理完了。腰疼背困的我，无力地躺倒在沙发上。

一则刚买了房经济比较紧张，二则也是想在大冬结婚时再置办新家具，所以自05年买房后，客厅一直没完全布置起来，显得空旷而杂乱。这下好了，沙发、家具、茶几、书柜、电视、立式空调、窗帘等都置办齐全，既雅致又清新，像个新房的样子了。

看着这一切，我的心情本该好一些，但不知为何，却满腹惆怅，一点也高兴不起来。不用说，首先是因为你不在了，盼了多年两个儿子结婚，但到了就快实现的时候，你却永远地离开了……

看着这里的房，我又不由得想到我们老家的房。去冬我们相伴离开，说好今年奥运后一起回去的，可如今我一个人却无法再回去住了。那是我们费了九牛二虎之力才买下的房子，我们对它怀有多么深的感情啊！

1995年，教育局决定在旧一中窑洞宿舍楼原址新建局机关家属宿舍楼。消息传来，全局干部职工奔走相告，趋之若鹜。这次分房非比寻常，是住房改革后，停止福利分房，由局里组织的集资建房，建成后按标准价购买，个人占有产权的70％，这是自改革开放以来，干部职工个人第一次能拥有属于自己的住房。政策规定，按标准价购买每人只限一次，也就是说过了这个村就再没这个店了，因此所有人都拼命想挤上这趟末班车，我们当然也不例外。

但僧多粥少，不可能人人满足，局里便定了一条硬杠杠：只有行政职务科级以上，专业技术职称高级以上的人才有集资资格，这座楼便被人戏称为"科长楼"。我具有高级职称，自然在可集之列，而且可选四居室，面积120多平米，还不超规定，全部按标准价购买。而局级领导若没有高级职称都超出规定，超出部分只能按市场价购买。科级则只允许集三居室。

能不能"集"的问题解决后，紧接着便是"钱"的问题了。没过几天，局里通知，准备集四居室的第一次先交一万六，封顶后再交八千，集三居室的第一次先交一万二，封顶后再交六千，必须在一周内交齐，过期则视为自动放弃。

这下可把我们难住了。因你去北京住院借局里的钱尚未还清，我们的经济本就拮据，一下子要交这么多钱，还要在几天内筹齐，让我们到哪儿去借啊！但要放弃，又实在舍不得。你提出要么我们集个三居室吧，那样就可少交几千元。两个孩子离成家还早，眼下有个三居室也勉强住得开。可我想，我们是两个儿子，当时还在上高中，考虑他们成家的事还得以这里为主，没有房子怎么行？要是集四居室，就可勉强住得开，而集三居室则将来必是问题。不就差几千元吗？反正多也是借，少也是借，虱多不咬，债多不愁。人家不能集四居室的，还千方百计想挤进来，我们能集，怎么可以放弃呢？要是现在放弃了，将来肯定会后悔的。所以还是主张集四居室。你当然也同意我的想法，但钱是个硬头东西，一分钱逼倒英雄汉哪！我知道你是在担心我，这副担子主要得我挑啊！

决定了的事就不能再退缩。我们只好为"钱"的事到处奔波，把所能想到的亲朋好友，几乎家家都跑到了。最终还是按时把第一次集资款交上了。

第一次集资款是交上了，但以后用钱的地方还多着呢，封顶后，交房时，装潢，新置家具，都得用钱。那两年，我们生活的节俭程度至今让我记忆犹新。不用说吃肉，就是连豆腐、豆芽也舍不得多吃，每次只买半斤。一切花销都降到最低。生活是艰苦的，但一想到我们就快有真正属于自己的房子，心里便像嚼了蜜糖似的，从头直甜到脚跟。

1996 年，新宿舍楼终于竣工了。但在具体分房时，问题又出现了。由于不按工龄长短、职称高低，只按官职大小，这样，二、三层便与我们无缘，只能分到一、四层。我们是要一层，还是四层？在一般人看来，四层当然要比一层好，但我还是觉得这几年我们住四层，你每天爬四楼，实在吃力，还是要一层好了。这楼有地下室，楼前又没有遮挡，一层也不会太阴。

住房成了自家的，各家各户便都大加装潢。可我们当时两个孩子正准备考大学，大学又开始实行自费上学，我们买房便花了三万多，而且大部分是借的，还哪有钱装潢呀！可是，分到的房只是毛坯房，不装修一下，根本无法住。我们便只好拣最紧要的，诸如铺地砖，安铝合金隔断，厨房、卫生间的配套等，先行装修一下，便住进去了。

为了省钱，请一位会木匠的亲戚，用从老家房上拆下来的木料，做了一张双人床，这样，大冬、二冬便可各人有各人的居室了。顺便又按会客室的尺寸做了一圈转角沙发，买了一个大茶几。厨房和卫生间也都配做了相应的家具门柜。我又乘送大冬上大学的机会，从武汉买回做窗帘的各色布料及配件，回来后我们自行设计，由你亲自缝制了每个房间的窗帘。

1998年，我们领到了中华人民共和国房屋产权证，个人产权比例为75.7%，2004年又按照国家政策，补交了一万多元的房款，产权权属私人占到了100%，我们拥有了完全意义上的个人私有住房。

虽然与同一座楼上的人家相比，我们显得比较寒酸，但与我们自己比，较先前已经强很多了。特别是两个孩子自上高中后，学习更加刻苦，考大学大有希望，将来一定前程似锦，人们都清楚，我们是准备供儿子上大学才没有大加装潢的。所以，在别人面前我们一点也不觉自卑，对别人豪华的装潢一点也不羡慕，孩子成才便是我们最大的财富。

(八十一)

兄弟双双上大学

1996 年，我们第三次乔迁新居，第一次有了属于自家的房；同年，大冬考入中南财大，我们家真可谓是双喜临门。

还记得那年给大冬报高考志愿时的情况吗？报志愿的册子一下来，我就把前三年全国各重点大学的录取分数线都列出来，一一和大冬的估分对照，得出最匹配的几所学校，又日夜思忖，左右权衡，最后才确定第一志愿报中南财大。由于当时会计专业最吃香，第一专业便报了会计。省里录取时，我又专程去省城，通过各种关系，好不容易才进入录取现场，了解有关录取的情况。那年中南财大在山西共招 7 名新生，大冬的成绩在第一志愿报中南财大的达线考生中排名第四。经济法与会计专业各招两人，而第一名和第二名报的都是经济法专业，这样，便无需再找人，顺顺当当便可录取到会计专业。开学时，我送他到学校，才了解到中南财大会计专业是最好的，经济法专业则是刚刚新办，那两个被录取进的第一第二名后悔不已。而我们报的则不高不低，真是再好再恰当不过了。自那以后，每年高考后找我咨询报志愿的学生家长更多了。

大冬考上重点大学，你高兴得心里乐开了花，我永远不会忘记，当亲朋好友来祝贺时，你那张难得一现的红光满面的笑脸。那一刻，你笑得多开心啊！你一定记得，在新家，我们一边给大冬准备上学带的行李物品，一边谈论着孩子以至我们全家的将来。那是多么幸福与温馨的一幕啊，连你蹬缝纫机发出的声音都像是在演奏一首美妙动听的乐曲！入学不久，大冬来信告诉我们他当了团支部书记，你看了后高兴地笑着说："我们大冬将来总会有大出息的！"我们更不会忘记，97 年春，财大开运动会，他带头报名参赛，不慎在跳高时摔伤，造成上臂骨折。你听说后，急得坐卧不宁；我则连夜乘火车赶往学校看望，把他接回家来养伤。经我们精心护理，他很快便痊愈返校上学。真是

233

珊瑚梦

"孩子有些微长进，父母有莫大高兴；孩子有点滴病患，父母有万千忧虑"啊！

1997 年，二冬参加高考。头天晚上，宿舍楼的人在院里高声放音乐，跳集体舞到很晚，吵得二冬一直睡不着，十二点后人家还不停。我们本想出去劝止，但还是觉得不好意思，只好让孩子移到会客室去睡。会客室一则只有沙发，又窄又热，睡着很不舒服，二则新换了地方不习惯，也没法睡好，就这样折腾了一夜。结果，考试中临场发挥得不是很好，只考上省城的理工大学。

是上还是补习，我们犯难了。我们和孩子研究来研究去，认为如果是就想上个重点本科，那就再补习一年，第二年肯定能上个好学校；如果还想考研，那就今年直接上，上了大学好好学，争取考研再上个好大学。我们让二冬自己拿主意。最后，他还是选择今年就直接上。

因此，二冬一入学，就下定决心要考研。四年的大学学习，甚至比高中三年还要刻苦。我们都深知，二冬是很有韧劲的人，一旦下定决心，就会顽强拼搏，百折不挠，不达目的，绝不罢休。所以，我们对二冬考上研究生，充满信心和期待。

你一定还记得，二冬大学毕业那年，一次打电话告诉我们，学校通知他可以保送上本校研究生，但他却谢绝了，一心想考天大的研究生。我们听了后，劝他要三思，但他却决心已定。我们虽然尊重他的意见，但还是不由得捏一把汗：万一考不上天大，怎么办？不是坪里的没收下，坡上的也丢了吗？结果，他真的考上了天津大学！我们的孩子真是争气啊！

与此同时，你在学校的处境也因校长的更换而发生了根本性的变化。也许真应了那句话"多行不义必自毙"，由于校长的倒行逆施，导致教师集体罢课，在社会上引起很大反响，学校的局势越来越无法收拾，那个校长终于被撤了下来。被撤下来以后，他整日整夜陷在麻将堆里，不能自拔。事有凑巧，一次，地区公安处突击查赌，被抓了个正着。那些干警不知道他原是中学校长，见他不仅不服软，口气还挺硬，一怒之下，把他铐到水管上，站不能站，坐不能坐，整整冻了一夜。好事不出村，坏事转周城，一时间，原堂堂一中校长参与赌博，被公安局铐了一夜的消息成为街谈巷议的热门话题。新校长来校后，了解到你的身体和其它情况，很快便把你正式列入学校编制，调到校图书室任阅览室管理员。不仅工作的紧张和劳累程度大大减轻，而且天天阅读图书杂志，视野大大开阔。

（八十二）

打工生涯

命运真是捉弄人。

1996 年实行改革，上大学开始收费，我们的两个孩子正巧 1996、1997 年考上大学，每人每年两三千元的学费，加上其它各项花销，一万元都打不住。而我们又刚刚买房，两件事挤在一起，让我们深感经济拮据。

同时，局里掌权的新换了人，说是要改革，在机关内部实行所谓的"聘任制"。但又不进行任何考核与群众评议，只让每个人报一下志愿，填上自己想去的科室，然后由领导决定迁谪与去留。大家虽不详细了解领导此举究竟出于何种目的，但个中奥秘明眼人自然一看便知。但我对此一向懵懂，更由于此时的我对仕途已无任何企盼，正如我 1997 年在原高中毕业班师生联谊会上的自题联《我的人生》中所云"富便有罪，戴着脚镣跳舞；事业无成，愧对恩师教诲。天佑善否？人到知命全参透，冷眼看世界，抛却浮云。穷则无力，背着石头过河；子息尚可，全仗祖宗德行。地酬勤与？年过半百无他求，苦心育儿男，留得青山。"去哪个科室都无所谓。于是，便填了"服从分配"四个字交了上去，事后则再不过问。结果，竟因此莫名其妙地下岗，闲坐家中。

我的心境坏到极点。此时，唯有你的抚慰让我稍解苦闷。我自信，凭自己的学识和能力，不愁找不到事做，为了孩子，也为了给自己争口气，我想外出打工，但又实在放心不下你，心下十分矛盾。

你了解了我的想法后，积极支持我出外谋事，深情地对我说：

"我最了解你，要凭本事，你到哪儿都会抢着要！人争一口气，佛争一炉香，你去吧，不用惦记我，省城又离得挺近，你时常都能回来看我的。"

"是啊，我每个礼拜日都一定回来看你，无非是多花点路费罢了。"

拿定主意后，没出一个月，我便应聘去省城最有名的私立高中上班了。

很快，亲朋好友、同学同事都听说了我外出打工的事。有人半开玩笑半认真地对我说：

"新局长可给你办了好事了，要不，局里能让你随便出去打工吗？这倒好，非但不能责怪你，还背了个不重用人才的骂名！"

学识、能力被社会认可，也算小小地出了一口闷气，并且有比较高的工资收入，经济拮据的困境大为改观，我的心境自然好了许多。但也饱尝了外出打工既要工作、又要顾家、辗转往返、辛苦奔波的艰辛与酸楚。

你一定还记得，那几年我们在一起过的那些礼拜日吧。由于分别，那些礼拜日变得格外甜蜜与温馨：仅仅分开五六天，但我们一见面，便有说不完的话；每次我一进门，你就忙着做好吃的给我吃，礼拜日变得像过节一样……

但由于相聚的短暂，总想尽可能在一起多待一会儿，离别时往往天光已暗，心情总是万分惆怅。虽然我们已是老夫老妻，但不知为何，每次离家，我总会想起《西厢记》中"碧云天，黄花地，西风紧。北雁南飞。晓来谁染霜林醉？总是离人泪。""四围山色中，一鞭残照里。遍人间烦恼填胸臆，量这些大小车儿如何载得起？"那些伤感的诗句。那种说不出的酸楚，也许只有你我心底才明白。

更由于怕对方惦记，这些酸楚那时我们很少谈及。你知道吗？在那些日子里，特别是数九寒天之时，我下午6点从家动身时天已大黑，8点多火车到省城时早是万家灯火，而我还得步行一段，再坐一个多小时的公交，快十点时还得在荒野中摸黑走四五里，穿过一个乱坟滩，才能到达学校。其间那种无可言说的惆怅和酸楚你能想象得到吗？

我的这种惆怅和酸楚尚在其次，更让我揪心的是对你的那种无垠的担心和惦记。我一直没敢告诉你，2001年11月经我的同学介绍到另一所新学校上班的第一天晚上，由于此前你已几次发生过晕厥，我着实不放心，竟梦见你又晕厥了，我赶紧跑去扶你，结果半夜从床上摔到地下。同室的老师慌乱地问我怎么了，我才醒了过来，不好意思地说，自己做梦了。自此以后，我便不仅除星期日必回家外，在一周的中间也尽可能回家一趟。特别是那时已给你买了供氧器，我利用在省城工作的机会抽空到制氧厂灌上氧，再在回家时带回去。所以在后两所学校打工的几年时间里，我经常背着供氧器出入学校，全校教职工甚至学生都渐渐知道我家里有一位需要天天吸氧的妻子。开始时我心里还有种说不出的酸楚，觉得好像比别人差了点什么，在人前还有点不好意思。但后来觉得既然老天让我摊上这么一个需要时时照顾的人，总是自己上辈子欠她的，既然结了夫妻，自然应该无怨无悔，这也没什么丢人的，心下便坦然了。

今天，这个需要我时时照顾的人离我而去，我才深深地领悟到原来那是一种多么难得多么值得留恋的幸福啊！有一个哪怕是病再重，甚至卧床不起，抑或需要时常推着轮椅出去散步的人在你跟前，你时时记挂着她，她也时时记挂着你，是一种多么珍贵的幸福啊！

（八十三）

哪怕十年得见一面

快七点了，茕茕孑立了一天的我，就要迎来亲子团聚的三人世界了，我忙着洗菜切肉，准备晚饭。铃声响了，两个孩子相继打来电话，说公司有事，早回不来，晚饭就不回家吃了。白忙活了一顿的我，又将面对一个孤独的夜。

明天奥运会就要开幕了，今天京城的夜景一定很美，多日未出家门的我，何不到四环边看看夜景，也好散散心，稍稍减轻一下心中的惆怅。我把洗好的菜、切好的肉放进冰箱，匆匆喝了一袋牛奶，吃了两片面包，抑了抑饥，便锁上门出去了。

和往日一样，我怕触景生情，没敢在小区停留，慢慢踱出大门，向四环边的小树林走去。

天渐渐黑了下来，小树林里没有路灯，休闲散步的人不多，没有了早晨人流如织、人声嘈杂的场景，变得朦胧而幽静。但也不时有勾肩搭背的青年男女从身边走过，亦有牵手相拥的老年夫妻从对面结伴而来。片片阴云顿然从胸中浮起，我一个人踽踽地蹒跚前行。

我从小树林穿过，来到四环桥上。由于单双号限行，桥下的车流明显少了许多，但仍是车水马龙，路边花团锦簇，灯火辉煌，放眼远眺，京城的夜空光明璀璨，五彩缤纷，真的比以往好上百倍千倍。是啊，我们不是正为着要看奥运才来京的吗？如今奥运来了，你却走了，怎不让人悲从中来！

我从四环桥走下，来到我们以前常常歇息的那棵梧桐树边的石阶前。

"今晚是七夕，是咱们中国的情人节啊。"

"那牛郎星、织女星在哪儿呀，怎么看不见？"

"今晚天上有云，看不着，恐怕要下雨哟。"

"那牛郎织女还相会不?"

"好不容易盼到这一天,怎么能不相会呢!下雨,就是两人见面流泪呀!"

"噢,是这样啊……"

"要下雨了,那咱们回去吧……"

"天黑,小心啊,来,让我牵着你的手……"

"啊,原来今晚是'七夕'!"

那边传来一对中年夫妇的谈话声,我看着他们牵手相拥渐渐远去的背影,绕着石阶转了一圈,在梧桐树边的石阶上坐下了。

一阵风吹过,拂去夏日的热浪,带来丝丝凉意,我抬头望望天空,银河依稀可辨,让我不禁想起牛郎织女的凄美爱情故事,不由得浮想联翩:

"迢迢牵牛星,皎皎河汉女。纤纤濯素手,札札弄机杼。终日不成章,泣涕零如雨。河汉清且浅,相去复几许。盈盈一水间,脉脉不得语。"

我们这对苦命珊瑚,与牛郎织女何其相似啊!

"纤云弄巧,飞星传恨,银汉迢迢暗渡。金风玉露一相逢,便胜却人间无数。柔情似水,佳期如梦,忍顾鹊桥归路!两情若是久长时,又岂在朝朝暮暮!"

牛郎织女的故事体现了千古以来人们企求夫妻恩爱不畏天隔人阻建立和谐家庭追求美满幸福生活的美好愿望,七夕也成为以美满婚姻和幸福爱情为主旨的华夏传统节日。牛郎织女尚可一年会面一次,可我们呢?如果天帝真的被牛郎织女的故事所感动而网开一面,那么我请求对我们这对苦命珊瑚也破例一次,让我们夫妻也能见上一面。哪怕十年得见一面,也可让我心存期待,朝朝暮暮,时时刻刻,盼望能在漫长的生离死别之后,有朝一日能当面相互诉说离别的万般惆怅与无尽思念。

我的这个无奈的请求天帝能应允吗?

（八十四）

乌鸦反哺

　　还记得我给你讲过的"乌鸦反哺"的故事吗？乌鸦是咱们那里常见的一种通体漆黑的鸟，不知为何人们觉得它不吉利，不愿与其接近。但正是这种遭人厌恶登不了大雅之堂入不了水墨丹青的鸟，却拥有一种值得我们人类普遍称颂的美德——养老、爱老、敬老，因而又被称作"慈鸟"。《本草纲目·禽部》中记载："慈鸟：此鸟初生，母哺六十日，长则反哺六十日。"小乌鸦在母鸟的哺育下长大后，当母鸟年老体衰，不能觅食或者双目失明飞不动的时候，它的子女就四处去寻找可口的食物，衔回来嘴对嘴地喂到母鸟的口中，回报母鸟的养育之恩，并且从不感到厌烦，一直到老乌鸦临终，再也吃不下东西为止。这就是人们常说的"乌鸦反哺"。

　　你听了后，动情地哭了。此前你虽然从未听说过这个动人的故事，但"绝不能忘恩负义，一定要知恩图报"的"反哺情结"却早已萦绕在你的心头，时时撞击着你纯美善良的心灵。

　　回顾我们婚后几十年的生活，可以问心无愧地说，这一点，我们做到了。成婚初期，尽管由于政治、经济等多方面原因，我们在物质上未能给父母以更多的回馈，但你我还是竭尽全力，凭借着双方在心灵上的相互支撑，在一个不太长的时间内便真正融入对方的家庭，得到认可和尊重，成为对方家庭中不可或缺的一员。以后，随着我们家庭经济情况的好转，从经济上回馈父母的力度越来越大。特别是随着社会的进步，知识和能力受到重视，我成了你们家孩子教育的"高级咨询师"，你则成为你们家名符其实的"大姐大"。

　　1998 年你老父亲病逝。你已在老父病重时提前回去，在病床前侍候尽孝，并当即拿出 200 元钱，以作医药及加强营养之用。我在打工的学校接到电话，立即向校长请了假，匆匆赶了回去。与你众姊妹协商，由我们带头，你们姊妹五个，除置办花圈纸扎外，每家另出 1000 元礼钱，以作整个丧事花销。这点儿钱，在北京也许不算多，但在这个国家级贫困县则无疑是个大数目，因而此举在街坊邻里和亲戚朋友中传为佳话。

安葬那日，你以柔弱多病的身体，不仅哭得昏天黑地，而且还坚持完全按当地的风俗，背上背着沉重的毛毯等物件，跟着灵车，五步一跪，穿过几条大街，一直不停地走到城外。我真为你的身体捏着一把汗啊！但为了成全你的孝心，我还是几次把已到口边的劝词咽下，我真是左右两难呀！

因我在私立学校打工，不能多请假，你父亲的丧事办完，我们便千叮咛万嘱咐，母亲一定要吃好喝好，保重身体，然后与老人洒泪惜别。我只能在家中住一夜，第二天就得上班去了。那一夜，我们又围绕回馈反哺你父母的事谈叙到很晚。

你的父亲——你早已经把你的养父当成亲生父亲了——不在了，以后我们对你母亲要更加多多孝敬。当晚我们便决定，以后除过年过节等其它随时的孝敬外，每年定期给母亲两次钱，每次 100 元。

你父亲的逝世，又让你不由得想起了自己的生身父亲。记得当晚你满含热泪地对我说：

"我那生身父亲年纪也一定很大了，我虽说只见过一面，但印象中他身体不太好，那时候倒有些驼背，现在还不知道在不在了……我当时真不该那样对他啊！我一定把他的心伤透了，要不他也许后来还会去找我的……"

"你当时不是怕父母亲难过，落个忘恩负义的名儿吗？"

"可我那样对他，不也是忘恩负义吗？他虽没有太多养育过我，可总是我的生身父亲啊！再说，他当时也是万不得已呀！我心里总觉得挺对不起他的，可这辈子也没法向他当面说了……"

"你要有心，咱们现在也可以找啊。"

"几十年过去了，咱们什么也不知道，怎么找……再说，我妈知道了，会怎么想……"

"那就等……"

"别说了……"

夜已经很深了，远处似乎传来乌鸦哇哇的叫声，但这次我们却一点也没有以前那种难听和不吉利的感觉，反而感到十分的亲切和吉祥，既像是父母对儿女的关爱呼唤，更像是儿女对父母的反哺报答……

（八十五）

总感觉你仍在我身边

二冬买限价房的事，终于有了正式文件，开始申报了。这一段，我一直在为这事儿忙碌着，总感觉你仍时时在我身边，和我一起为孩子的事操劳着。

自从大冬买了房，二冬买房的事便成了我们家的头等大事。自从我们上次来京得知有所谓"限价房"一说，这便成了我们天天谈叙的重要话题。从去年5月回家到元月再来京，我每天上网的第一件事几乎都是查看有关京城限价房的最新消息。我们这次来的时候，专门把省吃俭用积攒下的几万元钱全取上带来，就是准备给二冬买房用的。

二冬工作忙，上班时间走不开，星期日人家又不上班，只好由我到户口所在地街道居委会去送申报材料。那是此次来京我第一次独自一人乘车外出，而且路程很远，得换好几次车，孩子们嘱咐我一定要小心。我说，我又不是初来北京，这点儿事没问题。可谁知，由于堵车，9点动身，11点多才到，再迟一点儿人家就下班了。放下材料赶紧往回返，地铁列车上又人多没座位，只能站着。也不知是因为外面太闷热而车上开空调温度又太低二者反差太大，还是我的身体太过虚弱，没多久便觉得头脑昏昏沉沉，身上出冷汗，连身子也站不稳了。有位好心人总是看出了我的异样，给我让了座。我坐下后，身体似乎觉得舒服了一些，但神志却好像愈益模糊了：我想着二冬限价房的事，一会儿感觉你好像就坐在我身边，和我一起为儿子的事着急操心；一会儿又好像隐约听到广播里在说大望路站到了……

"噢……我这是在地铁列车上，你已经不在了，不在了……"我嘴里喃喃着，赶紧站起来，昏昏沉沉地随着人流下了车，往车站外面走……

炎夏正午的日光直射全身，刺痛了我的眼，我似乎清醒了些，下意识地擦了一把额头的汗，摸了一下身上：啊?! 怎么全身冷汗淋漓，连裤子也全湿透了……

肚子也莫名其妙地钻心般疼了起来，觉得肠子都快要拧断了，急着上厕所。可这里哪儿有卫生间呀？我小跑着到了马路对面，跑进一家大型商场。一进门便向工作人员询问卫生间在哪儿，人家说一楼没有，二楼才有。我又忙不迭地跑到电梯口，晃晃悠悠地上了二楼，好不容易才找到卫生间，跑了进去……

在卫生间呆了十几二十分钟，才算彻底清醒过来，但全身瘫软得简直连腿都迈不动了。慢慢踱到商场的长椅边，靠着休息了好长时间，才渐渐恢复过来……

我想打的，但一想到买房得花很多钱，踌躇再三，最后还是乘公交回了家……

这"限价房"的事儿头绪太复杂，手续太麻烦，填表，申报，三级审核，两级公示，备案，摇号，选房，楼盘位置，交通状况，配套设施，建筑面积，楼座，层数，户型，价格……该考虑的事情真是太多太多了。这段日子里，我天天在电脑上查资料，一晃就是几个钟头，搞得头昏脑胀，口干舌燥，腰痛身麻。

有时候，站起来在地下转转，总感觉你好像还在哪个房间坐着，绣鞋垫，缝衣裳……我下意识地踱进各个房间，但间间有你的面容，间间没你的身影，转遍全屋，空无一人，唯有我茕茕孑立，形影相吊。我看着墙上你那张熟悉的脸，你似乎也在静静地看着我。我喃喃地向你诉说着无尽的思念，你却一言不发，连眼也不眨一下……

听到二冬买了房，你怎么那么无动于衷，脸上连点儿笑容也没有？你以前那么爱说，怎么现在连一言半语也不和我唠叨呢？我这么口干舌燥，你怎么也省不得给我削个苹果、泡杯茶啊？你难道一点也不想我，不再关心我的生活起居了吗？莫非你已经把我和孩子都忘了吗？

(八十六)

有惊无险

你也许早不记得了，但我却至今记忆犹新。那是 1999 年 8 月，大冬和二冬已经开学到了学校，但我们都还在暑假期间。那天下午，你一个人从街上转了回来，一进卧室，正要和我说话，突然站立不稳，瘫软在地上。我一下子慌了，赶忙把你扶起来，弄到床上。正准备打电话叫 120 急救，但你已苏醒了过来。我忙问你：

"刚才是怎么了，突然晕了过去？"

你像没发生过任何事一样，大瞪着眼：

"我也不知道是怎么了，一下子就……"

"那现在觉得如何？用不用叫急救？啊呀，你刚才可把我吓坏了。"

"一点事也没有，叫急救干什么！"

"以后你可再不敢一个人去逛街了。"

这是你第一次突然晕倒，虽然有惊无险，一两分钟后就恢复了正常，但让我至今想起来还心有余悸。

这样的晕厥以后又间隔发生过几次，都是既没有任何预兆，又很快恢复正常，并未发生其它问题。为此我专门请教了医生。但医生也说不出个所以然，只说是病情加重的表现，当然也没有针对性的治疗办法。这让我更加忧心忡忡。

你的病怎么总没有对症治疗的药物呢？

（八十七）

曾经的慌乱竟成远去的幸福

今天，农历七月十五，是道教的中元节，佛教的盂兰盆节，民间的孝亲祭祖节，是自五月端午你入土为安之后的第一个大的祭祀节日。我们要为你祈求冥福，望你早升天堂。

为了去看你，我和孩子们早就准备上了。可是，二冬却正好今天因公出差，不能来看你了。大冬昨天专门买了黄白菊花、香火纸钱、时鲜水果、吃食点心，今天，又怕我劳累，专门借了一辆车，由他朋友开车，送我们来陵园看你来了。

到了，我看到那棵棣棠花树了，"先母李美美之墓"几个金字一下子刺痛我的眼，我再也忍不住，趴在你的墓碑上大哭了起来。大冬把你的遗像放在碑前正中央，把鲜花和供品等都摆放好，为你上了香。鲜花丛中，香烟袅袅，你看着我们，我们看着你，咱们又在一起了。

我渐渐由大哭转为啜泣，从墓前转到墓后，抚摸着镌刻在碑上的那首和着我的心血写成的《悼爱妻》诗，头撞着碑止不住哽咽起来。

今天，你离开已经 212 天。212 个日日夜夜啊，在我们共同生活的 35 年里，你从来没有离开过这么长时间。你在那面过得好吗？你想过我有多惦念你吗？你知道这 212 天我是怎么过来的吗？

多少个夜晚，我从梦中惊醒，不是梦见你在街上突然晕倒，就是梦见你在我跟前倏然抽搐，我慌乱地扶起你来，不是扶着你缓缓地往家走，就是忙乱地打开吸氧机为你输氧，可是醒来一睁眼，跟前则空空如也。原来，就是这种忙乱与慌恐对我也是一种难得的幸福，如今连这种慌乱的幸福也离我远去，怎能不让人肝肠寸断！

在这次来看你前的准备中，孩子们拿出我们来京时带的你准备服用的全部药品，问我是否需要再给你送去。我想了想，觉得，你到了那面，已远离凡尘，人世间的病痛不该再缠着你，你的身体应该变得非常健康，还要这些药品干什么？可是，我又为什么会屡屡梦见你在我跟前晕厥和抽搐呢？你快告诉我，你现在的身体到底如何？你还会时不时地犯病吗？要是常犯，那我不在你跟前，还有谁能常守在你跟前寸步不离地照顾你呢？

（八十八）

今夜无月

今天，八月十五，中秋节。

从今年开始中秋节放假三天，但大冬因项目开盘，一天也不能休息；二冬公司也有事，只休息两天。他们怕我一个人在家孤独郁闷，从昨天开始便让我参加大冬他们项目的活动，带我游览天下第一城，直到今天下午三四点钟，父子三人才回到家中。

在外转悠了近两天，我实在太累了，一进门便躺倒在床上。那地方的景观多好啊！要是你还和我们在一起，那这两天我们一家一定还和去年、前年我们一起游天安门广场、王府井、首都博物馆、朝阳公园、北大、清华、鸟巢、水立方一样，过得该有多欢乐、多幸福、多温馨啊！可是，今天，一切都变了——越游玩，我的心情反而越差……

等我再睁开眼时，室内已暗了下来。孩子们见我起来，便拉亮了灯，把品种繁多的节日水果、月饼摆上桌子。中秋之夜来临了，我们该过节赏月了。

我揉了揉惺忪的睡眼，掀开窗帘，想看看中秋的圆月。孰料，不知何时晴朗的天空竟乌云翻滚。中秋的圆月倒是隐隐约约从东边升起来了，但乌云早压了过去，四野一片昏暗，圆月好像被俘，绳捆索绑。一忽儿，圆月好像挣脱了羁绊，在云间穿行；但乌云又借来狂风，向圆月发起更猛烈的围攻。乌云越聚越多，越积越厚，霎时间霸占了整个天空，圆月一点儿也看不见了，狂风挟着暴雨噼里啪啦地打在窗棂上，天宇陷入无边的黑暗之中。

"啊，下雨了，今夜看不到圆月了……"我无奈地拉住窗帘，颓唐地呆坐在沙发上。

月儿啊，可怜你一月只有一回圆，一年只有一中秋，中秋之夜该是你最辉煌的时候，但乌云遮没了你，你却无能为力，只能将如泉的悲泪化作无边的苦雨……

"人有悲欢离合，月有阴晴圆缺，此事古难全。"没有圆月的中秋节，还能叫月亮节吗？没有你的中秋节，还能叫团圆节吗？团圆节夜天无月，天无月兮卿远去，卿远去兮心常萦，心常萦兮梦已碎……

今夜无月，今夜无眠……

在我的记忆中，中秋夜无月曾有过两次：

一次是1968年戊申中秋夜，我在雨声中曾写下《沁园春·中秋抒怀》一词。序中写道：中秋团圆，本乃佳节，然余今毕业分配，杳然无音，家中穷愁，无置酒资。更兼整日秋雨不绝，倍增烦忧。因援笔抒怀，长歌当哭。全词如下：

> 宜乐中秋，
> 雨降朝暮，
> 哀兮穷愁。
> 怜月中桂树，
> 霜逼干枯；
> 捣药玉兔，
> 羁绊难走；
> 吴刚伐桂，
> 嫦娥奔月，
> 而今信息杳然无。
> 仰天叹，
> 寄苦雨寒星，
> 荃可知否？
>
> 缅怀古今英才，
> 悲亦夫，
> 贤哲多困忧。
> 念东坡居士，
> 把酒问月；
> 太白谪仙，
> 举杯浇愁；
> 绝代文豪，

伟哉鲁迅，
当铺药店曾受辱。
莫真是，
天欲降大任，
心志先苦！

另一次是1974年母亲突然过世的那一年中秋夜。我曾写下《中秋思亲》诗四首。序中写道：中秋夜乌云遮月，天阴欲雨，更增吾思亲之情，因作中秋思亲拙诗四首：

中秋晴朗天，
云将明月遮。
佳节团圆夜，
母子隔两界。

乌云遮明月，
嫦娥何寂寞。
慈母升天界，
可否把儿念？

月宫桂树边，
吴刚何孤怜。
老父远故里，
贵体可康健？

天阴不见月，
玉兔忧戚戚。
哀子客异乡，
思念永无边！

今夜，是第三次。莫非冥冥之中，中秋夜无月真与我的心境与命运相连吗？不然，何以会如此巧合呢？上两次的事我都给你讲过，那几首诗词你也看过。那时，你同我一起唏嘘感叹，让我倍觉欣慰，可今天呢？

我们婚后，由于很少长时间分别，所以也就很少不在一起过中秋。每年中秋这天，我们自然总在一起。还记得那些欢乐温馨的时刻吗？早上喝红饭，吃月饼，中午包饺子，饮红酒，晚上尝瓜果，赏明月，一家子说说笑笑，欢欢乐乐，团团圆圆，和和美美，年年如此，以至我们都习以为常，以为这种欢乐与温馨将年年岁岁直到永远。孰料，这种人人得享的天伦之乐，而今对于我竟成了一种奢望，怎能不让人悲从中来……

在我的记忆中，好像只有一次中秋节晚上我不在你身边。那是我外出打工的1998年。因中秋节夜学校要组织学生联欢，要求教师也参加，所以那次我在中午和你一起吃了饺子，下午六点多你又提前拿出月饼和水果，切开西瓜，我们一起吃了后，我才依依不舍地动身离家去学校。火车进入省城时，已近八点，我在车上听到外面哔哔叭叭的鞭炮声，从窗口看到外面夜空中升起的烟花，想到中秋夜你一人在家的寂寞，思念之情油然而生。那个夜晚你我都在相思中渡过，我们虽然中秋节夜无法在一起，但那时，我们想的是，过不了几天便可相见，所以很快心里也便释然了。可今夜，我的相思却无涯无边，无可解脱：你我何时才得再相见……

自两个孩子上大学开始离家特别是工作以后，我们就好像没有和他们在一起过一个中秋团圆节，到过节时只能通过电话，聊上一个多小时。今年，我们要在北京看奥运，奥运结束，就快中秋了，还能不和孩子们在一起过个团圆节吗？今天，这个中秋团圆节到了，我和孩子在一起，可你却……不用说一家团圆，就是连电话也……

"明月几时有，把酒问青天。不知天上宫阙，今夕是何年。"你能否告诉我，在那面，怎样过节……

"但愿人长久，千里共婵娟。"今天上午我在游天下第一城中的"大安寺"时，转遍了寺内所有的佛殿，给每一位佛祖上了香，磕了头，为你许愿，为你祈祷。我从来没有像今天这样虔诚，一次次顶礼膜拜，五体投地。在那里，也许只有在那里，我才觉得与你靠得比较近，那一刻你我似乎心灵相通；但一出殿门，我便又觉得怅然若失：而今，与你长久相伴已成梦呓，人世与天堂的阻隔绝不是"千里"、"万里"所能形容，是无法跨越的……

（八十九）

惊魂难宁

2001 年 4 月 7 日，这个日子你还记得吗？

二冬临近大学毕业，实习结束，才从学校回来两三天。那天上午九点多钟，我和他正在家里谈论研究生考试的事。

"咚咚咚……"突然传来急促的敲门声。

"谁家有什么急事？"我赶紧跑去开门。

"李老师，美美在厕所门前晕倒了……"同院的一位大姐惊慌地对我说。

我心下一惊，赶紧跑了出去。二冬也忙不迭地跟着我一起跑了出去。

你仰面直挺挺地躺倒在厕所门前，嘴唇青紫，两眼紧闭，头发零乱，脑后流的血把地都浸黑了一片，很是吓人。我立即俯下身，把你扶得坐了起来。你微微睁了一下眼，又阖上了，我见你身体瘫软，但呼吸和心跳都还正常，明白了：你总是一跨出厕所门突然发生晕厥，要不是朝后栽倒，后脑勺碰在砖墙棱上，也不会受伤，根据以往的经验，一会儿就会清醒过来。我心里的紧张度稍稍放松了一些，和二冬一起想把你抱起来。

这时，左邻右舍的人闻讯，也都跑出院来。有人带着手机，立即给市医院急救中心打电话，请他们赶紧派急救车来。

在众人的帮助下，我和二冬把你抬到咱家单元门前，正准备进门时，急救车到了。车上的医生立即给你用氧气袋输上氧，并对伤口做了包扎，止住了血。众人便一起帮忙把你抬上了车。我和二冬抱着你随同前往，对门的吕老师说了一句："我也和你们一起去吧。"便也和我们一同上了车。

急救车几分钟便开到了市医院急救中心。医生立即测血压：90/50；做心电图检查，结论为：心房纤颤，完全性右束？阻滞（此为心电图上的文字说明）。然后便把你推进手术室，准备实施伤口缝合手术。这时，你的神志开始恢复，睁开眼看着我们，声音微弱地问我：

"我这是怎了？"

我安慰你说：

"不要紧，你上厕所出来时晕倒了，头碰到墙上……"

"噢，我又晕了……"

"以后可得注意了。"医生一边嘱咐着，一边开始给你做缝合手术，我们则在外面等着。

半个多小时后，手术做完了，我们又把你推回急救室。医生开始给你输液，我和二冬在旁边陪着你。我对吕老师说：

"让您还专门跟我们上医院一趟，跑前跑后的，太感谢你了。现在这里有我们就行了，您忙您的吧。"

"没事，应该的。好在没出什么大事，以后可得多注意呀！"

"吕老师真好。"你在病床上欠了欠身说。

"快躺着，别起来。好，那我回去了。"

吕老师走后，我们陪着你。两个小时后，又查了一次血压，已经提高到110/61了。我又拿着那份心电图，专门到医院病房请一位专家看了一下，他看后说：

"噢，是房颤，以后可得多注意了。"

晚上七八点钟时，药液输完了，我们乘着夜色返家。

以后过了十几天，我们又带你到医院拆线。后来为方便起见，便在我们巷子里的门诊部换药，直到伤口完全愈合为止。

这次事后，全院的人都知道你的病够严重的。

亲友闻讯也都来探望。你母亲听说后，还专门来看你。

怕大冬知道后心里惦记但又不能回来，我们当时没有告诉他。他在电话里问他妈的身体，我告诉他很好，不用惦记。

自此以后，我天天惊魂难宁，更加小心翼翼，唯恐你在外面发生不测。几年来，你虽再没像那次那样晕倒碰伤，但还是不时发生晕厥的事。

你也许早忘了，那年过元宵节，孩子们节前走了，家里就我们俩。上午我们相伴到街上看文娱表演。不料刚走到六中门前，你便晕了，我只好护着你返回家中。晚上你又想出去看花灯，我觉得你上午刚晕过，晚上总不会再晕了，便与你一起出去。谁料，刚走到街心公园东面卖烧烤小吃的摊位前，你一下子直直地躺倒在地上。我赶忙把你扶到公园的水泥台阶上。过了很长时间，你才渐渐清醒过来。这个元宵节的花灯无缘看了，我只好又扶着你慢慢踱回家。我估计你肯定是被烧烤的烟熏着了，你是一点也不能闻烟味的，为此我们家没一个人抽烟，多少年来我几乎不让房间里有一点烟味。

还有让我更害怕的，那就是最近几年，你晚上有时会在睡梦中突然抽搐起来，轻轻地呻吟着。开始时，我特别着急，一听见你不对劲儿，就赶紧拉着灯，让你吸上氧。但因你仍在睡梦中，我给你把管子接上，你却又拔了出来。后来，我只好抱着你，看着你，等你停下来后再熄了灯睡觉。你自始至终没有醒，停下来后自然睡得更甜了。但我却再也睡不着了。一会儿爬起来看看，见你静静地睡着，便放心地躺下，一会儿又担心了，再拉亮灯看看。这种情况发生得多了，我心里的紧张度才慢慢地放松了些……

那最后的一次，我又多么想你能像以前一样啊！但是……

（九十）

白发人竟送黑发人

　　今天是国庆长假的第二天。大冬公司有事，早早上班去了；二冬休息，难得睡个懒觉；我则早早起了床，想等二冬起来后一块儿吃，便没先做饭，洗漱后就坐到电脑旁，开始与你絮语。

　　我随手拿起月历：

　　"咦！今天是农历九月初二。"

　　脑子里一下子浮现出去年今日我们一起回你的家乡祝贺你老母亲八十大寿时的热闹情景。

　　为祝贺老母亲的八十大寿，你们弟妹五个决定共同出资大大庆贺一番，我们为此专程回去。那天，众亲友都来祝贺，在酒店共摆了四桌，场面十分热闹。子女们专门为老母亲买了一身新衣裳，特别买了一个大红扛肩，老人穿在身上，显得格外喜气。儿子儿媳，女儿女婿，孙儿孙女，外孙外孙女，一大群围坐在老人身旁，其乐融融。当晚，大冬和二冬专门给姥娘打电话，祝贺八十大寿。那天，我们过得多欢乐多温馨啊！

　　归家后，我们又谈起去年那件事，你久久地激动不已。那是 2007 年新年初，侄女来家，你妈给我们带来你最爱吃的酥鸡肉。侄女走后，我们打开一看，里面竟夹着一个用餐巾纸包了好几层的小圆包。我们诧异地打开：啊?！里面竟是两枚银元！我们先是一愣，但很快就猜出来了：一定是你妈觉得自己年纪大了，身体又有病，特别是经常头晕，想到该给女儿留点什么了。你家姊妹们以前私下曾悄悄谈论说你父亲手里有"袁大头"，但你们都从来没见过，父母亲也从来没和你们说过，你们当然也没敢问。这银元一定是你爸临终时留给你妈，你妈现在想分给你们一些，以后老人离开时好有个念想。既然侄女来时没说，很可能你妈连她也没告诉，那我们也就暂时不要说，等以后回去时问你妈吧。但没过几天，你妈便让三妹拨通我们的电话后，亲自向我们说明了原委。我们猜得一点没错，记得你当时激动地哭了，动情地对我说：

"虽说两个银元也不是多么大的财富，但它说明在我妈心里，我和她的那几个亲生女儿是完全一样的！我们这几十年的孝敬终于感动了我妈，我没有忘恩负义，我妈终于把我当作她的亲生女儿了！"

紧接着，你谈起母亲的身体，觉得实在大不如前，很是忧心，生怕哪一天会……

我一方面劝你不要多想，一方面心下着实为你担忧。当时我虽没敢明说，但想到那年你老父去世时，你极为悲伤，尤其是按那里的乡俗，在父母的葬礼上，儿女们要在身上挂着毛毯当街跪很长时间，我真怕你身体吃不消，很想劝劝你，待老母亲离开时你就不要回去了，即使回去也不用行那样的大礼。但我又想你肯定不会答应的，所以也就没敢对你说，只能等到时再看了。

孰料，几个月之后，你却先她而去。真真痛煞人也！你让她老人家八十多岁的年纪如何承受这白发人送黑发人的巨大悲痛啊！没办法，我们到现在还瞒着她老人家。她老人家到今天还在想着她的大女儿在北京住着，就快回去看她去了。是啊，我们这次来京原定看完奥运后就回去的，现在，奥运已完，国庆也即将过去，我们该回去了哇！可今天……

想着这一切，你让我怎能不悲痛欲绝啊！

（九十一）

娘儿仨在一起的日子

难得国庆放假一周，两个孩子都能休息几天，父子仨可以在一起长时间地聊聊天。由于生怕触及痛点，孩子们总是小心翼翼地避开让人伤感的话题。但绕来绕去，还是离不开我们和你在一起的那些让人刻骨铭心的岁月。

"我工作没几年，就换了四个住处，可我妈全去过。"

"妈要去了，我也一总跟了去。"

"有两处，连我都没去过。你弟兄俩，可真是你妈的骄傲！"

"我妈是我们拼搏上进的动力啊！"

两个孩子深情地回忆起你们娘儿仨在一起的日子……

2000 年大冬大学毕业，是第一届缴费上学、自主择业的大学生。他虽学的是财经专业，但一直喜爱写作，大学期间便已在各种报刊上发表了数十篇文章。机缘凑巧，他先在西安高新区的一家公司工作。公司老总对他十分信任和器重，有意培养，安排他到公司重要部门，熟悉公司的运作，学习公司的管理，同时兼任董事长秘书。这为他以后的发展打下良好的基础。

暑假期间，二冬去大冬那里游玩。事有凑巧，假期中一中组织教职工到西安旅游。以前学校组织旅游，你都由于身体原因无法前去，只好白白放弃。但这次我们想到，你虽不能爬山旅游，但正好去看望大冬，二冬正在西安，又正好代你随团旅游，可谓一举两得，便决定你随一中教职工一同前往西安。

在西安，大冬带你游玩了高新技术开发区，游览了西安古城墙……孩子特别讲到，他当时由于刚参加工作，租住的房子很小，设施也不是太好，没能让他妈吃好住好，心里很不是滋味，暗暗下定决心：一定要好好干，干出名堂来，以后让他妈跟着享福。

还记得吗？出发那天，我把你送到车站，托付老师们路上照料你；返回的那晚，我到车站去接，当看到你和老师们一起出来时，高兴地迎了上去。与你同行的老师们不无羡慕地说：

"美美，你真是好命，出发时老公送、儿子接，回来时儿子送、老公接，这是哪辈子修下的福啊！"

回到家，你兴高采烈地给我详细讲述在西安和两个儿子一起渡过的欢乐时光：怎样一起在西安高新技术开发区游玩，怎样一起游览西安古城墙……西安的街道什么样，大冬的住处如何，你们吃什么，喝什么……

2001 年，大冬决心到北京发展。同年秋，二冬考上天大研究生，圆了两代人的梦。天津离北京很近，北京便成了两兄弟共同的家。

一次，我们看中央电视台生活频道的《健康之路》，了解到北京的中医研究院有全国顶尖的中医治疗心脏病专家，想到大冬已到北京工作，可以带你去看。于是，2002 年春你赴京去中医研究院诊病。

大冬每天早早陪你去排队看病，连医生都夸你有一个好儿子。开回药方后，又给你熬药。二冬每周从天津过来看你。你住了一个多月，五一期间还和两个孩子一起游了天安门广场。那一个月，你们娘儿仨过得多温馨多愉快啊！

回到家后，邻居们都说你长胖了，脸色也红润了。你说：

"都是我儿子照顾得好。"

但大冬却说："当时租的房还是不行，没让我妈住好，以后我一定要在北京买上房，让我妈住上最好的房。"

你的两个儿子都上了大学，二冬还上了天大研究生，毕业后又都到了北京，事业有成，认识的人纷纷向你取经，想学习你教育孩子的诀窍。你却总是回答："我也不知道是怎样教育的。"其实你在图书室看了很多有关教育孩子的书，对教育孩子已有了相当深入的认识，特别是你身教重于言教，孩子们从你身上学到了真诚善良的美好品质，汲取了拼搏向上的无穷动力。

记得你告诉过我，有一次二妹和你聊天，对你说：

"我姐夫为什么对你那么好哇，还不是因为你给他生下两个好儿。"你听了，觉得特骄傲。

是啊，孩子成器是你最大的骄傲；一心回报妈是他们拼搏奋斗的最大动力，你们娘儿仨真是有缘哪！

（九十二）

梦待圆时卿远去

告诉你一个好消息：二冬要买的限价房终于最后定下来了。

9月20日一早，我和二冬去选房。小区位于北五环与六环之间，离市区较远，但旁边就是城铁车站，交通还是比较方便的，且距海淀名校集中的区域较近，人们普遍看好该区域未来的发展，在限价房中区位还算是不错的。小区由实力很强的国有大公司开发，质量较有保证，设计较合理，楼距较大，景观较好。咱家选定的楼位于小区最南端，视野开阔；楼层中间偏上，高度正合适；户型虽不是全朝南，但起居室与主卧朝南，次卧与厨房朝西，还算可以。咱家选房顺序属中间偏后，这样的结果总体上比我们预想的要好。

10月15日，我和大冬、二冬一起去交首付款、签合同、办理公积金贷款等有关买房的各项事宜。一切进行得很顺利，各种手续办完，明年6月就可以交房入住了。

我们多年期盼的事终于圆满实现，这本是大好事，我们一家应该高兴才对，但那天，我回到家却不由得悲从中来，大哭了一场：梦待圆时卿远去，怎不叫人心欲碎……

今天，我还要告诉你一个更让人激动的好消息：如果说，上一件事你可能会想到的话，那么，这件事你则一定不会想到，因为我知道你和我一样，根本不会想到这样的好事竟能在今年实现。如果说，上一件事的实现让我们如愿以偿的话，那么，这件事的实现则完全是大喜过望。

本来，住别墅只是我们的一种远期愿景，但最近，这件事一下子变得现实起来了。大冬他们公司准备推出一种别墅新产品——叠墅，即叠拼别墅，每平米均价只有三、四千元。这样的价格与家乡的房价都差不多了，这种机遇怎能轻易放过呢？他们弟兄都有了房子，不就该给咱们买了嘛，孩子们想孝敬我，我也想北京还是该有套房子，于是，父子三人几经商量，最后终于决定购买，正式签了叠墅（叠拼）的认购协议，明年底便可入住。

现场工作人员专门为客户用电脑特技在茶杯上印制本人照片以作纪念。我和大冬专门请人家另外印制了两个茶杯：一个印的是你我去年在清华大学游玩时在大树底下摄的照片，一个印的是我们一家四口在小区摄的照片。回来后，我把印有我们一家四口的那个茶杯放在电视柜旁的陈列架上，坐在对面的沙发上便可时时看到，另一个则作为我每天用的茶杯，好让我能时时看到你。记得我曾经告诉过你，几个月前大冬专门给我买了一个印有"万寿无疆"的茶杯，我一直用着，但对我来说，能时时和你在一起，比我"万寿无疆"不知重要多少倍！

现在，这个茶杯就放在我跟前：我敲击着键盘，含泪看着你；你在微笑着，静静地看着我。让我给你把叠拼别墅的图片发过去吧，你仔细看看……

觉得怎么样？你现在想什么啊？能不能告诉我……

我可以告诉你，我想的是：好是好，但离中心城区太远了，对孩子们来说，只能是第二居所，周末回来住住。这么好、这么大的房子，可让我一个人怎么住啊?!

子欲养而亲不待，梦待圆时卿远去。孩子们只好用电脑合成一张我们一家四口一起在别墅前的留影，放大洗印，装进相框，摆在电视柜上方，以表孝心。

看着一家四口其乐融融的合影，我含泪问你：

"能回来和我一起住吗?"

我知道这纯粹是痴人说梦。天不佑善无理喻，倾尽心油亦枉然。苍天啊，你为什么要这样对我们哪?!

（九十三）

你在那面，感觉冷吗？

今天，农历十月初一，是与清明、中元并列的"三冥节"之一，亦称为"寒衣节"。"十月一，送寒衣"，进入十月之后，天气渐冷，人们怕逝去的亲人缺衣少穿，因此，祭祀时除了食物、香烛、纸钱等一般供品外，还有一种不可或缺的供物——寒衣。

为了在这一天去看你，我和孩子早就准备上了。二冬早在上周就置办好了香炉、纸钱、食品、水果、寒衣等一应供品，大冬则早早联系借车，但却未能如愿：车好借，但人却难借，北京人真的太忙了。孩子们想自己开，但我还是坚持今年不让他们开，最后还是决定坐公交、地铁去，菊花花束不方便带，只好到陵园再买了。昨日，我又专门到小区外面找回供上香用的粗砂，仔细地筛过后装入香炉；取出你的遗像镜框，仔细地进行了擦拭，并用黄绸包好；把供品一一分装好，写上孩子们给你的素笺……

天气还真是说冷就冷了，一出门，便觉冷风扑面，抬眼望去，天空阴云密布，细雨濛濛，刹那间，强抑的悲伤撞开了崖岸，浓浓的思念涌上心头，顿时泪眼模糊，分不清是雨线还是泪线，遮没了视线……一路上，我的眼前几乎全是你的影子，直到站在这棵棣棠花树前……

你一定想告诉我：你早知道我们今天要来，昨晚已经回去看过我了。

是的，我见着你了。你离开我将近300天了，昨晚是你第一次来看我，我清晰地看到你了。既不是在新家北京，也不是在老家城里，好像是在我故乡的村口。我带着准备给你的大红绸缎棉袄来到巷子北口，你从东面的小道上缓缓地走了过来。你一点儿也没变，完全是老样子：面容憔悴、枯黄，吃力地迈着独特的八字方步，步履蹒跚。我看到你，一种莫名的惊喜涌上心头："啊?!

你还在呀！这么长时间你跑到哪儿去了?"我疯一般的跑了过去，把你紧紧地抱在怀里……我们之间该有多少话要说，有多少离情要叙啊……可是却没来得及说一句话，甚至连棉袄都没来得及递到你手上，你便不见了……

我一下子醒了：夜色如墨，一片静寂；忙打开台灯：身旁空空如也，连大冬也没有回来，给他铺好的被子纹丝未动，看来今晚是不回来了；特意看了看表：3 点 31 分……

这个夜晚，我还能入眠吗?

我本想你到了那面，身体会变得非常健康，可是昨晚我看到你的样子后，却不能不更惦记你了。现在天凉了，你在那面住的地方怎么样? 感觉冷吗? 你的身体吃得消吗? 我不在你身边，还有谁能寸步不离地时时刻刻照顾你呢?

想到这些，我不能不想起去年的今天，我们在老家的情形。望着你的照片，一切宛若昨天：上暖气前的那段时间，是最难受的，每天晚上，我们都是裹着被子看电视的。等有了暖气，却又白天根本不烧，晚上也是稍温而已，我们仍然必须裹着被子看电视，"冷"，成了去年冬天我们生活的主旋律。我已经不止一次地说过，由于我们大半生吃苦惯了，饿能受得，渴也能受得，热了能忍，冷了也能忍，所以此前我们根本没把它当回事。但同时，也由于此前我们对温度的变化感受不深。今年夏天家里装了空调，我才深切地知道，原来人对温度的变化异常敏感，高一度则觉得热，低一度便觉得凉。"冷"是最终掳走你的头号帮凶！每想及此，总令我捶胸顿足，悲痛欲绝！

想你，是一种无言的酸楚，一种彻骨的心痛，心疼你 54 岁的年纪就永远的离开了尘世，给我与孩子留下那么多那么多的遗憾，这种感觉时常缠绕着我的心田。我曾以为，随着时间的流逝，我会渐渐的不会在想你的时候老有这种刀割般的痛，可是，每时每刻，如雕塑般掠过我心头的你的笑靥，却仍然使我时时感受到渗入骨髓的撕心裂肺。美美啊，我真的好想你！

一束黄白的菊花寄托着我们的哀思，思念让人哭泣：从天人永隔的那一天起，你就把你的笑靥种植在了我的心里。在这寒风袭人的山顶，在这你安息的地方，我们静静地陪着你。我与孩子默默地把菊花花蕊一缕一缕地掇下来，缓缓地洒落在你的墓上，就像为你盖上薄薄的金黄色绸被。你，你还冷吗?

在这近 300 个日日夜夜里，我的心情一直差极了，老在长吁短叹，不时地泪流满面，孩子们老问我："爸，你怎么了?"我知道，他们是看着我的样子担心着急，可我真的无法控制自己呀！我明知"倾尽心油亦枉然"，但"泪是心中的油，不痛不往外流"，深深的痛楚随着岁月的流逝却无丝毫消减，我又怎么能管得住这泉涌的眼泪哇！

人去秋意寒，无语泪长流。要过多久，这无言的伤痛才可结痂？要过多久，这无尽的思念才可稍减？我不知道，我真的不知道。我只知道，你的离开让我深切地悟到了生命的稍纵即逝。

我今思卿卿何在？卿若念我入梦来！

（九十四）

又一次唤起希望

2003 年，我们从中央电视台生活频道的《健康之路》上，第一次听说了"介入治疗"这种医学新技术。电视上讲，先心病介入治疗就是在 X 线或超声心动图的指引下，将穿刺针及导管沿血管（一般采用大腿根部血管）插入要达到的心脏部位，进行影像学诊断后，对病变部位做定量定性分析，再选用特制器材对病变实施封堵、扩张或栓塞的一种微创治疗方法。目前，主要开展有房间隔缺损封堵术、室间隔缺损封堵术、动脉导管未闭封堵术、经皮肺动脉瓣球囊扩张术等。传统的先心病开胸外科手术需要闯过全麻关、开胸手术关及术后复原关这三道关，而且还会留下终身疤痕。与外科手术相比介入治疗有如下优点：1、创伤小，无需在胸背部切口，仅在腹股沟部有 2～3 毫米的切口（一般不留疤），无需打开胸腔和心包，更不需要切开心脏，对心脏几乎毫无损伤。2、无需全身麻醉，仅在腹股沟作局部麻醉，避免了全身麻醉的意外，以及全身麻醉对大脑、肝脏、肾脏等器官的毒副作用，特别是避免了麻醉药物对大脑智力的影响。3、无需输血，由于介入治疗出血少，不需要输血，避免了输血可能引起的传染病，如肝炎、艾滋病等；4、术程短，介入治疗手术时间较短，以封堵一个房间隔缺损为例，手术所需时间仅需 30 分钟左右，病人术后 6～12 小时即可起床活动，3～5 天即可出院。5、无排异现象，由于目前使用的封堵器均为镍钛记忆合金制成，无抗原性，在体内不会产生排异反应。目前，介入治疗成功率已达 95%～100%。

这一消息让你我大受鼓舞，又一次唤起治愈的希望。你不就因为肺高压不敢动手术吗？这下好了，这种治疗方法既和你的病情十分吻合，针对性很强，又创伤小，术程短，你的身体不就可以承受得了吗？

珊瑚梦

　　我立即给孩子们打电话，让他们到大医院详细咨询专家，询问你能否进行这种治疗及有关问题。孩子们对此十分重视，从网上下载了大量有关资料，打印后一厚沓一厚沓地给我们寄了回来，同时找熟人，托关系，带着你的病历，一次又一次地向专家咨询。但令我们困惑的是：我们看了资料后总觉得可以，可专家看了你的病历后却总认为你的病太重，恐怕不行，态度最好的也只是委婉地对孩子们说等实际检查了再看吧。

　　于是，我与你在2004年夏一同赴京，经大冬找熟人联系好后，我和孩子们带你去京城最有名的大医院看专家门诊。这次看专家门诊的过程让我们伤透了心，我在这里实在不想再提。总之一句话：刚刚点着的希望之火，还没等燃旺，便在瞬间熄灭了……

　　由于此前我们早经受过这种希望与绝望相互搓揉的折磨，心理的承受力已大大增强，特别是大冬那位朋友的热忱更让我们一家格外感动：他主动提出，并且亲自开车，带着大冬和你到他的大伯——一位年过花甲的资深老中医家为你诊病，开了药方，还讲了许多保养的方法。更由于这次是我们一家四口第一次在北京团聚，亲人在一起的欢乐与温馨可以冲销一切的不快与苦痛，很快，我们的心态便渐渐平复。

　　两个孩子刚参加工作，我们来了，他们则只能睡在外间会客室的行军床上。但这样一家子挤在一起，倒显得更加亲近，交流和谈叙的更多了。特别是租住的房子就在北大附近，我们步行十几分钟即可到达。那些快乐的北大之游，给我们留下多少美好的记忆啊！

　　还记得那个周末吗？两个孩子难得周日睡个懒觉，我们则起得很早，为了不影响他们休息，匆匆洗漱后便去北大游玩。我告诉过你，上北大是我的梦想，高中时我在日记里曾写下"攀登珠穆朗玛峰"的誓言，在我心里这个"珠穆朗玛峰"便隐指北大。但我的这个梦想却未能实现，成了我一生最大的遗憾。那天，我沐浴着夏日的朝阳，跨进北大的古式校门，漫步在未名湖畔，心里不禁浮想联翩……

　　八点多的时候，手机响了。是大冬打来的，问我们在什么地方，我告诉他，我们正在未名塔下歇息。他让我们等着，他弟兄俩一会儿就到。不一会儿兄弟俩便来到我们跟前。他们带着数码相机，我们一家边游边照，游遍了北大的每一个角落。那天，我们过得多快乐多温馨啊……

　　我打开了电脑中保存的"04年北大游"文件夹，一幅幅照片扑面而来：华表前，拱桥上，未名塔底，未名湖畔，百年讲堂，红楼书馆，古树绿荫，芳草地上，鲜花丛中，荷叶池旁……

看着你的一张张笑脸，我泪眼模糊了：
我的美美啊，你今在何方？

（九十五）

北京有了自家的房

还记得 2005 年下半年，孩子们与我们打电话时的情景吗？那半年，大冬买房的事成了我们每次打电话的主要话题，常常是大冬说了二冬说，我说了你再说，一次电话竟要打上一两个钟头。直到 10 月间，在看了数不清的楼盘后终于决定购买位于东四环朝阳公园附近的一套 90 多平米的两居室。那时北京的房价正处于涨价前夕，考虑到孩子的承受能力我们赶紧把多年来省吃俭用集攒下的几万元钱取出来给大冬汇去作为补充。我们将在北京第一次拥有自家的住房，一家人甭说有多高兴了！

买房后，话题更多了：环境怎样，质量怎样，户型如何，何时交房，怎么装潢……这时候，我们上次进京带回来的电脑可派上了大用场。我们和大冬天天在电脑上用 MSN 交谈，他把拍摄的新房照片和装潢图片给我们发过来，我们津津有味地看着，谈着，并把意见和建议给他发过去。真是人虽在两地心却在一处啊！

2006 年春节过后，孩子们搬进了新房。五一刚过，我们便到了北京。一进门，便看到窗台上花瓶里插着的鲜花：

"真好看！还有股香气呢。"向来爱花的你愉悦之情溢于言表。

"妈，今天 5 月 14 号，母亲节，这是康乃馨，我们专门为你买的。"

欢乐与温馨充满整个居室。一家人第一次住在北京自家的新房，那种感觉让我们任何时候想起来心里都是甜滋滋的。

我又打开了电脑中保存的"06 夏快乐的两个月"文件夹，"小区丽景"、"四环掠影"、"朝阳公园"、"逛王府井"、"游长安街"、"雍和成贤"、"参观首博"……一个个专集在我眼前展开，那两个月的快乐时光仿佛又倒流回来：

"早晚小区同游憩，鲜花丛中留倩影。鞋底轻抚草坪绿，人面笑映桃花红"是我们那两个月生活的真实写照。

"枫树林里观绿荫，四环桥边赏风景"成为我们日常的休闲享受。

我们一起逛王府井，喜气洋洋地坐上老北京的人力车，在古色古香的厅堂太师椅上对坐品茗；一起在雍和宫拜佛，在成贤街祭孔；一起漫步长安街，一起在贵宾楼、天安门、大剧院、新华门留影；一起参观首都博物馆，一起看字画，赏珍宝，上大戏楼，进四合院，看大学堂……

那两个月，我们过得多快乐！那两个月，有多少值得我们永远回味的情景啊！

这些影像太珍贵了，我真该好好地将她们整理编辑一下了……

（九十六）

绣像珊瑚志

"寒衣节"那天我嘱咐你，以后要想我了就到梦里来，昨晚，我真的又梦见你了。

这次，真真切切是在咱老家家里。是呀，去年来京时就定好奥运会后回去，现在都 11 月了，该在老家的家了。前天已经立冬，那里的气温肯定早降到零度以下，暖气还没有开始烧，屋里冷得穿上羽绒服仍然觉得冷，可你却裹着被子在聚精会神地绣着"十字绣"……

噢，我想起来了：前年正月我们在京逛庙会时，第一次见到卖"十字绣"图案和丝线的，你特别感兴趣，当下就买了好几种。一回到家就急不可待地钻研起来；我也特意为你从网上下载了很多这方面的资料；回到老家后，便开始学着绣。你这方面的天赋真的很高，很快便比较熟练地掌握了它的技能技巧。去年也就在这个时候吧，你说这回我们在孩子们那里要住八九个月，可要精心绣几幅美观高雅的"十字绣"，好好装饰一下孩子的家。于是，我们专门跑到城里的小商品批发市场，精心挑选，买回了各种颜色的丝线，早早装到赴京时带的皮包里。孰料……

"原来你还一直在为这事忙碌着啊，那绣的是啥图案呀？"我有些惊讶，趴到你跟前想看个仔细。

"一对珊瑚鱼。"你把"十字绣"向我递了过来。

"啊？珊瑚鱼！"我大叫了起来，眼前依稀呈现出一幅似曾相识的唯美图画——海底，蘑菇状的珊瑚礁中，两条美丽的红珊瑚鱼相互依偎着游来游去……

我醒了。阳光隔着窗帘照进来，在屋内幻成七色彩虹，斑斓而亮丽。睡在我身边的大冬，微微地打着鼾，仍在酣睡中；我看了看表，已快九点：噢，今天是星期日，孩子们难得睡一天懒觉……

我轻轻地穿衣下床，来到起居室，从电视柜里取出咱们的影集……

在开通我与你人世与天堂间之心灵絮语，倾尽"心油"、用心撰写这本《美玉胜金》的同时，我想把我们几十年间的所有照片进行系统整理，积成一册记录我们35年婚姻生活的珍贵影集。为此，特意安顿二冬上次回家乡时把家里我们所有的照片包括底板都全部拿来，我则一一进行认真仔细地整理排序。同时，在电脑上建立了专门文档，开始设计电子影集。几个月来，已初步拟定了"妙龄初识 情定岚漪"、"比翼双飞 喜结连理"、"冬日暖阳 光照门楣"、"同甘共苦 孝老育幼"、"心灵融合 百味人生"、"蟾宫折桂 圆梦京津"、"恩恩爱爱 形影不离"、"铄骨焚心 咀嚼孤独"等八部分的标题。想在基本定稿后，把早先的照片进行扫描，后来的数码照片进行洗印，这样，便可做成内容相同的纸质和电子两种影集。

为此我倾注了大量心血，更不知流倾了多少"心油"：白天，鼻涕一把泪一把地，翻看着这些或小或大、或黑白或彩色的珍贵照片，悲不自抑；黑夜，翻过来折过去地，回忆着那些或喜或忧、或欣慰或辛酸的往事，苦思冥想。但也许是由于我对自己太过苛刻，直到今天为止还未能想出一个满意的影集标题。

"绣像珊瑚志！"梦境中依稀的唯美图画又呈现在眼前，"你我真是心灵相通啊！"我几乎喊出声来。

我忙不迭地打开电脑，在"百度"中输入了"珊瑚鱼图片"五个字。

"是她，就是她！"梦境中的唯美图画，清晰地展现在面前。

我立即将这幅图片下载，与我们的结婚照片一起放进扉页，并配以下面的两句诗：

　　苦命珊瑚长相伴，美玉胜金不了情

　　同时将本书的书名亦改为：

　　　　珊瑚梦

（九十七）

春晖冬日遥相望

　　二冬、大冬的生日——农历十月二十八、二十九日——到了。

　　说来，也真是巧，这两个孩子从小总在一起玩，连生日也紧挨着，不少人还以为是双胞胎呢。除上大学那四年不在一块儿外，一直都在一起，现在工作又都到了北京，吃住在一起。真是咱俩的一对儿心肝宝贝唯！

　　对这两个心肝宝贝的生日，三十多年了，每年咱们总是提前一个多月就惦记上了，早早盘算着该怎么过。在我的记忆中，好像一般总是头一天吃油糕，愿他们步步高升，第二天吃饺子，愿他们交好运。小时候，他们在咱们跟前，一提过生日，就兴高采烈、蹦蹦跳跳地说："又能吃好的了，又能吃好的了！"等他们长大了，上了大学，有了工作，学习紧张了，工作繁忙了，过生日的时候不在咱们跟前了，对给自己过生日也看得不那么重了，但咱们却把给他们过生日看得更重了，在两个儿子生日来临的时候，对他们更多了一份思念，多了一份牵挂。每年到这两天，总要专门给他们打一次电话，聊上一两个钟头，以解思儿之情。特别是你，不用说是到他们的生日，就是平时也不知怎么一下子就触动了心思，想两个心肝宝贝想的无法控制，坐也坐不住，睡也睡不稳，只得在几个卧室来回打转转。每到此时，我便给你拨通孩子们的电话，你和他们聊上一会儿，那种难耐的思儿之情才可慢慢缓解。今年，快一年了，你没和他们通过一次话，没能聊上一会儿，今天，他们的生日到了，我估计你一总又想的坐卧不宁了。你回答我：是这样吗？

　　今天，咱们又该为两个儿子过生日了，这可能是自他们上大学开始离家后咱们第一次和他们在一起过生日，可你却永远地离开了……怎能不让人悲从中来，泪如泉涌……我想，你绝不会忘了他们的生日，此时，一定正在天堂远远地望着你的两个心肝宝贝……你也许还会担心：妈离开了，他们的爸孤独一人，自顾不暇，还会像往年一样为两个儿子过生日，煎油糕，包饺子吗？

"会的，一定会的。"和往年一样——不，今年不同寻常——我早在一个多月前就想好该怎样给他们过生日了；前十几天就买好了糕面、豆沙、猪肉等一应用料；生日前一天，又买回各种蔬菜。终于到生日这天了，中午不能回来，生日只能在晚上过了，嘱咐他们晚上早些回来。

但两天的生日，他俩竟没能有一天一起回家，父子三人在一起吃上一顿生日晚餐；不过，他们还是特意赶回来，一人陪我吃了一顿；甚至还破例在白天回来陪了我一两个小时。这让我的心得到很大慰藉，也让我想了很多很多……

他们真的太忙了，生活节奏太快了，压力太大了。既要为生活奔忙，更要为事业奋斗。说句实在话，他们真是连谈恋爱的时间也没有，连想念他妈的时间也没有。但在他们的心底里，萱堂总在望，慈容常萦怀，椿庭时顾念，若稚绕膝弯。既能如此，我们也该知足了。

在他们生日到来的时候，我还应该告诉你：我们的两个儿子又有大长进了。今年这一年，房地产业处于低潮，特别是华尔街金融风暴引发全球经济衰退以来，商品房交易量明显萎缩，有些公司的项目一个月都卖不出一套房子。大冬作为公司的策划总监，压力之大可想而知。在这样的市场环境下，他们公司的别墅却逆市畅销，上一个月竟卖出 50 多套。业绩是智慧、悟性、能力、勤奋的最好证明，自然赢得领导、同事以至业界的一致肯定，他现在已经是"中国房地产经理人联盟"100 名理事中的一位资深理事了，年底某网络媒体还评他为"房地产金牌操盘手"呢。二冬已是公司技术部经理，更可喜的是事业已突破本职的局限，开始向更广阔的方向发展。

他们是你冬日的阳光，你是他们三春的朝晖。当年，他们在你的沐浴下茁壮成长；今天，你正该在他们的光耀中尽享荣华。孰料，寸草未报春晖德，人心难遂天伦乐，慈恩永铭憾一生，春晖冬日遥相望……

（九十八）

夜未央，梦断肠……

　　叶落了，草枯了，风大了，天冷了，昼短了，夜长了，你离开快一年了。这一段，我整日整夜地想着过去，想着去年的那个冬天是怎么渡过的……

　　北京的冬天要比我们那里暖和得多，"小雪"都过了，外面的气温还在0℃以上；家里就更不用说了，热的只穿件衬衫就行。但这个冬天，我却觉得分外冷，甚至比我们去年在老家的家还冷，冷得心结了厚厚的冰，无法消融。以前，我们没有在北京过过冬天，但上次春节前来京，冬至刚过，应该仍是夜最长的时候，但我却好像一点也没有觉得长。但这个冬天，我却觉得夜似乎分外长，长得我整夜辗转难眠。越睡不着便越觉得长，越觉得长便越睡不着，越睡不着便越想你，越想你便越睡不着，想的我心碎身冷，想的我肠断泪干，想的我心痛莫名……

　　　　这个冬天，
　　　　天分外冷。
　　　　自然与心境，
　　　　竟如此不同。
　　　　气温还在0℃以上，
　　　　可我的心早已结冰。

　　　　这个冬天，
　　　　夜分外长。
　　　　愉快与愁怅，
　　　　竟关联消长。

眼角离离肝肠寸断，
冰冷的长夜已把心冻僵。

这个冬天，
天分外冷。
京城的居室温暖如春，
冰冻的心却无法消融。
去冬如果能早早进京，
今日或许仍牵手相拥。

这个冬天，
夜分外长。
汶川大地震的灾民，
还住在简易防震棚。
废墟下失踪的亲人，
天堂可有暖气供应？

这个冬天，
天分外冷。
华尔街金融海啸，
引发十二级飓风。
从北美到西欧到东亚，
就连赤道也进入寒冬。

这个冬天，
夜分外长。
墨一般的隧道里
穿越倒流的时光：
岚漪暮霭秀容夕阳，
京畿冰霜天山棣棠……

这个冬天，
天分外冷，
夜分外长。

珊瑚梦

参斜斗转雾茫茫。
孤独难耐五更寒，
夜如何其夜未央……

这个冬天，
天分外冷，
夜分外长。
天上人间两茫茫。
咀咀嚼嚼独孤苦，
哽哽咽咽梦断肠……

(九十九)

一针一线总关情

天气预报说明天寒流要来了，降温 10℃ 以上。二冬听了，赶紧拿出羽绒服，准备上班穿。但打开一看，两个袖口都磨破了，一个口袋上的拉锁也不好用了。

"爸，你明天上街到缝纫摊上修一下吧。"

"……"我也不知是怎的，泪水一下子溢出眼眶，哽咽得连话也说不出来了。

"这件羽绒服，要几百元钱呢，穿了没几年，其它地方都好好的，补一补还能穿。"

"……"我凑过去看了看，依旧无言。

"缝纫摊，咱们去买菜的那条街上就有，补一补也花不了多少钱……"

"唉……"我长长地呼出一口气。

"咋了？"二冬看出我的异样，担心地问。

"不咋……"我颓唐地闭上眼睛，顺势躺倒在沙发上……

针连线，线连针，一针一线总关情。你做了一辈子缝纫，与针线的关系太密切了，一说到缝纫，一提到针线，我便不能不想到你。在我们 35 年的婚姻生活中，有关缝纫的珍贵记忆太多太多了，可以说，我们的爱情与亲情便是由你一针一线编织缝制起来的。真的好想你，真的不能没有你！

我至今还清楚地记得，当李大姐第一次给我介绍说你在缝纫厂工作时我的喜悦心情。在我看来，女人的工作尽管有很多种，但唯有缝纫与家庭的关系最密切了。我们订婚的那年冬天，你第一次给我缝补皮大衣的情景你一定还印象深刻吧？它让我无论什么时候想起来都觉得是那么真真切切，那么甜蜜温馨。

记得那是一个雪天，到傍晚时雪停了，但起了风，我有事要和你商量，便按老办法穿上大衣去你下班必经的路口等你，然后我们一起回到我的宿舍。因外面天气特别冷，两人一进门都先围着炉子烤火。不一会儿突然闻着一股燎羊毛的焦味，一看，原来是我的大衣下摆拖到炉子边上烧着了，我赶紧拿开，但大衣上已烧开一个鸡蛋大的窟窿。

我忙不迭地脱了下来，你赶忙拿到手里仔细地端详：

"咦，这么好的羊羔皮呀！一定是老人传下来的吧？"

"对，是我姥爷传给我母亲的，据说是宁夏'五宝'中的'白宝'滩羊皮做的，我妈一直没舍得穿。我分配到你的家乡工作后，这里冷，母亲才请村里的一个裁缝为我重新缝制的。"

"原来是这样。"

"唉，要是早知道能找下你这么个裁缝媳妇儿，等现在再做，就不用花钱请人了。当时村里再没人会做，只能请那个裁缝，不但花了高工钱，她还偷工减料，私吞了好多皮子，可把我妈给气坏了。"

"噢，我说怎么这里头尽是碎皮子呢，肯定是那人把整的偷走，把碎的七弥八补给你弄上了。"

"谁叫你不早来我家呢。"很少幽默的我竟脱口说出这么一句不无幽默的话。

"我？是你没早找我去呀！"你笑了，我也笑了。

"那现在我找你了，你说，这个窟窿可该怎补啊？"

"这有什么难的！刚才我已经看了，皮子仅仅燎着了一点，还没烧透，烧了的只是外面的布面儿，把皮子的缝线拆开，找一块和面子颜色质地一样的布料从里面粘牢，用丝线界密，再把原来的皮子缝上，最后从外面再用熨斗烫一下就行了。"

"那从外面能看出线迹吗？"

"能从外面看出线迹，那还叫本事吗？一般情况下别人根本看不出来，就是你趴在跟前细看，也很难看出来。"

"哎哟，你真比晴雯还手巧啊！"

"晴雯？晴雯是谁呀？"

于是，我给你讲起《红楼梦》中"勇晴雯病补雀金裘"的故事来……

"是这样啊，那我也是你的丫环了？"

"你当然不是丫环，你是我爱人，你也没病……"

"就是有病，我也会……"

"别这么说……"我用手轻轻捂了一下你的嘴，你的眼睛湿润了，我们情不自禁地拥抱在一起……

那是我第一次叫你"爱人"，也是我们的第一次拥抱……

还记得结婚时你第一次在我们家展露缝纫技术的情景吗？如果说，你第一次给我缝补皮大衣让我觉得甜蜜温馨；那么，你第一次在我们家展露缝纫技术则除了让我觉得甜蜜与温馨外，更令我感到欢欣与自豪。婚后那几年，你由于工作忙，除了过年很少回去，但每次回去都一刻也不闲着，不是帮东家缝新娘的结婚礼服，就是帮西家缝过满月的婴儿衣裤。你在我们巷子里的名声出奇地好，大半的原因便是由于缝纫。你知道那时农村要找一个会缝纫又不用花钱的人有多难啊！

男人的衣着是女人的脸面。你一定还记得，我们第一次见面时，在那种至关重要的场合，我穿得那身皱巴巴的衣裤吧，可见在我们相识以前我平常穿的衣服是啥样子了。但自我们成家以后，我的穿着便大变了样。即使在经济拮据的日子里，再旧的衣服也熨烫得平平展展，再不合身的衣服经你修改，也像量身定做的一样，穿起来整整齐齐，人也显得精神了许多。面对众人羡慕的目光，我总是自豪地告诉他们："我老婆是缝纫社的。"

当时结婚女方要彩礼流行"三大件"：车子、手表、缝纫机。你又是做缝纫的，工欲善其事，必先利其器，最需要一台名牌缝纫机。但你知道我家庭困难，结婚花钱的地方很多，缝纫机又是紧俏商品，很难买得到，所以结婚时压根儿就没提。成家后，我们越来越觉得自家没有台缝纫机不行，老向别人家借总不是办法，便特别想买一台。但家里又突遭不幸，弄得债台高筑，好几年翻不过身来。后来，偶然遇上个机会，才花了30元钱买下服装厂处理的一个废旧缝纫机机头，又在机械厂定做了一副机架，自己安装起来勉强将就着用。直到我们调回原籍，家里经济条件有所好转，我才托一位学生家长买下一台蝴蝶牌缝纫机。到八十年代，商品丰富以后，我们又买下一台锁边机。

为了提高技术，你买了大量有关裁剪缝纫方面的书，深入钻研，为此还专门让我制作了一块小黑板，进行裁剪绘图模拟演练。你只上过三年小学，原先连分数、小数都不懂，但这么多年来，你凭着一股钻劲儿和韧劲儿，对相当复杂的裁剪尺寸公式和计算都不仅精通其原理而且立马便可心算出来。你也从一个只会锁扣眼儿的学徒工，不仅成为缝纫技术高超的缝纫技工，而且成为既会

老旧缝纫机

裁剪又会缝纫还能设计的服装缝纫的全把式。

1996 年，我们第一次有了自家的房，新家的一切有关缝纫的活儿，不用说做床垫、床罩、窗帘、沙发套这些纯缝纫的事，全是你一人做，就是连包沙发那样的活儿，也是我们两人一起设计，一起去做，主要的技术活儿大都由你来做，我只是干干粗活儿而已。

你是那么乐于助人，这几年，不少人慕名来请你缝制衣服、修改衣服。特别是咱们楼上经常这家请，那家叫，你忙得不亦乐乎，累得腿困身麻。我真担心你累垮，劝你少揽些。你却总是说：

"就这点技术，人家找上门来，哪有拒绝的理！"

多少年来，你几乎是走到哪儿缝到哪儿。这几年退休以后，毛衣针、鞋垫儿时时不离手，几乎把所有的毛衣毛裤都重新打了一遍，我的毛衣毛裤毛背心加起来都有十几件了，给孩子和我的鞋垫都垛成了垛。回娘家，你一有空就给这个姊妹缝这，给那个外甥缝那，一刻也不闲着。到北京，你更是一进门就给孩子们缝这缝那。孩子们这里没有缝纫机，你急得就像剁了手一样，四处打问能不能买个旧缝纫机。孩子们说需要的话就买个新的吧，现在出的都是电脑控制的，功能很多，又好用，可你又嫌贵。把家里的带来吧，回去时又没法缝了。上次回去，你又四处打问，可我们跑了好多地方，结果还是没能如愿。我说就不用再费心了，下定决心这次来后买个新的吧。谁知，你却……

前年几乎一个春夏，你都在为两个儿子结婚缝制新婚被褥。真可谓是"张张红被密密缝，丝丝金线针连心"啊！结果你却没能等到两个孩子成婚的那一刻就……

上次来京看到"十字绣"后，你又对它产生了极大的兴趣。不仅买了不少样品，而且让我陪你跑了好几家"十字绣"商店，虚心向店内的绣工请教。正准备这次来京后大展身手，可是……

直到这次来前，你的病本来已经很重了，但还是强打精神，为我们未来的新媳妇赶做绣花鞋垫。还准备来后要给孩子们缝床垫，可是你却……最后，只能让我妹妹和你妹妹们代劳了……今天，孩子羽绒服破了一点点，还非得到缝纫摊上去补……

想到这些，你让我怎能不痛彻心脾？

你做了一辈子缝纫，可今天我翻遍所有的影集，却没有一张你在缝纫时的

蝴蝶牌缝纫机

照片。也许是当时我们认为缝纫对你来说太平常了，觉得无须拍照，今天我才心痛地感到原来你在我面前的那一缝一蹬是多么地非比寻常，一针一线竟牵连着我们的全部幸福。真应了那句老话，失去的时候才知道珍贵，才想到珍惜。

　　家里的那架缝纫机是我们俩几十年婚姻生活的见证，记录了我们俩几十年婚姻生活中的种种酸甜苦辣，有艰苦与辛酸，更有甜蜜与温馨，她跟了我们大半辈子，是你留下的最宝贵的遗物。以后我要有机会回去时，一定将她带来，摆放在房间里。以后不管我住到哪儿，总把她带到哪儿，就当是你在陪着我，我在陪着你……

（一百）

恩恩爱爱，形影不离

如果有人问你：在我们35年的婚姻生活中，哪几年让你最感到幸福？你会怎样回答呢？

我想，你会这样回答："就是这几年。"这几年你常挂在嘴边的一句话是："我有福。"我最清楚，这是你对自己几十年婚姻生活的深刻感悟，而这句话你在早以前则很少说。

这一年来，我仔仔细细回顾了我们几十年的婚姻生活，同样深切地感悟到：这几年——你03年内退，05年退休；我04年归家再未外出打工，06年退休。从那时起一直到08年元月来京，这几年无论在咱家乡，回你娘家，还是来北京看儿子，你我没有一天分开过，真可谓是恩恩爱爱，形影不离。其间，虽也因你不时犯病晕厥，我时时提心吊胆，忧心忡忡，但终无大碍——是我们35年婚姻生活中难得的幸福时光。

常说"柴米夫妻"，爱情是浪漫的，但婚姻却是现实的，这话似有一定道理。但我要说，夫妻之间绝不止于"柴米"，也不止于爱情，至关重要的是"恩爱"。恩爱也许没有单纯的爱情那么浪漫，但却比单纯的爱情更加珍贵。夫妻之间，由爱而生情，由情而结合，同甘苦，共命运，经磨难，历坎坷，相濡以沫，始终不渝，由情而生恩，有恩则爱的更深，有恩爱才更真挚，更纯净，由爱情到亲情，由亲情到至亲。单纯的爱情像糖，她可以在短时间内"榨"出来，用嘴去咀嚼；但恩爱却像蜜，她必须长时间地"酿"，用心去品尝。

今天，就让我们一起好好品尝一下这几年渡过的那些恩爱与温馨的时刻吧：

还记得我们那普通得不能再普通的一日三餐的情景吗？虽然依旧是粗茶淡饭，但由于退休后闲下来了，我们再不用急着上班，不等这个还在厨房忙着那个便在饭桌上吃开了。即便只是清汤稀饭，我们也绝不会你还在厨房我便拿起了筷子，我还在上电脑你便端起了碗。这种在我们看来自然得不能再自然的举止岂是一句"相敬如宾、举案齐眉"所能概括得了的！这里，没有任何"礼教"的约束；这里没有任何"尊卑"的分别；这里，甚至连"平等"这样的字眼也显得空洞而乏味。这里，只有渗进骨髓的至爱真情，只有融入心田的甜蜜温馨！

还记得我们在体育场和街心公园渡过的那些早晨和傍晚吗？早晨，我们一起漫步踱到体育场，然后我在跑道上慢跑，你在休闲器械上练身，我们虽然一个在东，一个在西，但却时时在对方的视线里，只有眼瞅着对方心里才踏实。我跑过五圈后，便到你在的休闲器械处，两人相伴慢悠悠地从街心公园那面往回走，或者去利民东街的菜市场去买菜。傍晚，我们又一起去散步，路灯下，牵手低语，花坛边，并座谈叙。要是晚上体育场有文娱活动，我知道你特别喜欢听地方戏，我们定会早早吃了晚饭，专为你带上小板凳，相伴去看，我从始至终陪在你的身旁，那种甜蜜与温馨岂是几句甜言蜜语所能比拟……

04年我把二冬的那台电脑带回家后，我们的生活又添了新的内容，增加了无穷乐趣。我们一起上网，人在家中坐，遍知天下事，看到有什么稀奇古怪的新闻，便天南海北地神聊一通，宛若精神会餐，既增长见识，又怡情养性。我用电脑阅读和写作，你看我乏了，便递上一个削好的苹果："你歇会儿，让我玩玩游戏。"我见你缝了一上午鞋垫儿，总保累了，便顺势让位，站在一旁边看边指导。时间长了，我发现你玩得比我棒多了，游戏对你的脑力与记忆很有帮助，便专门为你下载了不少开发智力的小游戏。玩电脑，让我们两人更加相互关心，相互体贴，恩恩爱爱，形影不离……

还记得2007年7月，我们一起游新建的人民公园吗？头天晚上看电视里的新闻，我们才知道城北新建了一个公园，有山有湖，即将在国庆节正式开放，届时将成为休闲游玩的好去处，便说好第二天去游览。那天一早，我们便骑着自行车迎着朝阳出发了。新建的人民公园在五台山南路西侧，虽已基本建成，但因未正式开放，所以园内游人还不是很多。山不高，湖面亦不大，且均是人工开挖堆砌而成，无法与北京的公园相比，但我们还是饶有兴致地相伴游玩，特别是弯腰穿越环湖的山崖石罅，还真有点别有洞天的感觉。由于还未完全竣工，湖边无护栏，洞内无灯光，我们都生怕对方失足或摔倒，所以时时手牵着手，这在外面还真是第一次啊！既来游一次，总该上山顶的凉亭上坐坐，登高远眺一下新城的全景。山虽不高，但对你而言亦可谓是步履维艰，我更是时时紧攥你的手，扶着你往上走。三个凉亭一个比一个高，我们登上一个歇息一会儿，也没太觉得怎费劲儿，便登上了最高处。放眼远眺，新城尽收眼底，顿觉心旷神怡，思绪万千。我虽带你几乎游遍京城所有的名胜古迹，但让我最遗憾的是没能带你登上长城。此次带你登上这座山顶凉亭，也算是一次小小的弥补吧。这时，我突然想到：怎么竟忘了带上相机?! 唯一的一次登高远眺，竟未能留下你我的影像，真是遗憾啊……我本想以后常在北京，有机会的话一定让孩子们背着你登一次长城，既尽了他们的孝心，也得偿我的夙愿。孰料老天无情，让我遗憾终生……

还记得吧，那年我在县里工作时带的一个班的学生要搞一次同学聚会，请我回去。可留下你一个人在家，我怎能放得下心呢？

"还是我们一起回去吧，你也可以看看你妈，这不是两全其美的事吗？"

"那敢情好。你回去参加学生聚会总得修饰一下吧。"

"那倒是，你不也一样吗？"

家乡名胜钟鼓楼

于是，我们便一起到街心公园的美发店，我理发，你烫发。那家美发店是两口子开的，我们因为常去理发，已经比较熟惯了，便一边理发一边聊了起来：

"你们两口子怎么那么好，连理发都每次要相跟上。"

"她身体不好，我怕……"

"你可真有福。"

"是，别人说我有福，我也觉得我有福。"

接着又聊起孩子们的情况，那两口子一听，对你更是羡慕得了不得……

真没想到，两人相跟着去理个发，竟会给我们带来如此的愉悦与欢乐，更不用说一起回去了。那次我们一起游了新建的别具特色的山地公园，还游了重修的名胜钟鼓楼……这其中该有多少值得我们细细品味的恩爱与温馨啊！

这几年，值得我们细细品味的恩爱与温馨真是太多太多了：

在家乡，给一家四口每个人每年过生日的那天，不都是一次甜蜜温馨的享受吗？每一个日日夜夜，不都在描绘着"粗茶淡饭乐趣多，闲适恬静好温馨"的绝美图画吗？

回娘家，每一次一大家子的团聚，不都是一场欢乐温馨的盛宴吗？"关河一览钟鼓楼，岚山漪水思悠悠"，每当我们俩相伴漫步街头、游赏山水的时候，在我们心头涌起的不都是"恩恩爱爱，形影不离"的美好感觉吗？

来北京，每当我们在夜幕降临之际，从窗口看星星，看月亮，看飞机的时候，在我们心底回味着的不都是甜蜜与温馨的爱情加亲情吗？我们每一天不都在叙写着"恩爱夫妻影随形，四口团圆一家亲"的唯美篇章吗？

（一百零一）

蚌病成珠 美玉胜金

今天，你离开我们已经整整一年，我和孩子一起看你来了。

冬日的陵园，树木凋零，草坪枯黄，一片萧瑟景象。我本想你身边的这棵棣棠花树应该四季常青，可谁知她也已绿叶落尽，小枝被剪切，只有几根主枝孤零零地直指青天，让人倍加伤感。想起去年的今天，那个铄骨焚心的日子，怎能不让人悲痛欲绝！

为纪念你的"周年忌日"，大冬专门买了金黄的菊花和洁白的香水百合等众多花卉组成的花束，二冬专门从超市买了各种荤素食品、点心小吃和南北方的各样水果，我在准备时又专门把我们新年炸的鸡腿也放进供品包，带来让你尝尝……

孩子先细心地把墓碑和墓台擦拭得明净发亮，然后把你的遗像恭敬地放在墓台中央，摆好供品，含泪焚香，虔诚地向你磕头跪拜……

我则禁不住趴在你的墓碑上啜泣起来，默默地从心底向你诉说：

一年了，你一定知道，我在时时想着你；我也知道，你一定也总在时时想着我——昨晚，我们又在梦中相见了。你看上去比以前康健，依旧是一头乌发，但面容和以前大不一样，白里透红，特别是嘴唇泛着我从未见过的鲜艳血色，连手臂也红润白净多了。我很高兴，激动地对你说：

"怎么不把玉手镯和珍珠项链戴上呢？"

"等过年时再戴吧。"

"你老是什时候也舍不得！还等过年干什么，我现在就给你戴上。"

我打开首饰盒，那衬里的黄布上"蚌病成珠 美玉胜金"八个隶书大字跃入我的眼帘。我凝视片刻，取出那对天然玉镯和珍珠项链，正要给你戴时，你却突然不见了……

"美美，美美……"我大张嘴叫着，可不知为何却怎么也发不出声来；我想跑出去找你，可腿却怎么也动不了……

我醒了，费力地睁开眼，脑子里乱哄哄的，摸了摸头，滚烫滚烫，嗓子干涩的像在冒火，腿好像转了筋，全身瘫软得一点劲儿也没有。可能是感冒了吧，我尽力支撑着下了床，倒了一杯水，看了看表，还不到两点。喝了水，脑子清醒了一些，离天亮还早，我又上床躺下了。我回想着梦中的情景，不由得悲从中来，再无法入眠，我们在一起35年的点点滴滴全从心底浮现到眼前……

还记得吗？2004年夏，我们从北京带回二冬在上研究生期间买的电脑后，为了能随时和孩子们联系，孩子们让我建一个MSN，起一个名字。我想了好多天，最后才想到一个绝佳的名："蚌病成珠"。

当我把这个名字告诉你时，你大瞪着眼问我：

"这是啥意思呀？"

我说：

"不记得那次二冬给你买回珍珠项链时，我给你讲的珍珠生成的过程了吗？"

你说：

"唉，看我这记性，全忘了。"

于是，我就又给你重新讲了一遍：

"珍珠原本是蚌体内生出的肿瘤，对于蚌来说，是一种病痛，但对于人来说，却是至宝。过去的天然珍珠，是蚌自然得病而生成的；如今人工培育的珍珠，是人故意让蚌染病而得到的。我今天专门把我的MSN起名'蚌病成珠'，就是想告诉你，你就是一颗经多年身心的伤病煎熬而成的晶莹透亮、纯洁无瑕的珍珠。"

你听了后，哭了：

"噢，我想起来了，记得我当时对你说，我没有你说的那么好，但一生下来就多病倒是真的，那是从娘胎里带来的，但有的也是心病，是命运捉弄人的，如果我真是一颗珍珠的话，那是天人合力作用的结果。"

我也哭了：

"唉，我又何尝不是如此呢？人生就是一次苦旅，但它又可以让人的心灵得到净化和升华。"

在你刚离开我的那段日子里，我就想到用"蚌病成珠，美玉胜金"这八个字来概括我们35年的婚姻生活。现在，一年过去了，我时时刻刻回忆咀嚼着我们在一起生活的点点滴滴，更加体味到这八个字的分量和真谛。

35年来，由于病痛，你对自己想的越来越少，对别人，特别是对我想的越来越多。你冒着生命危险，为我一而再、再而三地生育，唯一的目的便是在你一旦离开我时有人能关怀我，照顾我。

35年来，由于病痛，你变得越来越宽容，越来越大度，越来越乐观。如果说，在早年，你对长辈或亲友对你的一些错待或不公还会心存不满的话，那么，到后来，你则把这一切统统置于脑后，你只记别人对你的好，再不把对你的不公放在心上。如果说，早年，你还对自己坎坷的遭际心怀悲愤，哀叹自己命运不济的话，那么，到后来，你却逢人必说自己有福。

35年来，由于病痛，你对我越来越信任。我们婚后的大部分时间里，经济状况都处在拮据之中，但我们的婚姻，却从来没有因为经济问题稍稍动摇过，而且愈久愈稳固，愈久愈温馨。在我们的记忆中，从来没有因为经济问题吵过一次嘴；从来没有因为经济拮据在给你的亲友和我的亲友时，因两人想法不一致红过一回脸。要给你的亲友时，往往是我先想到；要给我的亲友时，你往往比我还积极。

也许是由于小时候你的家庭状况比我好的缘故吧，你花钱原本是比我手大的，爱买点零食，但到跟了我以后，却变得越来越手小，俭省得近乎吝啬。我知道这全是因为跟了我家里经济一直拮据的缘故。刚结婚时，入得门来就还债，但心甘情愿，相濡以沫过光景；最后几年，粗茶淡饭乐趣多，闲适恬静好温馨，是我们恩恩爱爱，形影不离，婚姻生活最快乐、最值得留恋的几年。现在回想起来，35年来，无论是初恋时，还是结婚后，无论在县里，还是在地区，抑或带你游北京，我竟从来没有带着你，就咱们俩，正儿八经到饭店好好吃过一顿饭，更别说其它了。你跟了我，我非但没能让你过上好日子，反而让你跟着我受苦受累了一辈子，我真是愧对你呀！

35年来，我们谁也没有想要改变谁，但随着相处日久，不知不觉中，我们都改变了很多。以前认为是潜移默化，比如，你从一个很少看书的人变得对书情有独钟起来，对我国古典四大名著谈起来滔滔不绝，逢人便说要早早让孩子读名著；我从一个与缝纫十分隔膜的人变得饶有兴趣起来，对服装设计煞是喜爱。但现在想来，我们的种种改变更多的是为了对方，乃情之所至，有意为之。比如，你花钱原本比我手大、你的性格原本极易发火动怒；我自小生活在父母包括亲友都有点过分疼爱、而社会则处处是冷眼时时在设障那样反差极大的环境中，性格内向，既自尊自信，又自卑自馁，原本听不得一句不顺自己心的话，只想苦读成才，对做家务十分厌烦、对人的关怀体贴远不细腻周全；我

287

们都是年幼时心灵经历过重大创伤的人，性格中的压抑与郁结随处可见，如此等等。而这些，在我们夫妻生活的最后岁月里，几乎都已完全改变。我们都变得越来越乐观，越来越大度，越来越宽容，心态越来越平和，我们之间共同的话题越来越多，我们在一起时简直有说不完的话，而且对绝大多数问题的看法都惊人的一致。这些，岂是一个简单的"潜移默化"所能解释的了！心灵融合，你为我改，我为你变，你中有我，我中有你，这是我们35年夫妻生活的真实写照。

35年来，随着社会的进步，整个国家经济的好转，我们家的经济状况自然也在逐步好转。我们家过手的钱从几十，到几百，再到几千，甚至几万，但在这里，我可以问心无愧地对你说，我从来没有背着你胡花过一分钱或乱给过别人一分钱；同样，我也百分之二百地相信，你也从来没有背着我乱花过一分钱或胡给过别人一分钱。我们家所有的钱，来源绝对清清白白，你我尽知；同样，去处也绝对明明白白，你我皆晓。

特别是自两个孩子都工作以后，我们家的经济状况明显好转，但准备他们成家立业、买房的压力也越来越大，各项花销也越来越多。而由于病情的加重，你的记忆力越来越差，尽管老早以前的事你仍记得十分清楚，但刚过几个月的事却往往竟一点印象也没有。因此，尽管我每次存钱时都会告诉你咱家总共有多少钱，可你却老是记不住。久而久之，你好像觉得老问我显得对我不信任，便连问也不问了。你会时不时地一则是自我安慰，一则也是向我表露心迹，对我说："反正你也不会哄我，就是叫你胡花你也不会，叫你乱用你也不肯，除了花在两个孩子身上，再不会有别人，要给两个孩子，你自然愿意，我当然也愿意，反正都是你给寄，咱家到底有多少钱，我还用管吗？"

我们真是太了解对方了，我们真的完全是对方的"另一半"。你真的对我比对你自己还相信！

言犹在耳，你已远去，怎不叫人痛断肝肠！我转至墓后，抚摸着墓碑上镌刻着的那首"悼爱妻"的诗，心里默诵着"三五牵手共枕眠，相濡以沫盼齐年。铄骨始梦珊瑚鱼，焚心终托啼血鹃。蚌经病痛凝成珠，玉至纯美碎化烟。弦断音绝情何堪，倾尽心油亦枉然！"啜泣不已……

整整一年过去了，可我的心至今仍在滴血！你说，在这个世界上——不，就是到了另一个世界——除了你，我还能找到像你一样的人吗？

（一百零二）

"绝版"春节

今天——"除夕"，外面鞭炮声响成一片，好像在有意提醒我：又过年了。

去年"除夕"，咱们专门来北京和孩子们一起过年，你却一个人独自离开，让我肝肠寸断；今年"除夕"，你"周年"已过，但我的悲伤却一点也没有减弱。咱们家依旧没贴对联，没贴福字，没挂灯笼，没放鞭炮，没有欢歌，没有笑语，唯有挂在眼角的泪水，唯有长存心底的思念，唯有电脑上心灵絮语的感应与融合，唯有脑海中穿越时空的亲情与温馨……

2007 年 2 月 17 日，"猪"年除夕夜的小区，一片欢乐喜庆景象。四周成排的大红灯笼悬空高挂，把幢幢大楼都染成喜庆的红色，电梯间五颜六色的小彩灯闪烁着缤纷喜庆的光芒。

咱家门框上的大红对联金光闪闪，门中央的大"福"字寄托着新春福到的美好祝愿，起居室内宫灯式小灯笼与节日彩灯交相辉映，窗玻璃上贴着憨态可掬的"猪宝宝"与"吉祥如意"的彩条，让满堂满室洋溢着喜庆祥和的节日气氛。

"妈，中央台的春节晚会开始了，快来看电视。"

"好，等调起馅子，就能到会客室一边看电视一边包饺子了。"

八点了，你还在厨房忙碌得准备着年夜饭。

电视里，欢歌笑语；居室里，笑逐颜开……

新年的钟声响了。电视里，春节晚会进入高潮，窗外鞭炮声响彻一片。两个孩子兴高采烈地下楼放花炮去了，我和你到厨房开始煮饺子。一会儿，孩子

珊瑚梦

们回来了：

"爸，妈，你们过会客室去吧，菜让我们炒。"

"好，好。"咱俩应答着来到会客室。

一盘一盘的菜端上来了，这年夜饭可真够丰盛的啊！

"少炒几个吧，哪能吃得了。"

"今年是爸妈第一次来我们这儿过节，哪能少炒呢，吃不了不是还有明天嘛。"菜已经摆满桌子了，还在往上端。

"快来吃吧。"

"就好，就好。"

菜肴摆好了，酒杯斟满了，一家人围坐在一起，年夜饭开始了：

"祝爸爸妈妈春节好！"

"大冬二冬年年长进！"

四只酒杯碰在了一起，满屋都洋溢着欢乐喜庆的气息。

"妈，你最爱吃虾了。"二冬把一只红烧大虾夹进你的碗里。

"爸，妈，我早事先约好了，明天大年初一中午，咱们到大董烤鸭店吃烤鸭，初三去逛朝阳庙会，初六去我们公司的会馆打台球、羽毛球、保龄球，痛痛快快地玩一晚。你们觉得怎么样？"看来大冬早把一切安排好了。

"行，都听你的。"

"哈哈，我吃出了'钱'。"二冬说着，把饺子里包着的硬币放在桌子上。

"今年二冬一定事业有成。"

"嗬，我也吃出来了。"你说着，也把吃出的'钱'放在桌子上。

"还是你有福，年年能吃出钱来。"我不无歆羡地说。

"今年咱家肯定样样都会好。"

"当然好了。"

"咱家肯定一年比一年好。"

……

　　大年初三我们一家四口逛朝阳庙会的情景你一定印象深刻吧，咱们家就在朝阳公园附近，去那里逛庙会就如同我们在家乡去长征街看红火，一会儿工夫便到了。朝阳公园是北京乃至亚洲最大的公园，也是北京最时尚化最国际化的游乐胜地。还记得我们一起看中外文娱表演的情景吗？你由于个子矮，看不着，我忙把你扶到台阶上，怕你站不稳，又用两只手从后面搂着，真像抱着一个小孩儿看红火。好在京城那么大，不会遇到熟人，不然还真会觉得有点不好意思呢。看罢表演，一家子便相伴游公园，吃糖葫芦，看花灯。那个"猪八戒背媳妇"的花戏楼你一总不会忘吧，大堂中央大红的"囍"字前，一对新人正在拜堂，近旁"白头偕老"的洞房门口，猪八戒晃晃悠悠地背着新媳妇出来了。看着那滑稽的样子，我们笑得前仰后合。那一天，我们一家子过得多欢乐多愉悦啊！

初六去大冬公司的会所打台球、羽毛球、保龄球的那一晚，同样让我们印象深刻。那也许是你一生中唯一一次在高级会所打台球，玩保龄球，我们虽然都不太会玩，但我们却是那样的投入，那样的专注。那一晚，我们玩得多痛快啊！

小年那天，我们一家一起在小区看雪景，踏雪寻梅；正月初一晚，我们和孩子一起在小区门前放花炮；正月初十，你的生日，孩子为你买生日蛋糕，点蜡烛，送祝福；正月十五，元宵节，我们一家一起在飘窗上观焰火，看礼花……

那是第一次也是唯一一次我们和孩子们一起在北京过春节。那个年，我们过得多么有滋有味，多么欢乐喜庆，多么祥和温馨……

但这一切，如今已成"绝版"，只存在于我们的记忆中了。在你离开我的这第二个"除夕"之夜，想着这些，怎能不让人扼腕长叹，痛彻心脾！

（一百零三）

在没有你的日日夜夜里

　　大冬、二冬都上班去了，偌大的家里，只我一个人坐在电脑旁。茕茕孑立，形影相吊，凄风苦雨，愁云惨雾，炎炎夏日愁永昼，沉沉冬夜苦无明，是我去年一年生活的常态。今天，这种生活常态的"第二轮"开始了。

　　如果要用一个词准确概括这种生活常态的话，那就是"孤独"。对这种"孤独"，我在以前几乎毫无体验。你知道，我是一个爱独处、好清静的人，前几年在家乡，就是我一个人出去蹓弯儿，也是专找没人的地方转；早上去体育场锻炼，也是一个人在跑道上慢跑，很少与人在场外闲聊；你有时到楼里邻居家帮忙缝纫或串门聊天，整整一个上午或下午不在家，我一个人在屋内上电脑，如此等等。那时我一点也没有今天的这种孤独感。照此说来，我该是一个不怕孤独的人。

　　但自你离开我后，这一切全变了。不要说在夜深人静无法入眠之际，在盛夏长昼家中仅我一人之时，就是孩子们都在家，又尽量多的陪在我身边，躺在我身边的时候，我的那种强烈的孤独感仍然无法排除；就是在地铁拥挤的列车上，在休闲广场熙熙攘攘的人群中，我的那种孤独感亦未能稍有减弱。这一年，只有在这一年，我才真正体验了什么叫做"孤独"，才明白，没有你的日子是多么地难熬，我其实是一个非常惧怕"孤独"的人。

　　孤独与独处完全是两个概念，是截然不同的两种心境。独处让人惬意，让人心静；孤独则让人悲伤，让人心碎。孤独是年复一年有始无终的伤痛与思念，是无法祛除，亦无法改变的。爱独处的人更惧怕孤独，痛愈到深处便愈感孤独，当这种痛侵入骨髓之时，孤独则浸透整个心灵。完全可以说，这一年，在没有你的日日夜夜里，我每时每刻都在与孤独为伴，体验孤独，咀嚼孤独。

我抬头看看墙上，你在静静地看着我，似乎想对我说点什么。

"累了吧，快歇会儿，你吃个苹果，让我玩玩游戏。"你把削好的苹果送进我嘴里，我则像个孩子，乖乖儿地让座，一边吃着送到嘴边的苹果，一边站在你后面看着你玩游戏，不时地给你指点……

那是多么温馨的一幕啊！

可是，现在……一个上午过去了，我腰酸背痛，口干舌燥，站起来转遍所有房间，却空空如也——间间有你的影像，间间没你的人影……

我又抬头注视墙上，你仍在静静地看着我。你总是受了我的感染，变得悲伤起来，眼角也似乎闪着泪花：你一定以为，这是我一天中最感孤独、心情最不好的时候。我知道，你是在为我心痛，这时的你，心底一定也在滴血……

但我要告诉你，每天上午这几个小时恰恰是我心情最"好"的时候。因为这几个小时是我和你心灵絮语的时间，我会回想起我们在一起的那些愉悦温馨的时光，会暂时——也许只有几秒——忘却失去你的伤痛，沉浸在如梦如幻的境界中。有时我会想：如果不是我找到了与你心灵絮语这样的沟通方式，我也许真的会完全崩溃，熬不到今天的……

生活还得继续，到中午了，该吃饭了——一天中最感孤独、心情最不好的时刻来到了。

这可能是你离开后，我生活中最大的改变了。你的离开，彻底断绝了我在老家生活的念想，我不敢想象那种连孩子也不在身边的孤独，孩子们也不会让我去过那种孤独的生活，北京成了我唯一的居留地。这里的条件当然比老家要好得多，但那里是我们的根，那里有众多的亲朋好友，我们大半生生活在小城市，过惯了那种慢节奏的生活，那里自有一种难得的惬意与闲适。现在一下子转到大都市里来，没有一个亲朋好友，甚至连隔壁邻居也形同陌路，其生活节奏之快更超出想象，我怎么能在短时间内适应这种生活呢？前两年有你，我也没觉得有什么不适应，孩子们整天不在家，咱们正有大量的时间做咱们想做的事，再说又不是长年如此，还觉得挺新鲜。但今天不同了，你不在了，这整天整天的孤独叫我一个人怎么往过熬啊！

就说这午饭吧，它本来该是一天中最重要的一顿饭，早饭要早，晚饭要少，午饭要饱嘛。可现在却成了我是做还是不做、吃还是不吃的两难抉择。不做吧，清晨孩子们早早走了，早饭本就是将就的，晚上孩子们还不定啥时回来，我总不能一天三顿饭都将就吧；做吧，真是提不起一点精神，一个人的饭难做更难吃啊。权衡半天，最终还是草草在微波炉上随便热点儿，饭菜和着泪水一并咽下；草草吃完，还得赶紧洗涮碗筷，要不，一瘫软的倒在床上，还有精神再爬起来吗？可躺在床上，却又怎么也睡不着，大半生习惯了午睡的我，去年这一年却没有一天能在中午入睡……

孩子们见我太孤独寂寞，特意为我订了几份报纸杂志。于是，我便在每天午饭后下楼从邮箱里取回来，一边躺在床上休息，一边看着报纸杂志，看得眼花了，身困了，便闭着眼迷糊一会儿，权当是午睡了。

终于挨到六点多了，孩子们快回来了。我打起精神开始为他们准备晚饭。他们要是能按时回来，对我便是最大的抚慰，父子们边聊边吃，释放一下孤独的压抑，享受片刻团聚的温馨。他们要是不能按时回来，特别是弟兄俩一个也不能按时回来时，我便一下子被甩进孤独无助的悲伤之中，拉熄房间里所有的灯，瘫软在床上，直至嚎啕大哭……

你可能以为，只要孩子们在我跟前，我就不会孤独了。开始时我也是这样想的，但实际并非如此。原来，一个人一旦被"孤独"沾上，就无法脱身，它是无处不在，无孔不入的。晚上看电视，孩子们爱看的，我不爱看，我爱看的，他们不爱看。当然他们很孝顺，晚饭后，主动用遥控器把台调到我想看的频道，他们则回到房间开了电脑做他们自己的事情。我开始看了，可孤独感也油然而生：你在的时候，我们是这样吗？到十点了，我累得筋疲力尽，要睡了，他们则到起居室开始看电视。我回到卧室准备脱衣上床，在关灯前让我再好好看看你——这是一年来我每晚睡前必做的功课——我在咀嚼着孤独、寂寞、悲伤、思念的人生况味中躺下了……

人之一生，不如意者十之八、九，如意者十之一、二，越想那些不如意，便越痛苦。从这个意义上说，人是该多想那"一、二"，少想那"八、九"，这样也许可以减轻痛苦，让自己活得快活一些。我是得认真考虑一下自己以后的日子该怎么过了——这，也许是你与孩子以及亲友们最关心的事了。

鉴于你的病情，早在前几年，咱们宿舍楼里就有人经常以社会上的现实事例劝诫你要多为自己考虑不要太俭省。对他（她）们那些貌似好心的劝告你向来不以为然，我则十分反感，这是你我都清楚的。人生的意义和乐趣毕竟是多方面的，精神的富有往往比物质的享受重要得多。这几年，虽然仍旧是粗茶淡饭，但夫妻和美，孩子长进，我们心情舒畅，自然觉得日子过得幸福美满。但我们也不得不承认，咱们对自己真的太亏待了。你的槽牙掉了不少，早就该镶了，上次碰见我的一个学生，是有点名气的牙医，已经说好去找她镶，可后来还是没去。你早就该买一件高档些的羽绒服了，但前年春夏，满城跑了几天，最终还是没舍得买。这几年，市里在体育场年年举办"风味小吃节"，来自全国各地各色各样的风味小吃店占满整个体育场，我们近在咫尺，虽然每次都要去转转，但却从未坐到里面享受过一回，顶多买几根羊肉串拿回家解解馋而已。甚至在前年猪肉涨价的时候，咱俩早就想吃一顿排骨，可几个月过去了，还是没去买。说到底，还是老想着两个孩子都没成家，特别是二冬还没买下房，老把心操在他们心上，舍不得的缘故哇。等到去年岁末，你在眨眼之间离开了我，我才后悔不迭，意识到我们真不该如此亏待自己。以后我自然不会像咱们以前那样，孩子们似乎也意识到了这一点，对我关怀备至，照顾有加。我在这面有孩子们相伴，不会太孤独，你不用惦记。

上次来参加你的告别仪式时，你小妹妹就对我说，听到你辞世的当晚她便做了一个梦，梦见我又引回去一个女人。她们的担心是可以理解的，既然她们向我讲出了这种担心，我也不再避讳，当时便和你众姊妹以及孩子们直截了当地讲了我的想法。

你知道，我是一个性格比较内向的人，也是一个坚持操守绝不随便的人，一个貌似柔弱却心有主见的人。我有我坚守的原则，绝不随波逐流，甚至不能与时俯仰。李白《将进酒》诗中有一句"古来圣贤皆寂寞"。为什么寂寞呢？无非是找不着知己而已。所以才会有钟子期死而俞伯牙砸琴于子期墓前永不再弹的哀婉佳话。我当然只是一个普通人，但普通人也和圣贤一样，渴望找到知己。我的朋友不多，和我交往的人，要么真心相处，成为至交，要么很少来往，形同陌路。我怎么可能把夫妻大伦当作儿戏呢？我并不是一个老封建，对如今人们常挂在嘴边的"黄昏恋"也不抱偏见，但我觉得，在这个世界上绝难再有第二个女人能像你一样懂我疼我，与我心心相印，患难与共，同声同息。只有和你在一起我才活得无拘无束，自由自在，想说什说什，想干什干什，无论我说什么，你都愿意倾听，无论我干什么，你都毫无保留地支持。如果和一个不懂我疼我、与我同床异梦的女人生活在一起，想得到的注定得不到，不想失去的必定会失去，这种非但享受不到些许乐趣反而会徒增无穷烦恼的事我怎么可能去做呢？

原先有你在，自两个孩子都参加工作后，我便决计不再出外打工，一心一意在家里照顾你。但现在你不在了，我一个人长期在家里会倍感孤独，便又萌生了出外工作的念头。你也知道，当今社会竞争激烈，孩子们在京城打拼，工作和心理压力都很大，特别是去冬以来，肇始于美国的金融危机席卷全球，大冬所在的房地产业步入寒冬，二冬所在的国企步履艰难。我之想出外工作的一个因素也是不想给他们增加负担，去年我已经大大拖累了他们，今年绝不能再让他们太为我操心。孩子们一方面怕我身体受不了，另一方面又怕我一个人在家里憋出病来，也想让我和外界多接触交往一些，支持我找个既不太忙又能与外界有所交往的工作。因此，等今年天气暖和以后，我想凭我在写作和教育教学等方面的专长找个适合自己的工作，一来能有点收入——家里用钱的地方多着呢——二来也能转移调节一下抑郁的心境，你觉得如何？

生活总得继续，日子还得接着过，今年咱们家的事还有很多。二冬买的房六月份就能交房，拿到钥匙后，就得立马装修。现在我时时在催他们赶紧结婚成家，他们总是说事业未成，顾不上太多考虑这些。这下都有了自己的房子，结婚就不用太作难了。结了婚，有了孩子，家庭幸福美满，咱们才能放下心来。大冬和二冬都早就领到驾驶证，但一直没车，他们现在没车办起事来真的很不方便，到了哪一步就该走哪一步，看来买车的事也得提上日程了。孩子们给咱们买的叠拼别墅到今年年底也能交房了，到时的装修更是大工程……家里的房子也该处理了，那一摊子事儿还多着呢……总之，我在这面该做的事还有很多，还真不能说撒手就撒手啊！

美美啊，待这面该我做的事做完，我就会去找你，让我们生生死死，永远相伴。在此之前，你我只能在两界各享孤独……

孤独唯有孤独相伴，心痛唯有心痛抚慰，滴血的伤口只能用初凝的血痂去止流，铄骨焚心的悲伤只能用肝肠寸断的心油来止痛。在没有你的日日夜夜里，我蘸着心油写下《声声慢·孤独咏》一词，既是写实，亦期稍解心痛：

咀咀嚼嚼，吞吞咽咽，酸酸苦苦咸咸。茕茕叨叨戚戚，长夜无眠。满目愁云惨雾，朔风紧，飒飒心田。春来也，花溅泪，槁木泣对雨燕。

暑伏日止中天。愁永昼，桑榆莫非徙迁？指颤身麻，泪眼模糊玉颜。蚀月更兼苦雨，烛成灰，一缕青烟。夏秋冬，三六五，孤影年年！

在你被天庭掳走以后，我也被打得遍体鳞伤，押到一个荒无人烟的小岛，关进一间阴冷晦暗的黑屋子。也许，每个人一生中，都免不了得在这间"黑屋子"里住上一段，只不过这个"段"，有长有短，有早有迟而已。这就是命运，这就是人生……

（一百零四）

苦命珊瑚歌

在没有你的日日夜夜里，我完全是在与你共忆我们35年的婚姻生活中渡过的。35年中，那每一个欢乐的瞬间，都像涓涓细流，浇灌着枯竭的心田。每一个温馨的细节，都像滴滴清泉，滋润着干涸的心曲。这些都已是绝版，以后不会再有了。我生怕这些美好的往事从我的记忆中消失，我像珍惜沙漠中的每一滴水一样珍惜她们。

心灵絮语，长歌当哭，我的心在人世与天堂间徘徊，在棣苑和桃源中辗转，我用心油熔炼出叙述我们35年婚姻生活的长篇诗歌：

苦命珊瑚歌

岁月蹉跎二八春，初识卿时正妙龄。一波三折始订婚，洞房花烛喜盈盈。
牵手相拥同共枕，举案齐眉若梁孟。入得门来就还债，相濡以沫过光景。
福无双至祸并行，失母殇女临灾星。冬日暖阳驱阴霾，惊鸿初掠又起风。
知冷知热恩爱深，心灵融合诉悲情：落地即遭失母运，娘胎便已种病根。
褓褓辗转幼时悲，正当学龄病缠身。缺医少药未确诊，打草看孩误青春。
未及成年当徒工，认养两难泪淹心。出聘回门无礼仪，心灵创伤久弥深。
生于乱世苦流离，长逢浩劫陷厄运。世事乖舛难逆料，家贫反担富有名。
聪明好学志高远，出身无择毁前程。我甘为卿弃机遇，卿愿为我舍命生。
酸甜苦辣互抚慰，无怨无悔共此生。游子归来侍老父，别梦依依情愈浓。
家在暖气回水室，破瓦寒窑暖融融。喜气洋洋搬新家，心底无尘天明净。
小儿淘气操碎心，老父仙逝悲泪涌。为卿工作早调动，我愿身心承巨痛。

珊瑚梦

直道途穷秋荼苦，　殃及池鱼连累卿。　病情渐益催人紧，　唯有手术上京城。
历时三年方决断，　一声霹雳天欲倾。　牵手游遍京名胜，　落英片片脉脉情。
希望之巅绝望渊，　天昏昏兮地冥冥。　却喜举家有新居，　二子折桂入蟾宫。
儿须供学难顾卿，　背井离乡去打工。　人在外头心系家，　奔波往返忻与并。
大儿北京立业稳，　二儿天大研究生。　梦圆京津两代愿，　恩爱夫妻影随形。
街心公园同游逛，　体育场里共健身。　坐击键盘叙亲情，　卧看电视话知音。
粗茶淡饭乐趣多，　闲适恬静好温馨。　世纪曙光频照临，　病魔作祟时惊魂。
日日未敢离半步，　夜夜浅睡常留心。　为卿身健增一分，　我愿力扛千万钧。
灌氧何惧风雪寒，　负重挤车多劳顿。　我虽身受万般苦，　见卿安康甜在心。
热望二子快成婚，　祈盼含饴早弄孙。　张张红被密密缝，　丝丝金线针连心。
孝敬老人勤看顾，　关心甥侄弟妹亲。　历经病痛蚌成珠，　温润无瑕玉至纯。
三番京城齐欢聚，　四口团圆一家亲。　早晚小区同游憩，　鲜花丛中留倩影。
鞋底轻抚草坪绿，　人面笑映桃花红　朝阳公园赏花灯，　四环桥上看风景。
燕莎国贸观时尚，　王府首博怀古情。　北大清华抒畅想，　鸟巢水方叹神功。
好事临门喜接踵，　正欲春节再赴京。　新年前后突染病，　病起疑似居室冷。
眼底出血心如焚，　总想家暖即康宁。　孰料团聚刚三日，　天塌地陷降灾星。
玉碎竟在眨眼间，　百身莫赎手捶胸。　愁云惨雾朔风紧，　铄骨焚心殒玉容。
寸草未报春晖德，　慈恩永铭憾一生。　弦断音绝情何堪，　杜鹃泣血孤雁鸣。
日日茕茕孑然立，　夜夜戚戚枕边空。　咀咀嚼嚼独孤苦，　吞吞咽咽肝肠冷。
春来草长花溅泪，　新履不敢触旧景。　炎炎夏日愁永昼，　沉沉冬夜苦无明。
凄风苦雨烛成灰，　蚀月孤灯心似冰。　月月寂寂无人伴，　年年窭窭对孤影。
电脑屏上寄相思，　鸳鸯树下诉离情。　香魂一去杳无踪，　好心珊瑚入梦萦。
同游同憩互依偎，　舔伤疗心消苦痛。　正谓海阔凭鱼跃，　孰知梦醒一场空。
唯求尽早入天山，　棠棣苑中同穴冢。　花香鸟语世外园，　山环水绕天堂境。
苦命珊瑚长相伴，　三生石畔结鸾凤。　天长地久有时尽，　美玉胜金不了
情……

（一百零五）

人生就是一场场告别

今天，农历正月初十，立春，是你离开我后的第二个生日。你虽不在我身边了，但你仍在我和孩子们心里，你的生日我们照样给你过——今天，我照样给你包了饺子；二冬特意买回专在立春时节吃的春饼和卷夹的各种菜肴，你快尝尝；今晚，家里照样烛光点点……

告诉你，那年你生日时我给你照的照片已经洗出来了，有几张还照得挺好，你看，那时你笑得多甜……

一切恍若在梦中……

"人生如梦"——这一年来，在孤独、悲伤和抑郁中，我常常会想起这句极具道家遁世色彩的人生格言。

"庄生晓梦迷蝴蝶"，"庄周梦为蝴蝶，栩栩然蝴蝶也。俄然觉，则蘧蘧然周也。"到底是庄子在梦里变成了蝴蝶，还是蝴蝶之梦变成了庄子？

"铄骨始梦珊瑚鱼"，我梦为珊瑚鱼，蘧蘧然鱼也。俄然觉，则戚戚然我也。到底是我和你在梦里变成了苦命珊瑚鱼？还是那对苦命珊瑚鱼转生为我和你？

梦乎？实乎：蝶乎？周乎？鱼乎？我乎？

梦境是美妙的，温馨的，它拉近了人世与天堂的距离，让生者与逝者可以会面絮语，让我暂时忘却失去你的悲痛，享受牵手相拥的幸福。但梦境是虚幻的，短暂的；而现实则是实际的，残酷的。人不可能永远活在梦中，当我从梦中醒来，顿悟你已"玉至纯美碎化烟"，我则"倾尽心油亦枉然"时，其悲痛自必更甚！

所以，尽管"庄周梦蝶"是一个充满诗意和令人向往的意境，翩翩起舞的蝴蝶也会飞进花间词曲，飞进梁祝的凄美传说，并穿越几千年的时光隧道，在一些特定的夜晚不经意地潜入我的心底，飞入我的梦境，但终久未能让我从极度的悲伤与抑郁中解脱出来，"人生如梦"也便成了一句只能让我更加伤感和惆怅的无奈慨叹。

相形之下，不知为何，在瞬间失去你之后，我偶然在网上看到的瑞士心理学家维雷娜·卡斯特在《体验悲哀》一书中写下的关于"生命在本质上必须一再告别"的感悟，却一下子攫住了我的心，让我这个接受了几十年中国传统文化熏陶的人，产生了强烈的共鸣，从心底十分的认同：

在这本《珊瑚梦》里，我那些喋喋不休、洋洋洒洒十几万字的心灵絮语说的不都是我与你的告别吗？

当我还在娘胎里的时候，就经历了与爷爷的告别。爷爷在最后的时刻还念念不忘他的孙子，他留给亲人们的最后一句话是："我活到七十五岁，也算是高寿了，最大的遗憾是不能再多活上三个月，见见我的孙子……"当然，这些，是我长大后父母告诉我的。所以，从严格的意义上说还不能算我人生的第一场告别，但它却让我一生铭记，爷爷那带有传奇色彩的创业故事成了我一生与命运抗争的原始动力。

我人生的第一场告别是在我九岁那一年。我出生在战乱年代，幼年的大部分时间是母亲带着我在姥姥家度过的，姥姥自然成了我小时候除父母之外最亲的人。我 7 岁开始上学，和姥姥在一起的时间少了，但我还是几乎每个星期日都在姥姥家度过。母亲由于忙于劳作和家务，无法送我，但又怕儿子路上一个人害怕，每次都总要把我送到村口，临别时抱一下我，嘱咐几句，然后才让我一个人往前走，她在后面看着我，一直到望不见了才回去。好在我们和姥姥家是邻村，只相距三里，又是平川，有一条大道直通。我当然也是一步一回头地望着母亲，到望不见了，就心里害怕，慌慌地跑步向前。而这时，姥姥也早在村口等着我了，我跑不上一里，就能看见姥姥了。看见姥姥，我的心慌自然就变成了欣喜，很快便跑到姥姥跟前，祖孙拥抱在了一起。每次姥姥总是做最好的饭给我吃，而那时最好的饭就是煮鸡蛋了，姥姥的两只老母鸡，就是专门为我养着的。回的时候自然和去时一样，姥姥把我送到村口，母亲则在村口接我。那时既没有钟表，更没有电话，但在我的记忆中，无论是母亲，还是姥姥，从来没有一次没准时接我，老是在我还没有到的时候，早在那里等着我了。这种母亲和姥姥相互交接对我的拥抱让我任何时候想起来都倍感亲切和温馨。

然而，这种亲切和温馨在两年半以后戛然而止。那是 1953 年春节之后的第十天，我和母亲，还有姥姥的众多后辈孙子女一起去看姥姥，这是大家年前就约好的。姥姥一生经历了太多的生离死别、悲欢离合，先后失去了大儿媳、二儿媳、二儿子、丈夫、大儿子、大孙子，先后将四个失去父母亲的孙儿孙女抚养成人，到老时我三舅一家远在他乡，十几年音讯不通，大二妗子两家虽在跟前，却都是孤儿寡母，艰难度日，所以实际上姥姥全靠我母亲一人照顾。前些年，由母亲出钱出物，完全靠后辈孙子女们自己动手和泥抹墙，总算为姥姥盖起一间窄小的正房，使她老人家才有了个安居之所。每年春节后大家一起来的这一天，是姥姥最快活的一天，也是最忙碌的一天。一则由于家小人多，晚上根本睡不下，二则大家整年难得聚到一起，不知有多少话要说，所以这一晚大家几乎一夜不睡，一直聊到天亮。姥姥更是忙前忙后，不是给孙子、外甥烧山药，就是给孙女、重孙炒瓜子，整夜难得合眼。到黎明时，大家都太困了，太累了，东倒西歪、横七竖八地躺了一炕，昏昏沉沉地睡去了。

一觉醒来，母亲突然发现姥姥趴倒在火炉边，一动不动。赶忙喊："娘，娘！你怎么了？"跑过去一看，姥姥口吐白沫，已经不省人事了。

大家赶忙把姥姥抬到炕上，兄长们赶紧去请医生。但医生来看过后，摇摇头说："看来是脑充血，没治的，赶紧准备后事吧……"

为了让姥姥安静，房间里只有母亲和大姐、二姐她们照看，孩子们都让到外边。我们都一下子变乖了，一个个都服服帖帖的，大气都不敢出，静静地趴到外面的窗台上，看着姥姥，眼泪止不住地流……

姥姥在炕上躺了整整一天，到傍晚时母亲和众亲友默默地为姥姥穿好了衣服……姥姥躺到了灵柩里，她老人家不再给她的心肝儿外孙煮鸡蛋，烧山药了……姥姥就这样一下子离开了我，永远地离开了我……我趴在灵柩边啜泣着，啜泣着，后来的事就不晓得了，不知道那晚自己是昏过去了，还是哭得睡着了，只记得再醒来的时候躺在母亲的怀抱里……

这，就是让我至今仍刻骨铭心的我人生中的第一场告别。

以后便是与奶奶、母亲、父亲的告别，这些我在前面已经对你讲过了。

那你呢？

我想，你的第一场告别应该是同你生母的告别。那时，尽管你已经出生，但刚刚呱呱坠地，脑子里不会留下任何记忆，实际上与我同爷爷的告别并没有太大的不同，从严格的意义上也还不能算你人生的第一场告别。但你与我不同的是，竟连听你生父讲述那场告别情景的机会都没有，这让你一生心痛。

让你最悲痛的一场告别应该是与你养父——你早把他当成亲生父亲了——的告别，那是世纪末的 1999 年，我在前面也与你讲过了。

还有一场你我共同经历的让我们一生为之心痛的告别是我们与只在人世间

度过短暂的十二天的我们的女儿的告别。这一场告别与前面讲到的告别不同的是，在这个世界上匆匆走了一遭的小小的她也许对这场告别一无所知，一无所忆，她也许根本不会想到她的离去却带给你我无穷的伤痛，让你我任何时候想起来都心痛不已。

以上说的是我们与逝去亲人之间的告别，下面我要讲的则是我们逝去与在世亲人之间的告别。这其间最重要的当是我们与孩子们的告别。

有人说，父母的逝去是父母给孩子上的最后一课。你的逝去让他们真切地感受到了生命的脆弱，给他们上了一堂"子欲养而亲不待"的悲伤大课。

那我呢？由于你的骤然离去，我亦深切地感受到了生命的无比脆弱，我与孩子们的这场告别也许同样只在转瞬之间。我永远不会忘记母亲最后一次把我们送到村中十字街口，我一步一回头，母亲的身影渐渐远去的那一幕，可惜我当时一点也没有想到那竟是我与母亲的最后一别。但现在不同了，经历了你的突然离去之后，不知为何，每天早上，当我把大冬二冬送出门去上班，目送他们进了电梯间，我把家门关上的时候，不由地会想：我也许会在一瞬间倒下，不再起来，那么这便是我与孩子们的最后一别了。

这最后的一课我该怎么上呢？

我想，其一，是对于天命、人生及生命的感悟与理解：

你的离去，让我对天命与人生有了许多新的感悟与理解。此前，我对儒、道，以至佛学、《圣经》等都曾有所涉猎，这一年来，更多所研读与思考，启迪自是良多。虽说无法达到无己、无功、无名之界，但已几近无欲无求。我本是属水命的人，此前为泉中之水，而今则成静水一弯，心如止水。但我又无法皈依佛门，亦不会接受基督洗礼，不是我放不下俗世凡念，实在是那些宗教教义不仅难以让我完全折服，还让我疑窦丛生，无奈只能依旧在尘世做一名凡夫俗子。

你的离去，更让我痛感生命的无比宝贵与极度脆弱。一个人的生命是父母生命的延续，是母亲十月怀胎孕育而成，是父母含辛茹苦养育而成，它不只属于自己，它属于所有的亲人，任何人都没有理由轻视生命，没有理由不对生命倍加珍惜。所以，我不会轻生，那样既对不起祖宗，也对不起后辈，更对不起自己。但我也不惧死，不刻意企盼高寿，顺其自然即心满意足。尽管包括你在内，我的母亲、父亲，还有姥姥等至亲亲人都是在转瞬之间离开我，给我带来铭骨焚心的悲伤与无法承受的心痛，我多么希望能在病床前好好侍候你们一段时间啊！但对于我自己，如果能有所选择的话，我还是情愿以这种方式离开世界，转瞬即逝，无疾而终。实在不能遂此愿的话，我亦赞成"安乐死"。我的这一想法，你同意吗？你如果同意，这便可以视作我对孩子们的一个遗嘱。

其二，是务将"仁孝"的家风发扬光大：

孩子们，前面我在与你妈絮语时曾经说过："孝道"的根本所在是父母在你"心"里到底占有多大的"分量"。子女是父母"心"里的全部，那父母在子女"心"里呢？在这里，我想说的是，你们一定要永远永远记得你妈，记得她是怎样生你们的，养你们的，疼你们的，想你们的，是怎样离开你们的……你们早就知道，你妈在想了你们的时候，心慌得坐坐不住，躺躺不住，吃吃不下，喝喝不下，只能在地上打转转，我也只好跟着她在地上打转转。那你们今天要是想了你妈的时候，会怎么样呢？当然，你们有你们的工作，你们有你们的生活，做父母的不应该过分苛求。养儿方知父母恩，在我母亲离开十几年之后，当你们俩围拢在我身边的时候，我更会时时想起我的母亲，而一想起来就会泪如泉涌；几十年之后还会不时被一些往事触发，为我没能尽到该尽的孝心而心痛落泪，感慨万端；今天，当我想到要和你们告别，就快能到我母亲跟前再尽孝时，心中便激荡起一种连我自己也说不清的思绪。此时此刻，我想，你们也一定会像我一样一生怀念你们的母亲。想到我们家"仁孝"的传统家风能发扬光大，想到我们家一定会香烟永续，代代昌盛，我和你妈便可以放心地去了。我们会在天堂时时看着你们，想着你们，像在人世时一样时时关心着你们，护佑着你们。

其三，是一定要珍爱你们自己建立的家庭：

在强调你们务将"仁孝"家风发扬光大的同时，我还要强调你们一定要加倍珍爱你们自己建立的家庭。

记得在举行你妈最后告别仪式后的宴席上，我曾语重心长地对当时在座的众亲友说："幸福的得来，需要我们付出无穷的辛劳和汗水，用几近一生的心血去浇灌、培养，但幸福的失去却是眨眼间的事，因此，我衷心地叮嘱诸位，对现在的幸福一定要百倍珍惜……"今天，我要再次叮嘱你们，这一点比什么都重要。你们一定要明白，子女家庭幸福是父母最大的愿望，也是父母最大的幸福。

你们一定听说过那个多难选择的问题吧：一个丈夫连同他的母亲、妻子及幼儿一同跌进深水中，而当时的情形又只允许这位丈夫搭救一个人，那么他应该先去救谁呢？对这样的问题，人们往往不愿回答，不敢回答，不知该怎样回答。这实际上是一个家庭成员关系的排序问题。按照中国"孝"字当头的儒家思想，理所当然应该是父母、子女、兄弟姐妹，最后才是夫妻。但按照《圣经》的说法，神创造了男女，因此人要离开父母与妻子联合成为一体，夫

妻才是家的根基，因此这个排序应该是：夫妻、子女、父母、兄弟姐妹。我对传统的儒家学说有自己独特的看法，既不全盘肯定，亦不全盘否定，但我也不是基督徒，在这里，我只是积我几近一生的人生经验，作为你们的父亲，想明确地告诉你们：与你一生相濡以沫、患难与共，无怨无悔、忠贞不贰的妻子真的是你人生中最重要的人。此时此刻，让我想起当年国人都在高唱"爹亲娘亲不如伟大领袖亲"的时代，刚届而立之年的我曾听一位自幼命途坎坷并经受过战火生死洗礼与晚年丧子之痛的革命老干部动情地对众人说："以我看，这句歌词应该改成'爹亲娘亲不如老伴儿亲'！"当时大家只当是一句玩笑话，但现在想来，确是这位老人的肺腑之言，值得后人一辈子咀嚼体味……

　　合久必分，分久必合，经过一场场告别之后，最终自会完全聚合——这就是人生！

　　老天可以把你掳走，让你我阴阳阻隔，但却无法阻挡我们这对苦命珊瑚鱼倾心相依，思念守望，再度聚合。

　　美美啊，请在天堂等着我……

咀嚼孤独　呼唤幸福

——后记

一年多来，我像老牛反刍一样，跪卧在自己的槽枥边，没日没夜地翕动着脱牙的上下颌，把以前匆匆咀嚼后咽下的食物再返回到嘴里细细咀嚼。只不过我所咀嚼的不是一般的"食物"，而是"孤独"，是我们在一起时的那些绝版的甜蜜与温馨。用的也不仅是"嘴"，更是"心"，因为她原本就不是从"胃"里而是从"心"里返回来的。

这本书便是这一年多来咀嚼孤独的结晶。开始时，我一口气新建了从00到35，象征我们夫妻今生35年婚姻生活的"悼妻专页"文档，题名为《美玉胜金》，表示我们夫妻35年的"碧玉婚"远胜过50年的"金婚"。没料想，最后竟写下35的3倍，共计105章，题名亦改为《珊瑚梦》，象征我们这对苦命珊瑚，在梦中相会，梦中絮语，同游同想，缘结三生。

清明节那天，我把这些打印成册，奉献于你的灵前以寄哀思，也算了却一桩心愿。当时根本没有想到我们人世与天堂间的这本心灵絮语竟能正式出版。直到今天，当你离开我两周年纪念日即将到来届时我可以把这本装帧精美的《珊瑚梦》奉献于你灵前的时候，仍恍然如在梦中："这样的好事怎么会光顾于我？这是你在天堂对我和孩子的眷顾，还是我们这对苦命珊瑚的故事真的感动了上天？"

一个偶然的机缘，儿子冬阳和一位出版社的朋友参加同一个会议，会后休息聊天时，无意中提到父亲在母亲病逝后极度悲痛的一年里竟写下了二十万字的悼念文稿。没想到这位朋友听后，对我们之间的生死至情极为感动，也许是基于出版人的职业敏感，脱口而问：

"为什么不拿去出版呢？"

"这样的文稿也能出版？"冬阳十分惊异。

"当然能！这类书稿稀缺，但非常感人，极具震撼力。你快给我发过来，我先看看。"

这位朋友便是民革中央主管的中央级出版单位团结出版社的常务副社长梁光玉先生。令我们万分感动的是，对这本纯属草根阶层的小书，他看过后，不仅给予高度评价，很快列入出版计划，而且在百忙之中多次审读，并亲自请著名文化学者为之作序，使本书能在这么短的时间内与读者见面。这种让我们一家人的心灵得到超常抚慰的关爱，岂是几句感谢的话所能表达的了？著名作家、国家一级编剧、作协理事、电影家协会副主席苏叔阳先生和著名文学评论家、北京大学中文系教授、博士生导师、北京大学文化资源研究中心副主任张颐武先生在百忙中欣然作序，对这本小书给予高度评价，令我们十分感动，谨在此致以崇高的敬意，表示衷心的感谢。同时，出版社的编辑、校对等工作人员为本书的出版倾注了大量心血，做了许多具体细致的工作，谨在此一并致谢。

亲爱的读者朋友，正如我在书中所言，这本书我不是在用手写，用笔写，用鼠标键盘写；而是在用心写，用泪写，用至爱真情写。因此，它不可能用常规的时间和常规的方法。我完全无法按章节的顺序写，只能按心灵的痛点写。此时此刻，哪里在痛我就写哪里；这里心痛的无法写了，我就转移到别的地方；实在心痛的无法继续了，我就大哭一场。

今天，当这本书展开在你面前的时候，你也一定与阅读其它书籍有所不同：也许会与我一起唏嘘，一起感悟；也许会不忍卒读，但又无法阖卷。也许你年近古稀，也许你已过不惑，也许你刚届而立，也许你正当妙龄，但我都会心存感激，因为你已经如兄姐、如弟妹、如甥侄般在关心我的伤痛，抚慰我的心灵。我也因本书或许会在无意间触及你的伤痛，给你带去忧伤，而心存不安，谨在此请你予以理解与见谅。与此同时我也在字里行间给你送去抚慰，送去关爱。一个人的忧伤如能得到众人抚慰，他的忧伤便会因融入温馨的泉水而大大稀释；一个人的感悟如能与众人分享，他的感悟便会像蒲公英的种子一样随风播撒，在广袤的大地上生根发芽，长叶开花。倘若本书能给你及你的家庭、亲朋好友带去哪怕一点点启示，让中华民族仁义孝悌的传统美德更加发扬光大，让亲情、爱情、友情等人世间一切美好的感情更加浓烈而真挚，让我们的社会更加和谐，让我们的生活更加美满，我便心满意足，便会感到远去的幸福又悄然回到我的身旁。

这本书结集成册，正式出版，我与爱妻人世与天堂间之心灵絮语暂告一段落。当然，我的咀嚼仍将继续，在以后的日子里，我仍然会不断地反复咀嚼。这种无休无止的咀嚼，必会伴我终生。幸福真的来之不易，幸福真的可能会在不经意的瞬间失去。愿我的咀嚼与呼唤能让人们加倍珍惜已经拥有的幸福，愿普天下真情永在，幸福永在，希望永在。

忻延

2009 年 10 月 30 日

于北京寓所